OS VENDILHÕES DO TEMPLO

LISTA DE OBRAS DE MOACYR SCLIAR

A orelha de Van Gogh (1989, Prêmio Casa de las Americas)

Sonhos tropicais (1992)

Contos reunidos (1995)

A paixão transformada (1996)

A majestade do Xingu (1997, Prêmio José Lins do Rego)

A mulher que escreveu a Bíblia (Prêmio Jabuti de Romance de 2000)

O livro da medicina (2000)

Os leopardos de Kafka (2000)

O irmão que veio de longe (2002)

Éden-Brasil (2002)

Saturno nos trópicos (2003)

Mãe judia, 1964 (Coleção Vozes do Golpe, 2004)

O centauro no jardim (2004)

Manual da paixão solitária (2008)

Eu vos abraço, milhões (2010)

MOACYR SCLIAR

Os vendilhões do Templo

2ª reimpressão

Copyright © 2006 by Moacyr Scliar

Capa
Victor Burton

Imagem da capa
Superstock

Preparação
Vanessa Barbara

Revisão
Marise Simões Leal
Otacílio Nunes

Os personagens e as situações desta obra são reais apenas no universo da ficção;
não se referem a pessoas e fatos concretos, e sobre eles não emitem opinião.

Dados Internacionais de Catalogação na Publicação (CIP)
(Câmara Brasileira do Livro, SP, Brasil)

Scliar, Moacyr
    Os vendilhões do Templo / Moacyr Scliar. — São Paulo :
Companhia das Letras, 2006.

    ISBN 978-85-359-0829-9

    1. Romance brasileiro I. Título.

06-2958   CDD-869.93

Índice para catálogo sistemático:
1. Contos : Literatura brasileira   869.93

[2011]
Todos os direitos desta edição reservados à
EDITORA SCHWARCZ LTDA.
Rua Bandeira Paulista, 702, cj. 32
04532-002 — São Paulo — SP
Telefone: (11) 3707-3500
Fax: (11) 3707-3501
www.companhiadasletras.com.br

JERUSALÉM, 33 D. C.

Nunca pensei em me tornar vendilhão do Templo, dizia ele, alto e bom som, aos que quisessem ouvir. E os que queriam ouvir (nem tantos, mas nem tão poucos: algum sucesso alcançara, em termos de vendas e de ouvintes) não tinham razão nenhuma para duvidar de suas palavras.

Nascido e criado no campo, estava destinado a ser um agricultor — como o pai e o avô. Como eles, trabalharia a sáfara terra de uma pequena propriedade. Como eles, gastaria a vida em dura rotina: acordar, sondar os céus (o que trariam as nuvens que se acumulavam no horizonte, a chuva tão esperada ou o maldito granizo que destruiria a plantação?), ir para o campo, arar, semear, colher. Como eles, teria poucas alegrias; como eles, morreria cedo, pedindo aos filhos, no leito de morte, que continuassem o seu trabalho. E isso, para uma pessoa de alta linhagem, para um descendente do patriarca Judá, era uma humilhação. Um sofrimento.

Apesar de tudo, gostava de cultivar a terra; desse trabalho falava — a quem quisesse ouvir — com minúcias que seriam até enfadonhas, não fosse a emoção que coloria suas palavras: as lágrimas vinham-lhe aos olhos quando lembrava, por exemplo, a junta de bois que puxavam o seu arado e que tivera de vender para pagar dívidas. "Onde estarão agora, os meus bois? Será que já não os mataram?" Dedicado ele era, porém mal conseguia sustentar a família com o produto das magras colheitas. Era trigo, o que plantava, e trigo teria plantado a vida toda, não fosse a concorrência do barato grão trazido do Egito e de outras partes do Império romano, e que estava arruinando muitos pequenos proprietários. Para alguns, tratava-se de uma inexorável decorrência do progresso: afinal, o que o Império estava fazendo, ainda que pela força das armas, era apagar fronteiras, era criar — sob sua égide, claro — um mundo só. Mas a ele, homem simples, pouco informado, tal explicação não convencia. Nada sabia a respeito do tal Império, entidade distante, misteriosa, sinistra. Conhecia, sim — e odiava —, os soldados romanos, de cujas arbitrariedades fora, como muitos, vítima; mas da política de grandes potências não entendia, nem queria entender, só queria viver em paz na sua terra, com sua gente.

O que, para sua amargura, tornara-se agora impossível. Revoltava-o ainda mais o fato de que muita gente conhecida comia, sem qualquer problema, pão feito do trigo estrangeiro. Era o caso de um pastorzinho que apascentava suas ovelhas ali perto. Não poucas vezes censurara o rapaz: se teu pai fosse vivo, não permitiria isso, essa traição. O jovem limitava-se a sorrir, debochado: o pão é bom, meu caro senhor, se não foi feito com nosso trigo, a mim pouco importa, o que importa é aproveitar as coisas boas e baratas, venham de onde vierem:

— Temos de aceitar a realidade: os tempos são outros.

Os tempos eram outros? Não para ele. Para ele, tudo o que dizia respeito a tempos resumia-se na cíclica sucessão dos dias e das noites, das estações do ano, no plantio e na colheita. Sempre fora assim — para seu pai, seu avô, seus antepassados. Agora vinha um pastor, um mero pastorzinho, dizer que os tempos tinham mudado. Pouca-vergonha. Em breve, porém, teve de admitir que, desgraçadamente, o arrogante rapaz tinha razão: os tempos eram, mesmo, outros. Os preceitos morais do passado, aí incluído o respeito aos mais velhos, rapidamente desapareciam. Ele não fazia questão de ser respeitado pelo pastorzinho, não lhe importava. Mas a pobreza e a fome desmoralizavam-no, abatiam-no por completo. Não se lembrava de tempos como aqueles; os mais velhos falavam de secas que tinham durado anos, de gente comendo casca de árvore; nunca acreditara, ou, se acreditara, não achava que tais catástrofes pudessem acontecer de novo: apesar de tudo, procurava manter-se otimista. Mas agora a desgraça tinha caído sobre ele e sua família como ave de rapina; além da escassa colheita, os impostos: o fisco tinha levado o pouco que sobrara. Resistiu enquanto pôde, vendendo inclusive objetos da casa; por fim, não lhe restando alternativa, reuniu a mulher e os dois filhos (dois outros tinham morrido, um de febres, outro — o mais velho, o primogênito em quem via o seu sucessor — assassinado: bandidos não faltavam, naqueles tempos tenebrosos) e disse-lhes: é inútil, não podemos mais ficar aqui, temos de partir.

Choraram muito, os familiares; não queriam abandonar aquele lugar, a terra que amavam. Mas a verdade é que estavam todos cansados de sofrer. A mulher, coitada, não se habituava às privações; filha única do próspero dono de uma vinha, deixara o conforto da casa paterna para repartir com o marido o pão da pobreza. Fazia milagres para que a comida rendesse, remendava as roupas para que durassem mais. Mas suas forças haviam chegado ao limite; tão doente estava que mal caminhava, arrastava-se dentro da casa (casa? A palavra era até irônica, em verdade moravam num tugúrio) tentando dar conta das tarefas domésticas. Ele olhava o seu rosto fanado e perguntava-se: é essa a linda jovem

9

cujos lábios um dia eu beijei com ternura e paixão? Essa é a moça cujo porte eu comparava ao de uma princesa? A angústia traduzia-se em pesadelos: não raro acordava à noite gritando.

Sim, tinham de partir. E, já que iriam viver longe da terra, que o fizessem não numa aldeia ou numa pequena cidade, mas na capital, que, apesar de ocupada pelas tropas do Império (ou justamente por isso), oferecia melhores oportunidades de trabalho. A primeira coisa a fazer era vender a propriedade. Que, a rigor, não lhe pertencia; de acordo com a tradição, as terras eram de Deus, os homens só podiam dispor delas para seu sustento. Mas, como dizia o irônico pastorzinho, os tempos eram outros, e ele precisava de dinheiro para começar vida nova. Procurou o rico proprietário que já adquirira as terras de vários de seus vizinhos. Foi uma penosa negociação. O homem, indiferente a seu sofrimento, tratou de tirar proveito da situação, oferecendo muito menos do que as terras valiam. Sem alternativa, ele acabou aceitando a oferta. Recebeu o dinheiro, pagou as dívidas; com o pouco que restava, partiram.

Depois de dois dias de marcha, chegaram ao destino. Ali estava, dourada pelo sol poente, derramada sobre colinas pedregosas, Jerusalém, a Cidade Santa, símbolo da fé e da tradição, o lugar em que o poder do rei unia-se ao poder da divindade. Visão dramática, mas de certa forma familiar. Ali estivera algumas vezes em criança, junto com o pai, para celebrar festas e oferecer sacrifícios no Templo; dever sagrado que a pobreza o impedira de continuar cumprindo. Voltava agora, em deprimentes circunstâncias, para ficar. Isso se a sorte ajudasse, se nenhuma nova desgraça acontecesse. Ergueu os braços para o céu, numa prece fervorosa que a mulher e os filhos acompanharam. Estavam extasiados, os rapazes; nunca tinham saído do campo, nunca tinham visto uma cidade. Que nem era tão grande; não se comparava, por exemplo, à

10

metrópole do Império, nem em tamanho, nem em luxo. Mas era, sim, um lugar movimentado. A população aumentara muito com a chegada de pessoas como eles, privadas da terra e sem trabalho; as ruelas, estreitas, tortuosas, agora formigavam de gente, vinda de todas as partes do país.

Massa inquieta e raivosa, aquela. Por toda parte se viam olhares turvos, rostos sombrios. O clima era tenso; a atmosfera estava saturada de ódio, de rancor, de desconfiança, resultado da opressão do Império e da crise econômica. Seitas, grupos, quadrilhas haviam surgido como cogumelos entre as raízes apodrecidas de uma árvore prestes a tombar. A cidade perdera sua aura sagrada, tornara-se um lugar repulsivo para quem estava acostumado a trabalhar honestamente, a ganhar o pão com o suor do próprio rosto. Já não havia, porém, condições de voltar atrás. Teriam de se ajeitar como pudessem, e sem ajuda de ninguém: não tinham ali parentes, nem amigos, nem conhecidos.

Nos primeiros dias dormiram ao relento — felizmente não chovia, chuva era coisa rara na árida, montanhosa região em que se situava a capital, e o clima naquela época do ano era ameno. Depois, encontraram uma casa abandonada: os moradores, um casal de velhos, tinham morrido de cólera, a ameaça da doença afastara possíveis invasores. Também eles temiam miasmas e maus eflúvios, mas naquelas circunstâncias não era possível escolher, de modo que se instalaram ali, com as poucas coisas que tinham.

Ele procurou trabalho. Sem êxito: o que sabia fazer — cultivar a terra — de nada servia ali. E, ao contrário do que pensara, as oportunidades eram poucas. Os negócios iam mal: esmagados pelos impostos escorchantes, os moradores da cidade compravam apenas o mínimo indispensável à sobrevivência. Sim, na guarnição militar precisavam de um marceneiro, mas de marcenaria ele não entendia. Sim, um padeiro encontraria emprego, mas que sabia ele de pão, além do fato de que é feito de farinha de trigo (trigo que, aliás, odiava)? Sim, precisavam de um tecelão, mas tecer era para ele um mistério, aquela coisa da urdidura e da trama baralhava sua cabeça. Sim, precisavam de um homem hábil nisto, ou naquilo, ou naquilo outro; mas nisto, e naquilo, e naquilo outro, fosse o que fosse isto ou aquilo ou aquilo outro, sua ignorância era completa, decisiva, irremediável. Quando pedia trabalho, riam dele e às vezes até o expulsavam, irritados: vai-te daqui, campônio, volta para o campo.

Andando pelas ruas, falando com pessoas, ele recebia, contudo, estranhas propostas. Alguém, um embuçado desconhecido, o abordaria numa escura viela ao anoitecer: estamos recrutando gente para lutar contra os opressores, junta-te a nós, és um homem forte, precisamos de homens fortes. Assustado — era só o que lhe faltava, meter-se em confusão —, ele se esquivaria, dizendo não, não sei lutar. O homem insistiria: nós te ensinamos, vem, Deus está do nosso lado, Deus derrubará o Império. Como argumento final, sacaria de sob a túnica um pequeno e curvo punhal: toma, isto é para ti, é uma arma sagrada, é infalível: com ela golpeias um soldado ou um traidor sem que ninguém perceba, depois desapareces em meio à multidão — e assim vamos nos livrando daqueles que enriquecem com a corrupção, daqueles que se banqueteiam enquanto nossos filhos passam fome, daqueles que se entregam aos prazeres da carne — se soubesses quantos pervertidos há nesta cidade —, daqueles que violam os mandamentos divinos.

Ele se afastaria sem responder. Mais adiante, outro homem o agarraria pelo braço, sussurrando-lhe ao ouvido: o fim dos tempos está próximo, o Senhor não permitirá que a injustiça e a ambição continuem a reinar. E prosseguiria, falando em renúncia, em vida monástica no alto da montanha, em jejuns, orações e penitências. Anunciaria com grande entusiasmo a luta final entre o

Mal e o Bem, na qual os Filhos da Luz infligiriam derrota definitiva e esmagadora aos Filhos das Trevas, os justos então participando do ágape, o banquete dos eleitos, presidido pelo Mestre da Justiça que a partir daí reinaria sobre o universo.

Tais encontros só faziam aumentar sua confusão. Dos rebeldes, não queria saber. Quanto aos místicos e seu banquete dos eleitos, bom, aquilo era melhor do que enfrentar soldados do Império — e representava uma tentação, sobretudo para quem mal tinha o que comer: ele chegava a salivar, pensando num belo pernil de cordeiro bem tostadinho. Mas a proposta era vaga, irremediavelmente vaga. Banquete? Banquete, onde? Banquete, quando? Pago por quem? A mulher e os filhos passavam fome, até a vitória do Bem estariam reduzidos a pele e osso. Além disso — que história era aquela de Mestre da Justiça? Que poderes teria, esse misterioso personagem? Seria capaz de restituir-lhe a terra, o Mestre da Justiça? E quando apareceria?

Tais perguntas não poderia, obviamente, dirigir aos fervorosos místicos, gente que se enfurecia facilmente diante daqueles que consideravam homens de pouca fé. Mas também não poderia esperar nada deles. E, assim, continuava a sua busca.

Um dia, andando pela rua, teve uma surpresa. Um homem se dirigiu a ele, saudando com efusão: ora, vejam só quem está por aqui. Custou a reconhecer seu antigo vizinho, um lavrador que, como ele, perdera a terra. A aparência do homem agora era outra, era a aparência de quem estava bem de vida: gordo, corado, usava vestes de fino tecido e sandálias novas. Obviamente estava ganhando bom dinheiro. E logo contou como:

— Vendo pombos para os sacrifícios no Templo. Não tenho mãos a medir, clientes não faltam. Todos querem ajuda divina, nestes tempos difíceis, e, como eu digo sempre, sem oferendas, sem boas oferendas, não há ajuda. Vendo dez, vinte pombos por dia. Pombos são fáceis de arranjar e de cuidar, não há problema. E troco moedas, também. É para os donativos; essas pessoas vêm de longe, de além-mar até, e o dinheiro que trazem do exterior não é aceito pelos sacerdotes, de modo que me encarrego de fazer o câmbio. Tenho de pagar uma comissão ao Templo, o sistema é esse, mas sobra muito dinheiro.

Explicou que a questão fundamental era o ponto de venda, e nisso tivera sorte:

— Estou muito bem localizado, junto ao portão principal. Mais importante: tenho duas bancas. Duas mesas grandes, de boa madeira, confeccionadas por um carpinteiro experiente. Duas! Todos têm uma mesa só. Eu tenho duas.

Fez uma pausa.

— O único problema -

O único problema é que já não dava conta do movimento, excessivo para um homem de sua idade. Além disso já podia se dar ao luxo de parar de trabalhar: amealhara uma pequena fortuna. Em função do quê, tinha uma proposta a fazer ao conterrâneo:

— Se quiseres, vendo-te uma mesa com alguns pombos e moedas. Tu mereces, sempre foste bom vizinho. E me pagarás aos poucos, com os teus ganhos.

Parecia uma boa oferta — boa demais, na verdade, tão boa que dava para desconfiar: alguém querendo ajudar, naquele covil de feras? Estranho, para dizer o mínimo. O homem percebeu sua indecisão, mas optou por achar graça:

— Estás desconfiado. É natural: recém chegaste do campo, temes as ciladas da gente da cidade. Mas não precisas me responder já. Vem ver com teus próprios olhos. Amanhã.

Não sei se amanhã posso, respondeu: não queria se comprometer. Como o proprietário a quem vendera as terras, o antigo vizinho bem podia ter se transformado num espertalhão, dispos-

14

to a tirar proveito de sua ingenuidade e de seu desespero. O homem riu:

— De qualquer modo, te espero. E olha: é uma oportunidade.

Voltando para casa, nada contou à mulher e aos filhos. Ela, no entanto, notou a sua perturbação, quis saber o que tinha acontecido. Ele respondeu com evasivas, e, como a mulher insistisse, atalhou, ríspido:

— Não quero conversa, quero comer.

Sentou-se à mesa. Ela trouxe um pedaço de pão e três azeitonas.

— Isso é tudo? — Ele, incrédulo.

— É.

— E para ti?

— Eu já comi. — Ela baixou os olhos: mentia, obviamente. Renunciava ao escasso alimento para que o marido não passasse fome.

Era demais, aquilo, e ele resolveu: faria qualquer coisa para colocar comida naquela mesa — inclusive aceitar a proposta do homem, por mais arriscada que fosse.

No dia seguinte levantou cedo, dirigiu-se ao lugar de encontro. Estava ansioso — não só por causa da decisão que tomara, mas também porque o Templo lhe infundia um temor quase supersticioso. A majestosa construção era obra de um monarca ambicioso e megalomaníaco, que com isso conseguira o apoio do clero e de parte da população — apoio que, em última instância, reforçava a posição da realeza perante o Império. Ainda que, segundo os mais antigos, não tivesse o mesmo esplendor do templo de Salomão, destruído por inimigos séculos antes, tratava-se de um impressionante conjunto arquitetônico. O santuário, onde só o Sumo Sacerdote podia entrar, era bastante simples, austero até, mas as demais construções destacavam-se pela imponência e pela riqueza de detalhes. Edificadas com grandes blocos de pedra branca — que os raios do sol nascente tingiam de vermelho — e adornadas com ouro e prata, estavam rodeadas por uma dupla fileira de altas colunas. A disposição dos prédios obedecia a um propósito bem definido: proteger o recinto sagrado, ao qual só era possível chegar atravessando vários pátios. No primeiro deles, o pátio a que todos, gentios inclusive, tinham acesso, estavam os numerosos vendedores com suas mesas. Em meio a uma grande algazarra e sob o olhar complacente e divertido dos soldados da guarnição próxima (a ubíqua e ostensiva presença do Império), eles apregoavam animais para o sacrifício: cordeiros, cabras e principalmente pombos, que, por causa do preço, eram os preferidos. Também trocavam os vários tipos de moedas que os fiéis, vindos de todas as partes do Império, traziam, e que — como o homem dissera — os sacerdotes não aceitavam: só recebiam dinheiro do Templo, considerado sagrado. O câmbio era um processo complicado, que exigia até mesmo pesagem, já que o conteúdo de prata e de ouro podia variar muito, isso quando as moedas não eram falsas. As discussões se sucediam, e os gritos dos vendedores e dos clientes misturavam-se aos berros dos animais sacrificados e ao som agudo das trombetas rituais; ao vozerio das preces e aos lamentos dos penitentes; mas nada disso atrapalhava a constante, frenética atividade de venda e câmbio.

Saltava aos olhos — mesmo de quem, como ele, não entendia de comércio — que se tratava de um bom negócio. Nenhum dos vendedores estava ocioso; e eram muitos. Tantos que ele teve até certa dificuldade em encontrar o antigo vizinho; achou-o, por fim, junto às duas mesas que, conforme dissera, eram de sua propriedade. E foi bem recebido:

— Então? Estás pronto para começar?

Ele disse que sim. O homem, divertido, repetia a pergunta: mas estás pronto mesmo? Pronto para ficar rico? Ao redor, os outros vendilhões miravam o recém-chegado com complacente curiosidade.

Acertaram os detalhes da transação. Tenho de comunicar aos sacerdotes que vais me substituir, disse o homem.

— Mas não haverá problema. Eles têm confiança em mim. Se te indico, te aceitarão.

Despediu-se:

— Agora tenho de ir. Mas amanhã aguardo-te aqui. Vou te ensinar a vender. Vou te iniciar nas artes do comércio.

Parecia tudo certo, mas ele — a tradicional desconfiança dos homens do campo — saiu dali intrigado: não o estariam enganando? Acossado pela dúvida, que não queria partilhar com a mulher — coitada, já sofrera demais — nem com os filhos, passou a noite em claro, fazendo mil conjecturas; num certo momento pensou até em desistir daquela coisa. Mas agora tinha dado sua palavra, não podia voltar atrás; e assim, de manhã cedo, lá estava ele, o mais novo vendilhão do Templo.

Como havia prometido, o homem o aguardava. Mostrou-lhe os vários tipos de moedas, ensinou-lhe a fazer o câmbio; deu-lhe algumas instruções sobre a venda de pombos — estes, os próprios clientes escolhiam — e foi-se, depois de se despedir com um caloroso abraço.

Sem saber exatamente o que fazer, o vendilhão do Templo ficou ali, junto à mesa que agora era dele. Quieto: não era de seu feitio gritar, como os outros faziam. Logo, porém, constatou que aquele não era um trabalho para ser feito em silêncio. Não estava lavrando, não estava mantendo seu mudo diálogo com a terra. Estava no meio de gente, precisava anunciar a mercadoria. Ensaiou um tímido pregão — pombos, pombos gordos aqui — que não chamou a atenção de ninguém, mas que teve sobre ele próprio um efeito mágico: sim, ele podia! Sim, ele tinha a disposição do vendedor! Entusiasmado, eufórico mesmo, bradava agora sem cessar: pombos! Pombos gordos! Moedas para trocar! Aqui, o melhor preço! Dava-lhe satisfação, o ato de apregoar, de gritar aos quatro ventos. Não se tratava só de anunciar mercadorias; ele estava impondo sua presença, estava afirmando sua existência. Era para isso, afinal, que Deus lhe tinha dado voz, não para ficar em silêncio. O silêncio, reconhecia-o agora, nada mais era que uma precoce manifestação da morte, e ele não queria morrer, queria viver, queria ocupar seu lugar no mundo, mesmo que para isso tivesse de gritar a plenos pulmões. Uma coisa boa, constatava. Não por outra razão gritam as crianças quando brincam, gritam os adultos quando chegam ao clímax no sexo. Gritar, liberar o ar em seu peito há muito aprisionado era um direito que lhe assistia como ser humano em busca de um lugar ao sol — o sol da prosperidade. Silêncio era coisa para os rebeldes que, à noite, se esgueiravam nas sombras. Silêncio era coisa para os místicos que na montanha aguardavam o banquete dos justos. Silêncio era coisa para humildes, para esquisitos, para os que estavam fora da ruidosa torrente de seu tempo. Aqueles que tinham poder, aqueles que eram importantes, não ficavam em silêncio: os sacerdotes, por exemplo, recitavam orações em altos brados.

Não, não estava querendo se comparar com os sacerdotes. Mesmo porque, pensando bem, estava numa situação melhor que a dos sacerdotes. Não precisava ameaçar pecadores ou mobilizar remorsos e culpas; não procurava aumentar o sofrimento de infelizes. Nada disso. Em vez de criar problemas, resolvia-os, fornecendo pombos para o sacrifício, ritual dramático e modo muito prático de agradar a divindade. Aliás, a finalidade maior do próprio Templo era proporcionar o lugar e os meios para esse sacrifício. Não por outra razão os fiéis emergiam do enfumaçado recinto com fisionomia resplandecente. Através do sacrifício aliviavam sua culpa, seus temores. Ele fazia o mesmo, gritando. Livrava-se de seus rancores, de seus ressentimentos, vingava-se dos algozes: o rico proprietário de terras que tirara proveito de sua má sorte, e muitos, muitos outros que o haviam enganado, ou oprimido, ou humilhado. Gritando, protestava contra o Império: era a sua forma de luta. Ao contrário dos fanáticos, não precisava apunhalar ninguém para fazê-lo: seu grito era o punhal que furava o ar claro da manhã. Gritava, pois, gritava sem cessar: pombos! Pombos gordos! Moedas para trocar!

Apesar desse esforço, dessa dedicação, dessa gritaria, não vendeu nada durante toda a manhã. Os fiéis aparentemente o ignoravam. Previsível — afinal, era desconhecido, não formara sua clientela —, mas o olhar debochado de outros vendedores ("Esse aí decerto pensa que vai ficar rico no primeiro dia, não sabe o que o espera") representava uma humilhação que não estava disposto a suportar. Desapontado, amargurado, já pensava em ir embora, quando de repente um homem baixo, gordo, bem vestido, se aproximou. Na aparência, nada o distinguia de tantos outros que vagavam por ali, nada o caracterizava como a figura tão ansiosamente esperada do comprador. Alguma coisa, contudo, dizia ao vendilhão do Templo (e talvez só nesse momento ele estivesse de fato tornando-se vendilhão do Templo — a capacidade de escutar vozinhas misteriosas, astutas, sendo parte do equipamento de sobrevivência dos verdadeiros vendedores) que havia, no homem, uma minúscula, embrionária, disposição para a compra. Ou seja: a intuição para a venda enfim nele despertava, mas ainda não sabia utilizá-la adequadamente: faltava-lhe conhecimento para tanto. Os mais experientes vendilhões do Templo eram capazes de avaliar intenções baseando-se em sinais quase imperceptíveis: um crispar de dedos, um franzir de testa. Mais, comportavam-se de maneira a criar um clima convidativo, um campo de força capaz de magnetizar o possível cliente. Posicionavam-se de maneira a parecerem receptivos (isso eu aprendi com as meretrizes, dizia um deles, o mais irreverente, aquele que os sacerdotes detestavam e que apenas toleravam porque fora dos primeiros a se estabelecer como vendilhão); sorriam, aliciantes; faziam um comentário qualquer, bem-humorado, mas não inconveniente. Dessa maneira iam criando fissuras na rígida carapaça de uma desconfiança incompatível com a idéia de comércio, de trocas. E quando tal carapaça enfim se desfazia, revelando uma nova, ainda que frágil, criatura, um comprador em estado larval; quando o homem-recém assumido como consumidor dizia, sob o impacto da excitação, da deliciosa vertigem que precede o ato de comprar: sim, eu quero! Sim, quero um pombo! Sim, quero dois pombos!, eles ali estavam, os vendedores, solícitos e seguros, prontos a ajudar o ato da compra com a perícia de uma veterana parteira trazendo ao mundo o bebê.

— Quanto custa esse pombo? — perguntou o homem.

— Qual pombo? — Pergunta ociosa, diante de um dedo que apontava com firmeza e precisão; pergunta típica de inexperientes, de inseguros — de incompetentes. Pergunta que poderia gerar, num consumidor menos paciente, uma resposta irada ("És cego? Não vês o meu dedo apontando?"), uma rejeição imediata e merecida. Mas o homem, já de idade, obviamente não era daqueles que gostam de comprar briga; repetiu, cordial, a indagação. Obtida a gaguejada resposta, fez mais algumas perguntas sobre a ave ("Tem alguma doença?" "Doença? Não, não tem doença nenhuma. Não que eu saiba. Que eu saiba, não tem doença, não senhor") e por fim — palavras que soaram aos ouvidos do vendilhão do Templo como deliciosa melodia — disse:

— Está bem. Eu compro esse pombo.

Emoção indescritível apossou-se do vendilhão do Templo. Enfim, estava vendendo. Estava dando algo e recebendo dinheiro em troca. E não era trigo, não era produto de seu trabalho. Estava vendendo um pombo, uma ave que nem sequer criara e com a qual nada tinha a ver — o que significava ingressar no comércio em sua acepção mais ampla. O pombo que entregava era, de certo modo, o portador de sua esperança, tal como depois, no altar dos sacrifícios, seria o portador da esperança do crente, o invólucro de sua mensagem enviada através do correio da fé. Segurando a ave, sentiu momentaneamente as batidas do pequeno coração, que se confundiam com as do seu próprio, reforçando sua crescente emoção. O homem pagou. As moedas que caíram em sua mão úmida, trêmula, não eram apenas dinheiro, representavam uma mensagem: recebe, amigo, com esta quantia, a minha confiança, o meu apreço, o meu — por que não dizer? — amor. Amor, sim. Eu te amo, vendilhão do Templo. Antes de te encontrar, o que era eu? Apenas o detentor de algo chamado dinheiro. Uma razoável quantia, sim, mas, para dizer a verdade, mal-havida — não imaginas que passado tenebroso é o meu; fui traficante de escravos para o Império, até mortes pesam em minha consciência, mas fiz fortuna. Pecúnia que eu detinha, e deter é o termo apropriado: eu impedia a riqueza de circular, por causa da minha avareza. Mas eu comprei de ti um pombo. Em nome da divindade, eu comprei de ti um pombo. Agora tenho uma ave para o sacrifício, uma criatura viva, cujo pequeno corpo palpita em minhas mãos e que me transmite a cálida sensação de — de? — de santidade. Sim! Santidade é a palavra adequada, vendilhão do Templo, para descrever o resultado desta transação. O comércio nos uniu, o comércio representou para nós uma comunhão espiritual. Tu me fizeste comprar; tu, canhestramente embora, induziste-me a abrir mão do meu dinheiro, vale dizer, do meu egoísmo. Tu me introduziste à intimidade do organismo do mundo, tu me mostraste que a riqueza, como o sangue, deve circular, que o dinheiro, como a merda, não pode ser retido: a prisão de ventre é também a prisão do espírito. Por isso eu te serei grato por toda a vida. Logo estarei imolando este pombo, e esse sacrifício será também em tua intenção, para que o Senhor, lá do alto, te olhe e te recompense, proporcionando-te boas vendas. Que sejas feliz, meu vendilhão do Templo, meu vendilhãozinho querido. Que ganhes muito dinheiro, é o que desejo — tu o mereces.

Foi-se, o homem, não sem lançar ao vendilhão do Templo um derradeiro e perturbador olhar (Deus, não será desses invertidos que proliferam por aí — o Império trouxe isso, a corrupção dos costumes, da moral — tentando me seduzir?). Mas não importava. O que importava era que a primeira venda tinha sido feita. O rito de iniciação fora consumado.

O vendilhão do Templo mirou as moedas que tinha na mão. Tratava-se de algo que, no passado, raramente vira; não fazia parte de seu cotidiano porque, de maneira geral, não comprava, não vendia: quando precisava de coisas, trocava. Vinte medidas de trigo por um cordeiro, quarenta medidas de trigo por um par de sandálias, cinqüenta medidas de trigo por um amuleto contra o mau-olhado. Agora, porém, tinha dinheiro. Não muito, na verdade; algumas moedinhas de cobre, mas com que ternura ele as olhava. Não entendia as inscrições que continham; identificava-as apenas pelas efígies nelas gravadas. No entanto, aquelas moedas tinham um significado transcendente, vinculavam-no ao mundo dos que compram e vendem, dos que avaliam e transacionam. Rico ainda não era, mas já tinha algo em comum com os ricos; sentia-se seguro, poderoso até, o contato das moedas com a mão galvanizava-o, dava-lhe forças para prosseguir no caminho que traçara para si, e que era, disso agora estava certo, a rota do sucesso.

— Sim! — bradou, tão alto que os outros vendedores voltaram-se, surpresos, para ele. — Sim, estou no caminho! No caminho do sucesso!

Naquela noite voltou para casa radiante: trazia um grande pão, cheiroso e fresquinho (feito com trigo estrangeiro, mas que lhe importava?), uma galinha, frutas e até uma ânfora de vinho — tudo comprado com o dinheiro que ganhara. A mulher chegou a se assustar:

— De onde saíram essas coisas? Roubaste? Se roubaste, não quero.

— Nada disso, mulher. — Ele ria, feliz. — Eu não roubo, não preciso roubar. A miséria acabou, de agora em diante não passaremos mais fome.

E explicou: agora tinha um negócio, agora era vendilhão no Templo. Ela franziu a testa: de que estás falando, homem? Tu, que mal sabes contar, vais te dedicar ao comércio? É verdade, ele disse, mal sei contar e jamais pensei em trabalhar em outra coisa que não fosse a terra, mas Deus me ajudou e eu me saí bem, e agora posso dar comida a ti e a nossos filhos.

— Vamos comer — concluiu, triunfante —, porque estou morrendo de fome.

Foi uma festa; pela primeira vez em muito tempo a família tinha mesa farta. O vendilhão do Templo, alegre — não estava acostumado a tomar vinho —, entoava antigas canções; os filhos sorriam, ainda que um pouco perturbados: nunca haviam visto o pai, homem habitualmente taciturno, tão expansivo. O vendilhão do Templo lembrava-se do ágape, do banquete com que os Filhos da Luz celebrariam sua vitória sobre os Filhos das Trevas. De acordo com o homem da seita, ele, por ter recusado a vida de asceta, não participaria da mesa sagrada — mas pouco se lhe dava. Não precisaria aguardar o Juízo Final para comer bem, tinha o ágape em domicílio. De agora em diante a vida seria festa e mais festa.

Naquela noite, quando deitaram, puxou a mulher para si: tinha vontade de fazer amor, o que havia muito tempo não acontecia. Vem, minha pombinha, disse, vem. Ela repeliu-o, surpresa e irritada; também estava com vontade, mas não gostara daquela forma de tratamento supostamente carinhosa: se vais vender pombos, não me chames de pombinha. Ele riu, pediu perdão, e de novo abraçou-a; tão fogoso estava que ela se assustou: que é isso, homem, o que é que nossos filhos vão pensar — mas ele já se introduzia e ela, pedindo perdão a Deus, entregou-se. Gozaram juntos, duas vezes, o que a deixou surpresa — e alarmada: ah, homem, será que não estamos nos rendendo à luxúria? Será que não estamos abusando da bondade divina? Ele não respondeu: ressonava. E ela, depois de uma prece — eu te agradeço, Senhor, mas por favor não nos abandones —, adormeceu também.

No dia seguinte ele levantou mais tarde, a cabeça doendo. Foi com certo receio que se dirigiu ao Templo, levando as gaiolas com os pombos. E se Deus, aborrecido com os excessos da noite anterior, tivesse resolvido castigá-lo e afastasse os clientes?

Não, Deus não parecia disposto a puni-lo. Na verdade, o movimento do dia ultrapassou suas mais otimistas expectativas. Aparentemente, muitos eram os que estavam pecando; a demanda por pombos para o sacrifício era enorme, e ele levava vantagem sobre os demais vendedores: voz forte, pregão vigoroso. Todos — até mesmo os soldados da guarnição — prestavam atenção quando ele gritava, pombos, pombos gordos. A sua mesa era a mais procurada, filas se formavam diante dela. Tinha, claro, certas dificuldades; por exemplo, na troca de moedas, que, em certos casos, era feita mediante pesagem. A balança o atrapalhava. Reconhecia que aquele era um dispositivo necessário, um instrumento de racionalização, referendado inclusive pelas Escrituras ("Foste pesado na balança e encontrado muito leve"); mas tinha pouca prática em seu uso. Os pratos dançavam doidamente sob seus dedos inexperientes, trêmulos, para gáudio dos clientes — o que, atraindo a atenção dos passantes, acabava por ajudá-lo.

Dali para a frente foi só progresso, e progresso rápido. Logo

24

incorporou a rotina: todos os dias informava-se do preço dos pombos, da cotação das moedas estrangeiras. Aprendeu a valorizar certas informações que lhe eram fornecidas pelos próprios peregrinos: a queda da produção de prata em certa região do Império fazia subir o valor das moedas feitas desse metal. Um navio cheio de ouro tinha sido capturado pelos piratas? Alta na certa. Ah, mas novas minas tinham sido descobertas: o preço voltava a baixar. O vendilhão do Templo, que era um homem inculto, descobria em si uma surpreendente facilidade para números e cálculos; e, como resultado dessa inesperada vocação para operações financeiras, não parava de ganhar dinheiro.

De ganhar e de gastar: de imediato comprou roupas para a mulher (jóias viriam em seguida) e para os filhos e móveis para a casa, incluindo uma cama nova: a antiga gemia sob o peso dele, qualquer dia quebraria quando estivessem no ardor da paixão. Coroou a série de aquisições com um grande espelho.

Espelho, aquilo era um velho sonho. Nunca tivera um. Mais: podia contar nos dedos de uma mão as vezes em que se mirara num espelho. Como eu sou?, perguntava-se, e para obter resposta a essa indagação a única coisa que podia fazer era olhar-se em poças d'água ou pedir à mulher que fizesse uma descrição de sua face. Descrição que, aliás, variava muito, conforme o estado de espírito dela: "Vejo um homem bonito, de lindos olhos", ou "Vejo um homem muito feio, parece um bandido". Frustrante incerteza, que agora teria fim.

O espelho era tão grande que à mulher causou espanto e até indignação: para que precisamos de uma coisa dessas? Não sabes que a vaidade é um pecado? A esse receio, outro se juntava: o de que a superfície polida mostrasse, como numa espécie de castigo cruel, a devastação que sofrera em todos aqueles anos de privação.

O vendilhão do Templo pendurou o espelho na parede do principal aposento da casa. E foram os quatro, juntos, postar-se diante da superfície polida. Cada um olhava a si próprio, sorria, olhava os outros, sorria também. O vendilhão do Templo estava agradavelmente surpreso: constatava que, apesar do desgaste imposto pela dura vida que levara, ainda era um belo homem. Não muito alto — ninguém era alto naquela região —, tez morena, olhos escuros, sobrancelhas cerradas, barba e cabelo pretos, era um tipo e tanto. Também a mulher, apesar de algumas precoces rugas e de cabelos grisalhos, conservava algo da formosura da juventude. Quanto aos rapazes, estavam naquela fase em que os traços fisionômicos não se haviam definido, embora a expressão de ambos fosse diferente: o mais velho, melancólico, o mais jovem, alegre, ainda que inquieto.

Ali estavam, os quatro. Mais importante, ali estava a família. Uma família aparentemente feliz — a não ser pelos espectros.

Os espectros. Deles, o vendilhão descobria-o agora, nenhum espelho está livre. Têm memória, os espelhos; as imagens que um dia refletiram ficam, de algum modo, incorporadas à sua matéria, junto com outras imagens, tênues, fugidias, estas criadas pelas lembranças e pela fantasia de quem olha. A família do vendilhão não escapava a essa regra. Ali estavam o filho morto de febres e o filho assassinado; ali estavam os pais mortos, os avós mortos, os parentes mortos, os amigos mortos e o antigo dono do espelho... Estavam todos ali, e eram legião.

Pior ainda era o enigma do presente, o enigma contido na visão da família feliz. Porque o vendilhão do Templo distinguia, ou julgava distinguir, sob o melancólico sorriso do filho mais velho, um esgar estranho, inquietante. Suspeitava que aquele filho não fosse seu. Suspeita não totalmente infundada, nascida muito tempo antes, em um dia fatídico. Enquanto ele estava no campo, os soldados do Império tinham vindo à choupana. O que acontecera então? A mulher jurava que eles estavam atrás de guerrilheiros e que haviam ido embora depois de revistar a casa. Mas

26

talvez fosse uma mentira, piedosa ou safada: bem podia ela ter feito amor com um ou com vários soldados, sob ameaça ("Entrega-te a nós ou levamos teu marido") ou mesmo espontaneamente — os soldados eram jovens bonitos. Poderia ter sido violentada, também; fazia parte da tática do Império para submeter populações a seu domínio: quanto maior o número de crianças parecidas com os opressores, melhor. Em qualquer dessas hipóteses, ela não lhe falaria nada. Um silêncio que colaborava para aumentar a angústia do marido. E o que aparecia no espelho, quando ninguém estava olhando? Muitas vezes acordava no meio da noite com essa pergunta a torturá-lo. Mas não se levantava para espiar, nem mesmo sorrateiramente, porque temia ver ali demônios bailando sua dança infernal. Continuava deitado, tenso, até que o sono lhe fechava as pálpebras e confusos sonhos vinham substituir, e completar, as perturbadoras fantasias. Acordava cansado, mas não se queixava: sabia que aquele era o preço a pagar, em dúvidas e temores, pelo sucesso.

Que agora parecia consolidado: o dinheiro continuava a entrar, a clientela crescia. O que despertava admiração e inveja entre os demais vendilhões. Como é possível, perguntavam-se, que esse homem tosco, esse campônio de mãos calejadas e modos bruscos, venda mais que nós, que temos longos anos de prática, de tradição? O vendilhão do Templo, modesto, atribuía seu êxito apenas ao esforço. Explicação pouco convincente: esforçados todos eram, ou ao menos se achavam esforçados. Para alguns ele estava usando novas técnicas de venda, produto de inato e insuspeito talento mercantil. Outros iam mais longe e acreditavam que firmara um pacto com o demônio para vender mais. Ruinosa e desleal concorrência.

O vendilhão do Templo não se importava com os ressentidos; acreditava que o caminho da fortuna se abrira para ele e que, uma vez aberto esse caminho, nada poderia detê-lo. Aliás, não se tratava apenas de ganhar muito; era também a satisfação com uma atividade que sempre — os enganos de uma mente amargurada! — lhe parecera detestável. Constatava, agradavelmente surpreso, que gostava de vender pombos, de trocar dinheiro; fascinavam-no as moedas, sobretudo aquelas com efígies estranhas. Ele, que só convivera com os seus familiares e os poucos habitantes da aldeia, agora estava conhecendo muitas pessoas, gente que vinha de longe, de lugares exóticos. Conversou longamente com um mercador que lhe falou sobre a incrível riqueza do Oriente. Mas tal riqueza, acrescentara o mercador, não se comparava à que diziam existir nos misteriosos territórios de além-mar; lá, em meio a montanhas verdejantes, florestas e rios caudalosos, havia cidades inteiras — casas, templos, palácios — de ouro puro.

— Há fortunas imensas à espera de quem se atrever a atravessar o oceano — garantia o homem.

Fortunas, aquilo era tentador, mas — atravessar o oceano? A idéia dava vertigens no vendilhão do Templo, que, do mar, só sabia o que lhe contavam os peregrinos que haviam viajado em navios. E o que lhe contavam não era de entusiasmar, bem pelo contrário. Falavam em tempestades, de ondas maiores que o templo. Falavam em peixes gigantescos, em monstros marinhos capazes de engolir num átimo uma pessoa (como o profeta Jonas) ou mesmo uma embarcação. Mais que isso, garantiam que, no limite do mundo, as águas precipitavam-se no espaço vazio levando consigo barcos e navegadores. O mercador não chegava a negar a existência de tais perigos, mas jurava que era, sim, possível, navegando sempre na mesma direção — sem medo e com fé —, chegar a regiões jamais sonhadas.

Essas histórias todas o vendilhão do Templo repetia para a mulher e os filhos quando à noite retornava para casa. Há um mundo à nossa espera, proclamava, há muito dinheiro a ganhar, e vou ganhar esse dinheiro. A mulher, prudente, não deixava de adverti-lo contra os problemas que certamente estavam à sua espera. Tinha razão. No caminho da suposta riqueza não faltavam riscos, como o vendilhão logo veio a constatar.

Um dia — e era um dia de excepcional movimento, ele já tinha vendido mais de trinta pombos — o bedel do Templo, homenzinho feio e corcunda, veio procurá-lo: um dos sacerdotes queria falar com ele.

— Comigo? — O vendilhão do Templo, surpreso e um tanto alarmado; nunca falara com os sacerdotes, nem sequer os via; como dizia aos outros, meio brincando, meio sério, eles lá, nós aqui. Pombos e moedas era o que tinham de comum; repassava a um funcionário do Templo o que ao Templo era devido, estava em dia com suas obrigações. O que podia querer com ele um sacerdote?

Estranho; estranho e preocupante. Não seria uma brincadeira dos outros vendedores, acumpliciados com o bedel? "Vai até aquele vendilhão, diz que um sacerdote quer falar-lhe." Quando ele se dispusesse a seguir o enviado, seria aquela risada geral: que tolo, julga-se importante, pensa até que os sacerdotes vão recebê-lo. Mas o bedel falava sério: aparentemente o recado era verdadeiro, estava mesmo sendo chamado.

— E o que quer comigo?

Mas isso o corcunda não sabia ou não queria dizer. Segue-me, disse, e o vendilhão do Templo achou melhor obedecer. Atravessaram os vários pátios — a cada pátio a inquietude dele aumentava — e chegaram a um anexo do Templo, uma pequena construção de pedra que, como o pátio dos vendedores, não era parte do recinto sagrado. Ali eram recebidos os leprosos supostamente curados que, antes de serem admitidos novamente ao Templo, eram examinados por um sacerdote.

— Entra — disse o bedel.

— Aqui? — O vendilhão do Templo, surpreso. — Mas este é o lugar dos leprosos!

— Entra — repetiu o homem, impaciente. E como o vendilhão do Templo hesitasse, empurrou-o para dentro e fechou a porta.

Era um lugar pequeno, uma sala despojada precariamente iluminada por uma vela. O mobiliário restringia-se a alguns bancos e uma mesa, à cabeceira da qual estava sentado um homem de porte altivo, longa barba branca e olhar feroz, usando as vestes sacerdotais.

O vendilhão do Templo cumprimentou, tímido. O sacerdote não se dignou a responder; olhava-o apenas, fixamente.

— Eu ouvi teu comentário — disse, por fim. Ficou em silêncio um instante e prosseguiu. — Tens razão: não és leproso. Mas antes o fosses. Porque o que te torna impuro a nossos olhos é mil vezes pior que a lepra.

Abriu a mão, mostrando uma moeda que em seguida colocou sobre a mesa.

— Sabes o que é isto? — perguntou, num tom de mal contida fúria.

Assustado — o que estaria acontecendo? —, o vendilhão do Templo aproximou-se da mesa, olhou. Uma moeda, era o que via ali, uma moeda do Templo; e foi o que respondeu, é uma moeda do Templo. Pela expressão do sacerdote viu que sua resposta não era satisfatória, o que só fez aumentar sua inquietação: algo acontecera, algo muito grave relacionado com aquela moeda — mas, o quê, exatamente? E o que tinha ele a ver com o assunto?

— Olha bem — insistiu o sacerdote, imperioso. — Não notas nada de estranho nesta moeda?

Mas o que queria dele, o implacável inquisidor? Que respos-

30

ta esperava? Na aparência tratava-se de uma moeda comum, igual a tantas outras que nos últimos dias tinham — felizmente (felizmente mesmo? Agora já estava em dúvida) — passado por suas mãos. Foi o que disse: não noto nada.

— Olha melhor.

Pedindo licença, o vendilhão pegou a moeda, revirou-a entre os dedos trêmulos. Não, nada lhe chamava a atenção. E agora estava francamente aterrorizado; alguma coisa fizera, para ser submetido a tal interrogatório; alguma coisa muito grave. Talvez tivesse cometido, ainda que involuntariamente, um crime — um crime para o qual a moeda serviria de prova. Mas que crime? Que o vendilhão soubesse, nada tinha feito de errado, nada. O certo, porém, é que já estava sendo tratado como um réu e que, portanto, algum castigo o aguardava. E eram terríveis os castigos do Templo, isso ele sabia muito bem. Incluíam até a morte, e por apedrejamento, coisa que inclusive ele testemunhara, no caso de uma conhecida adúltera. E se um destino semelhante lhe estivesse reservado? Deus, que desgraça, que desgraça. Maldita a hora em que decidira abandonar o campo: teria sido melhor ficar lá passando fome do que ser submetido àquela humilhação, àquela tortura.

— Não vejo nada — repetiu, num sopro de voz. — É igual às outras moedas do Templo.

O sacerdote, cofiando a barba, continuava a olhá-lo fixamente.

— Igual?

— É o que me parece. Igual.

O sacerdote levantou-se. Chegou bem perto do vendilhão do Templo, tão perto que este podia sentir o seu hálito pesado. Num gesto agora brusco apanhou a moeda, mostrou a inscrição:

— Olha aqui. Esta letra. Estás vendo? A última letra. Olha bem. Que me dizes desta letra?

— Perdão — murmurou o vendilhão do Templo. —
Nada posso dizer. Não sei ler.

— Não importa! — gritou o sacerdote. — Que não saibas
ler, não importa! Qualquer um pode ver que esta letra está errada.
E sabes por que a letra está errada? Sabes por quê? Eu te digo: a
letra está errada porque a moeda foi cunhada por alguém que não
tinha o direito de fazê-lo. A moeda é falsa! Falsa, ouviste?

O vendilhão do Templo recuou, um tremor convulso a lhe
sacudir o corpo. O sacerdote tornou a se aproximar dele. Os dois
face a face, disse, numa voz surda, ominosa:

— Não é a primeira. Moedas falsas sempre apareciam, mas
agora há um verdadeiro derrame delas. Fizemos uma investigação e constatamos um fato: isso aconteceu a partir de um certo
momento. O momento em que alguém, um novo vendedor e
cambista, começou a trocar dinheiro. Sabes quem?

O dedo acusador:

— Tu. Tu trouxeste moedas falsas. Tu as fabricaste, sabe-se
lá onde! Tu! Falsário! Não apenas cometeste um delito, cometeste um pecado. Um pecado abominável.

A custo o sacerdote se continha. Pegou a moeda como se
fosse um detrito repugnante, olhou-a longamente.

— Uma moeda falsa. Aqui, no recinto sagrado do Templo.
Na casa de Deus.

Fitou o vendilhão do Templo e perguntou, com uma calma
que mal mascarava o ódio:

— Dize-me: o que é uma moeda para ti?

O vendilhão do Templo já não sabia o que responder; ficou
calado, trêmulo.

— Para ti, uma moeda — prosseguiu o sacerdote — é algo
que serve apenas para comprar coisas. Pois estás enganado: uma
moeda é uma mensagem. Este que me porta, ela diz, tem direito
a uma fração, grande ou pequena, da riqueza do mundo; este que

me porta tem direito a adquirir comida, roupas, perfumes e até o corpo das mulheres de má fama. Isso é o que diz a moeda comum, a moeda que os peregrinos te trazem. A nossa moeda, contudo, a moeda que permitimos entrar no recinto sagrado do Templo, não fala de coisas profanas; ela fala de crença, ela fala de devoção, ela fala da glória do Senhor. É uma moeda abençoada, a nossa, feita do mais puro metal — fundido por homens de fé, homens que oram todos os dias. E os moldes são obra de uns poucos artesãos, gente que colocou seu talento a serviço do Todo-Poderoso. Os moldes têm de ser perfeitos, tão perfeitos quanto as letras das Escrituras. Se o escriba que copia uma letra errada nas Escrituras pode, como diz a tradição, destruir o universo, o artífice que cunha uma moeda com defeito pode destruir a fé — e de que é feito o universo, senão de fé? O que mantém a vida, senão a fé? Uma moeda para nós é mais que riqueza; é a condição mesma da nossa sobrevivência espiritual. A moeda verdadeira, bem entendido. Porque a moeda falsa -

O murro que deu na mesa fez o vendilhão do Templo saltar,

— Uma moeda falsa é como a víbora que se oculta sob o leito, pronta para picar! Uma moeda falsa é como um fruto suculento, mas venenoso! Uma moeda falsa traz a mensagem do demônio! E é a mensagem do demônio que estavas introduzindo aqui, neste Templo em que teu pai e teu avô oraram e pediram perdão por seus pecados!

O vendilhão do Templo não agüentou mais. Caiu de joelhos:

— Perdoa-me! Por favor, perdoa-me! Se essa moeda estava em meu poder, foi por acaso! Eu não sabia que era falsa, juro!

— Juras. — O sacerdote sorriu, sarcástico. — Juras. Como se teu juramento valesse alguma coisa. Como se não fosse uma afronta ainda maior.

Uma pausa, e continuou:

— Não sei se te dás conta do teu ato pecaminoso. Mas, se a

tua consciência está embotada a ponto de não perceberes a dimensão do mal que causaste, vou te dizer algo que sem dúvida entenderás: fabricar moeda falsa é também um crime contra o Império. E é ao Império que te entregaremos. Receberás o castigo que mereces: a morte na cruz.

Foi até a porta, abriu-a, chamou o bedel:

— Pede ao chefe da guarnição, em meu nome, que venha aqui. E que traga soldados: quero entregar um criminoso.

O vendilhão do Templo agarrou-se, desesperado, à túnica do sacerdote: misericórdia, ele bradava, eu juro que sou inocente, não me entregues aos soldados, eles vão me matar, eu tenho mulher, eu tenho filhos, minha família vai morrer de fome. O sacerdote repeliu-o brutalmente: larga-me, verme, não me toques, és um impuro, um criminoso.

Atraídos pelos gritos, outros sacerdotes apareceram. Depois de se inteirarem do que tinha acontecido, reuniram-se num canto e confabularam em voz baixa durante longo tempo. Àquela altura o vendilhão do Templo tinha parado de chorar: imóvel, os olhos esgazeados, fitava o grupo, esperando — o quê? — o veredito.

Por fim, o sacerdote dirigiu-se a ele:

— Estás com sorte — disse, sarcástico. — O Templo decidiu aceitar tuas alegações; não por ti, por tua família, que decerto não merece castigo. Mas escuta bem: se mais uma moeda falsa aparecer, uma única que seja, nós te entregaremos aos soldados.

O vendilhão do Templo, agradecido, radiante, tentou beijar-lhe as mãos, mas o sacerdote empurrou-o:

— Vai-te — disse, seco. — Leva contigo essa moeda falsa e desaparece daqui.

O vendilhão do Templo apressou-se a obedecer. Ao sair, deu com os outros vendilhões reunidos diante da porta. Estavam todos ali, tinham abandonado suas mesas para assistir ao desfecho do caso. Alguns estavam sérios, mas outros sorriam, evidentemente deliciados com a humilhação imposta ao arrivista.

Aquilo era demais. O deboche, depois do duro transe, era demais: tomado de súbita fúria, o vendilhão do Templo agarrou um dos homens pelo pescoço e, sacudindo-o violentamente — a raiva multiplicava-lhe as forças —, gritou que tinha sido traído e que, se outras moedas falsas aparecessem, mataria quantos pudesse antes de ser preso. Amedrontados, os vendilhões recuaram: esse aí é louco, completamente louco.

O vendilhão do Templo voltou para casa. A mulher e os filhos logo perceberam que alguma coisa grave tinha acontecido; não quiseram perguntar a respeito, ele também nada falou, mas foi buscar num baú a faca que, no campo, lhe servia como arma de defesa. Jamais a levara ao Templo para que não o acusassem de profanar o recinto sagrado. Agora, porém, estava disposto a matar quem o fizesse passar por novo vexame.

No dia seguinte as coisas pareciam ter voltado ao normal; no pátio do Templo, os vendilhões atendiam como de costume os peregrinos. Contudo o vendilhão continuava inquieto. Não podia esquecer a clara ameaça do sacerdote: de uma segunda acusação não escaparia. Moedas falsas poderiam aparecer a qualquer momento, introduzidas por falsários ou até por alguém desejoso de incriminá-lo; por exemplo um daqueles que invejavam seu sucesso. Manobra suja, imoral? Talvez. Mas não improvável numa época de crise: a concorrência era feroz, qualquer meio para eliminar um competidor seria válido.

O vendilhão do Templo não sabia o que fazer. Não podia ficar naquela ansiedade quanto ao que lhe reservava o destino, precisava fazer algo. Mas o quê? Uma resposta logo lhe ocorreu: tinha de identificar os responsáveis pelo derrame de moedas falsas e denunciá-los. Não apenas provaria sua inocência, como sem dúvida cairia nas boas graças dos sacerdotes. Uma investigação desse tipo, porém, era tarefa demasiado complexa para um homem simples, rude e inculto como ele. Além do mais, a única pista de que dispunha era a moeda falsa. Examinava-a horas a fio, durante o dia ou à noite, à luz de uma vela. Comparava-a com outras, supostamente verdadeiras. Supostamente? Sim: ele agora não tinha mais nenhuma certeza quanto ao dinheiro que recebia, não tinha certeza quanto a nada. A moeda que o sacerdote identificara como falsa era mesmo diferente, mas a diferença estava somente naquela letra da inscrição. Se pudesse memorizar a imagem das letras das moedas verdadeiras, talvez conseguisse detectar as falsas. Fácil de dizer: como poderia um analfabeto identificar letras? Não conseguia sequer mirar aqueles sinais, para ele não apenas misteriosos como poderosos: tinha, em relação às letras, um temor supersticioso. A palavra escrita era domínio dos sacerdotes, dos ricos, dos poderosos — e dos escribas e copistas que os serviam; um território no qual não se atrevia a penetrar. Mas tinha de fazê-lo; atirou-se com grande desespero, mas não menor determinação, à tarefa de memorizar os caracteres. Esta aqui tem uma perninha para baixo e um tracinho para cima; nesta aqui, são duas as perninhas e um tracinho; nesta outra, uma perninha só; nesta terceira...

Inútil. Depois de algumas horas desse exasperante exercício, as imagens embaralhavam-se diante de seus cansados olhos; não sabia mais qual letra tinha perninha ou tracinho. Foi dormir, exausto, mas teve pesadelos: sonhava que as letras pulavam das moedas e, como escorpiões, vinham atacá-lo.

Essa situação logo começou a produzir ruinosos efeitos: ele agora examinava, ansioso, cada moeda que recebia, para irritação dos que trocavam dinheiro ou compravam pombos: o que tanto miras, não conheces dinheiro, anda de uma vez, não tenho todo o dia. Incomodou-se, começou a perder fregueses.

Em casa, brigava por qualquer coisa, quase não comia: perdera por completo o apetite. Pouco falava, dormia mal. A mulher, inquieta, interrogava-o, queria saber o que estava acontecendo. Finalmente contou o ocorrido. Ela também ficou muito assustada, mas tentava consolá-lo: calma, homem, o problema se resolve, vais ver. Sugeriu-lhe que orasse, orasse muito, e que fosse ao Templo demonstrar devoção publicamente. Não apenas Deus poderia ajudá-lo, como os sacerdotes constatariam a sua boa-fé. Para isso, contudo, ele teria de oferecer os pombos em sacrifício, o que não estava em condições de fazer: afinal, tratava-se de seu ganha-pão.

Uma manhã estava junto à mesa, diante do Templo, ruminando pensamentos sombrios, quando de repente ouviu-se um grito. Um dos vendilhões caiu no chão, banhado em sangue, enquanto um homem embuçado fugia em desabalada corrida. Os outros vendilhões acorreram em socorro do ferido. Inútil: o golpe, no coração, fora certeiro; em poucos instantes estava morto.

Junto ao corpo ficara a arma do crime, um punhal ensangüentado. O punhal curvo dos rebeldes: certamente o homem fora por eles considerado traidor. Prova disso é que não tinha sido roubado; no chão estavam várias moedas reluzentes, caídas de sua bolsa. Num súbito impulso, o vendilhão do Templo abaixou-se e, ignorando os olhares de censura dos outros vendedores, apanhou uma delas. Examinou-a um instante e:

— Olhem! — gritou, excitado. — Olhem aqui! Olhem a perninha, olhem o tracinho! Está torta a perninha, está torto o tracinho! Esta moeda é falsa! E esta aqui também! E esta outra também!

Atraído pela gritaria, um sacerdote — o mesmo que o ameaçara — apareceu. Pensando que o vendilhão tinha sido apanhado com moedas falsas, agarrou-o pela túnica:

— Eu te avisei — gritou, fora de si. — Eu te avisei que não haveria uma segunda vez! Agora é o teu fim!

Mas então os outros intervieram: não, ele não era culpado — o falsário era o morto, cujo cadáver agora estava num canto do pátio, coberto por um pano. O sacerdote foi até lá, mandou que descobrissem o corpo. Reconheceu-o: era um dos vendedores mais antigos, um homem que gozava da inteira confiança dos sacerdotes.

— Quem fez isso? — bradou.

Mostraram-lhe o punhal curvo dos rebeldes. O sacerdote empalideceu: então os fanáticos já não respeitavam o recinto do Templo! O vendilhão percebeu, deliciado, sua perturbação, e, sem poder se conter, disse, alto e bom som:

— Sabe-se lá quem será o próximo!

O sacerdote olhou-o, furioso; ia dizer alguma coisa, mas, constatando, pelos sorrisos irônicos, que não contava com a aprovação dos outros vendilhões, achou melhor ir embora. O vendilhão do Templo foi efusivamente cumprimentado pela coragem: enfrentara um homem que havia muito tempo infernizava a vida de todos, dera-lhe uma boa lição.

Provada sua inocência e com o prestígio aumentado, o vendilhão do Templo retornou com redobrado ânimo às atividades. Seu pregão soava mais alto que nunca, agora que sentia Deus a seu lado; e os fregueses afluíam em número cada vez maior. Sim, a agitação crescia no país; sim, os focos de revolta contra o Império multiplicavam-se; sim, o número dos que subiam a montanha para juntar-se à seita monástica dos ascetas aumentava — mas o vendilhão do Templo estava alheio a essas coisas; o que lhe importava é que vendia cada vez mais, ganhava cada vez mais. Como dizia à mulher: os pombos me levarão longe.

À época em que vivia no campo, o vendilhão do Templo não fantasiava, não sonhava: a luta pela existência consumia toda a

38

sua energia, mobilizava seu restrito imaginário. No máximo conseguia pensar numa colheita um pouco maior (coisa rara: ruim, a terra que trabalhava), numa mesa um pouco mais farta (cordeiro! Quando comeria cordeiro?). Mas agora, na cidade, e com o sucesso que estava obtendo, podia permitir-se a visão de um futuro glorioso, próspero. O que até o assustava um pouco: não seria um pecado antecipar triunfo e riqueza, sobretudo num momento em que a pobreza se alastrava e a opressão crescia?

Não, pecado não era: afinal, seus devaneios nasciam à sacrossanta sombra do Templo e não visavam a prejudicar ninguém; pelo contrário, tudo o que pretendia era estimular a prática religiosa. Que seu lucro dela dependesse era apenas um detalhe; se as suas fantasias se transformassem em realidade, o que não era impossível, os crentes veriam facilitada a tarefa de fazer sacrifícios.

Sonhar, sim, por que não? O vendilhão do Templo sonhava. Não nas horas de maior movimento, que aí não havia tempo, mas ao meio-dia, quando o sol estava a pino e ele se deitava para descansar um pouco à sombra de uma árvore, dormitava e sonhava. Sonhava com riqueza, naturalmente; sonhava com cofres abarrotados de moedas. Sonhava com navios que lhe traziam, de terras ainda desconhecidas, quantidades fabulosas de ouro, prata e pedras preciosas. Sonhos inspirados, aliás, no próprio templo, não o que ali estava, mas o outro, o templo de Salomão, construído, segundo se dizia, com ouro e madeiras nobres trazidas de regiões longínquas, dominadas por aquelas mulheres guerreiras, as amazonas.

Mas sonhos, ainda que animadores, são imprecisos, mensagens crípticas que devem ser decifradas, a exemplo do que José fizera com os sonhos do faraó, e, sobretudo, transformadas num caminho para o sucesso, sob a forma de projetos. Não poderia procurar um ricaço ou uma alta autoridade imperial dizendo, eu tenho um sonho, preciso de financiamento. Quereriam saber do que se tratava, quanto custaria, que lucro traria. O ramo deles era o da transação comercial, não o das visões fantasiosas. Sonhos, não. Mas projetos, sim. Projetos são sonhos com objetivos determinados, quantificados, implementados mediante estratégia adequada. Ele já tinha alguma coisa nesse sentido: projetos de vários tipos, nascidos de sua prática, da cuidadosa observação da realidade. Por exemplo: a questão do sacrifício de pombos. Havia certa lógica na escolha dessas aves. Primeiro, pombos são fáceis de encontrar e de criar. Segundo, não se enquadram na categoria das aves úteis: seus ovos, comparados aos dos galináceos, são pequenos; ao contrário do galo, não cantam, produzem apenas arrulhos, inspiradores para os namorados, mas insuficientes para despertar, como clarinada vibrante, aqueles que precisam começar seu trabalho com a aurora. Em terceiro lugar, pombos são nervosos: sempre agitados, sempre voejando de um lado para outro sem nenhum propósito evidente, perturbando as pessoas sensíveis, aquelas pessoas que correm o risco de identificar-se com nervosas imagens. Para tais pessoas, e para muitas outras, o sacrifício no Templo tinha caráter terapêutico. Imolar os pombos era uma forma de diminuir a ansiedade sobre a face da Terra. O mundo ficava mais calmo sem tantas asas ruflando. No balanço geral, portanto, parecia que Deus tinha alocado uma precária existência às aladas criaturas exatamente para que a devolvessem quando chegasse o momento adequado, o momento do sacrifício. À luz dessa concepção os pombos, aves que cagam sem parar, não passariam de uma rudimentar estrutura viva, penas por fora, merda por dentro. Incinerá-los era medida higiênica, racionalizadora. E simbólica: nada mais sugestivo de tranqüilidade, de paz, do que cinzas. Em cinzas não há olhinhos duros e inexpressivos a mirar transeuntes, não há bicos a explorar as fendas do calçamento em busca de grãos. Por fim, a visão das cinzas constituía-se em sóbria e eficaz advertên-

40

cia (a vida é curta, a morte é certa), colaborando para concentrar a mente dos fiéis nos grandes objetivos da existência.

Mas havia uma alternativa melhor do que a incineração pós-sacrifício: transformar os pombos em fonte de alimento. Em matéria de carne, os columbídeos não são grande coisa, mas nada impedia que bons cozinheiros, trabalhando sob adequada supervisão, produzissem com o modesto insumo pratos saborosos — e práticos, a serem vendidos no pátio em frente ao Templo. A carne triturada e frita, servida dentro de um pãozinho redondo, seria a refeição ideal para peregrinos apressados. Que coisa deliciosa, exclamariam os fiéis, comendo, é tão bom isto que dá vontade de chorar, de cair de joelhos e agradecer a Deus por ter criado o pombo: obrigado, Senhor, por teres infundido teu sopro de vida numa carne tão tenra e macia, obrigado por teres dado a alguém a idéia de usar o pombo num petisco a um só tempo tão prático e tão gostoso. Hum, Senhor, que maravilha, Senhor.

Isso quanto à carne; as penas poderiam ser usadas na confecção de adornos; os bicos dariam amuletos: dos ossos, triturados, fabricar-se-ia bom adubo. Adubo abençoado, aliás, vendido com certificado; adubo capaz não apenas de fertilizar a terra, como de santificá-la, proporcionando colheitas abundantes, abençoadas. De sagrado trigo seria obtida sagrada farinha para produzir sagrado pão. A maciça ingesta de sacralidade teria conseqüências espirituais, sociais e até políticas. O povo comungaria de elevados sentimentos de amor e devoção; os irados rebeldes já não sentiriam necessidade de matar os inimigos, reais ou imaginários; os místicos não subiriam a montanha para esperar o Juízo Final, de vez que uma versão mais prática do banquete dos justos já estaria em curso. Impressionado com a união mística, o Império não se atreveria a tripudiar sobre os dominados; todas as táticas de intimidação, todas as opressivas leis seriam revistas, dando lugar a uma forma mais benigna e inteligente de domínio. Nessas favoráveis circunstâncias, uma nova liderança emergiria, e dela o vendilhão do Templo — por sua inventividade; mais, por sua sensatez — seria expoente. Respaldado na autoridade conquistada, proporia a criação de um órgão governamental encarregado de desenvolver a criação de pombos em larga escala. A região ficaria conhecida pela excelência das aves para sacrifício; a exportação para outras regiões do Império seria questão de tempo, a exemplo (suprema ironia!) do que acontecera com o trigo. Mas não seria um comércio baseado em preços baixos, capazes de quebrar a concorrência, e sim na fé, a fé que toda a humanidade partilha, a fé num poder superior, a fé que move montanhas e que se expressa em projetos ousados. Os pombos poderiam ser sacrificados em outros templos, a outros deuses e deusas; não se faria discriminação. Um consórcio de divindades seria assim formado, o interesse comum superando as diferenças de crença, a racionalidade econômica mandando para o espaço as questiúnculas doutrinárias e rituais. O próprio vendilhão do Templo, quando vivia no campo e precisava de mais chuva, apelava a todos os deuses da região, que não eram poucos (mesmo assim, às vezes não obtinha mais que um fraco chuvisqueiro). Obviamente, cooperação não excluiria poder, mas até para isso seu projeto servia: a hegemonia na produção de pombos para o sacrifício seria, ao fim e ao cabo, uma hegemonia religiosa também — hegemonia do Templo, bem entendido, ao qual o vendilhão não deixava de ser grato. Membros de outras crenças teriam de aprender preces e rituais com os sacerdotes da (assim qualificada para fins externos, promocionais) verdadeira religião. Uma academia sacrifical seria criada; ela não apenas irradiaria luz espiritual para todo o mundo como também ministraria cursos, em vários níveis, sobre temas tais como técnica do sacrifício, cobrando matrículas e anuidades: um empreendimento à parte e muito rentável.

Melhor aproveitamento dos pombos: primeiro projeto.

42

Indo adiante, sempre adiante, sempre se antecipando aos acontecimentos, sempre prevendo o futuro, sempre enxergando mais além, o vendilhão do Templo podia cogitar de um segundo projeto: sacrifício de outras aves. A fauna alada da região não era das maiores — alguns poucos pássaros, de difícil captura —, mas ele podia, sem muito esforço, imaginar que em luxuriantes florestas de terras longínquas existisse toda uma gama de pássaros exóticos de bom tamanho, com bicos imensos e plumagem de variegada coloração — o que acrescentaria ao ato de imolação um bom efeito visual. E os pássaros falantes, mencionados por muitos peregrinos? Poderiam, mediante treinamento, recitar jaculatórias, tipo: "Estou sendo sacrificado, Senhor, para que concedas àquele que a ti me ofertou saúde e riqueza". Pássaros dizendo preces ao expirar, poderia haver modo mais eficaz de sensibilizar uma divindade?

Igualmente interessante seria o uso de aves gigantescas. O vendilhão do Templo tinha escutado, de viajantes chegados do Oriente, relatos sobre pássaros de dimensões colossais, um deles capaz de carregar um elefante nas garras. Ora, o sacrifício de um único pássaro desses permitiria a absolvição dos pecados de uma vida inteira; ou dos pecados cometidos em um período menor, mas por toda uma comunidade. Claro que a importação de tais aves não seria fácil e que, de outra parte, os problemas logísticos envolvidos no sacrifício seriam enormes, resultando em altos custos finais; mas nada impediria que os crentes, os verdadeiros crentes, se associassem nesse empreendimento; cotas seriam vendidas e, em vez de oferecer os próprios pássaros, o vendilhão do Templo trabalharia, de forma muito mais prática, com subscrições. Teria uma rede de representantes que percorreriam as aldeias e cidades anunciando: "O grande sacrifício do ano está próximo! Adquira já a sua cota, pague em módicas parcelas — e livre-se dos pecados!". O ritual seria realizado em determinado dia do ano, na presença da alta cúpula sacerdotal, de representantes do Império e — por que não? — de membros das seitas monásticas e dos rebeldes, a essa altura já incorporados ao processo civilizatório. Diversificação de aves para o sacrifício: segundo projeto. Mas... por que aves de verdade? Por que envolver-se com a complicada rotina de alimentação, de importação, de conservação, de controle de pragas avícolas? Sendo o sacrifício um ato eminentemente simbólico, por que não transferir, com evidentes vantagens, tal simbolismo para o próprio objeto do sacrifício? O vendilhão do Templo cogitava de aves artificiais. Em material comburente de fácil obtenção, como madeira, esses pombos seriam fabricados em série, um artesão produzindo as patas (articuladas), outro as asas (idem), outro a cabeça (idem, idem), e assim por diante. O sacrifício — limpo, sem sangue — consistiria somente na queima dos pombos-artefatos. O pungente cheiro da carne queimada poderia ser substituído por efeitos espetaculares. Viajantes que chegavam de regiões longínquas falavam de certa mistura que, uma vez inflamada, explodia, produzindo efeitos luminosos deslumbrantes. Por que não fabricar pombos contendo tal mistura? Uma vela votiva, calculada para durar o tempo de uma prece (não muito longa, para não retardar a marcha dos trabalhos), seria colocada sobre o pombo-artefato, fazendo-o explodir em meio a um deslumbramento pirotécnico. A fabricação de pombos, aliás, facilmente daria origem a um ramo de comércio paralelo: pombos de madeira, ou de cerâmica, ou de pedra, poderiam ser vendidos como lembrança para os peregrinos vindos de regiões longínquas, talvez com uma inscrição: "Lembrança da cidade sagrada", ou "Abençoado o que preserva esta imagem", ou ainda "Eu te amo, meu pombinho" (nem tudo na vida é religião, e além disso o amor deve, sim, ser considerado uma forma peculiar de culto, o amado ou a amada sendo visto pelos olhos apaixonados como divindade). Claro, havia um risco no comércio de tais imagens, um risco que os sacerdotes não deixariam de lembrar: os pombos em efígie talvez se tornassem objeto de veneração, o que a lei sagrada proibia. Mas, a rigor, o que haveria de mal num culto a pombos? Fazer imagens de ouro — bezerros, por exemplo — era um absurdo. Não pela homenagem ao bezerro, animal útil, e sim pela imobilização da riqueza. O que era, ademais, um risco. Nada impedia que um ladrão, armado de martelo, aproveitasse uma hora de menor movimento para roubar a cauda, uma perna, um cílio do bezerro-divindade. Mas ele não estava falando de imagens de ouro em templos, estava falando de pombos de madeira para serem colocados em prateleiras de domicílios — coisa muito diferente. Um projeto cuja viabilidade estava disposto a discutir se e quando a oportunidade se apresentasse.

Confecção de pombos artificiais: terceiro projeto.

Para os puristas que preferissem sacrificar pombos vivos, o vendilhão pensava em propor uma sensacional variação do ritual: nada menos que a auto-imolação, uma espécie de suicídio em nome da fé. Procedimento relativamente simples, baseado em princípios elementares da mecânica. Colocados numa plataforma diante do altar, os pombos seriam atraídos por um recipiente de grãos tendo no fundo uma alavanca A. Ao bicarem o recipiente, acionariam a alavanca, fazendo cair sobre si próprios (simbólico castigo da gula) uma afiada e pesada lâmina B, que os degolaria; cabeças e corpo cairiam sobre uma esteira C, que então seria posta em movimento. Os restos mortais dos pombos passariam diante do altar. Ali a esteira se deteria por um instante, supostamente para que a divindade tomasse conhecimento do sacrifício em sua homenagem (na verdade, o tempo inexistindo para o Criador, essa pequena parada representaria apenas uma concessão à ingênua fé dos crentes). Finalmente, os sangrentos restos deslizariam por uma rampa D, caindo no fogo (ou, no caso do Projeto 1, no processador de carne).

Para que isso, alguns poderiam perguntar. Por que transformar o ritual religioso num ato mecânico?

Por quê? Boa pergunta. O vendilhão do Templo tinha resposta para tal indagação, se e quando fosse formulada. O sacrifício dos pombos, argumentaria, estava longe de ser um espetáculo prazeroso. As aves, que deveriam permanecer quietas (não eram o símbolo da paz?), esvoaçavam loucamente chegando até a agredir fiéis — sabia-se de um homem que perdera um olho nessa brincadeira. Mesmo depois de mortas — incrível, o automatismo animal —, debatiam-se horrivelmente, salpicando de sangue os circunstantes; não raro, pombos sem cabeça saíam a voar pelo Templo, batendo nas paredes e nas colunas. Coisa bem desagradável. E imprevisível: por mais que as pessoas procurassem selecionar pombos de aparência tranqüila, emocionalmente equilibrados, nunca se sabia o que aconteceria no momento da degola.

A máquina simplesmente acabava com tais problemas. De mais a mais, e esse não era um detalhe insignificante, a mecanização do sacrifício, com a economia de tempo daí resultante, aumentaria em muito a demanda de pombos: quanto maior o número de pombos sacrificados por unidade de tempo, maiores as possibilidades de atendimento das preces. Uma verdadeira linha de montagem estaria a serviço da crença.

Mecanização do sacrifício: quarto projeto.

Aproveitando a idéia da máquina, e aplicando-a aos clientes que desejavam pombos convencionais, o vendilhão do Templo pensava num sistema para facilitar a venda. Os pombos ficariam expostos à vista do público em gaiolas providas de um dispositivo automático para abrir a porta: o cliente introduziria numa ranhura a moeda (verdadeira!) que, caindo, acionaria a alavanca de abertura automática da porta. O mesmo princípio poderia ser aplicado, aliás, à operação de câmbio. Introduzida na máquina, a moeda passaria por várias alavancas até chegar àquela programada para ceder à concreta ponderação representada pela adequada quantidade de metal: sim, foste pesada na balança e, felizmente, ultrapassaste o degradante limiar do escasso; sim, eu te aceito, sim, eu te valorizo, sim, aqui está, sim, a pecúnia que a ti corresponde, sim, sim! Moedas cairiam então na mão do cliente admirado e agradecido.

Máquinas multiplicariam a sua capacidade de atendimento; mas onde ficaria o componente pessoal, afetivo, o importante diferencial? O que o vendilhão ganhasse em superfície inevitavelmente perderia em profundidade. A massificação da venda de pombos poderia acarretar a perda de alguma preciosa oportunidade, representada, por exemplo, por um cliente rico e sem herdeiros ansioso por legar sua fortuna a um vendilhão que o atendesse bem. Possibilidade remota, mas que teria de ser considerada quando estivesse avaliando a opção pela automação. Talvez devesse instalar, junto às máquinas de venda, um serviço de atendimento direto a clientes muito importantes, a cargo de pessoas especializadas. Imaginava um recinto reservado, um lugar confortável, com cômodas cadeiras, quem sabe até com uma espécie de cama em que o visitante pudesse se reclinar e descansar — alguns vinham de muito longe. E assim, deitados, poderiam falar de suas dúvidas, de seus temores, de suas fantasias ("Eu tenho um sonho") a alguém que os ouviria e que faria os devidos comentários — tudo mediante pagamento, claro.

Serviço automatizado de atendimento ao público, com opção personalizada: quinto projeto.

No plano organizacional (corporativo ou até político), o vendilhão do Templo podia, sem dificuldade, figurar-se uma entidade que congregaria todos os vendilhões do Templo da região (ou do mundo), independentemente de divindade e de religião, superando as barreiras de credo, idioma, cor, e que não apenas defenderia seus interesses como também proveria um marco de convivência.

A propósito disso, o vendilhão do Templo tinha um sonho. Um dia ele reuniria os vendilhões de todo o mundo. Viriam de diferentes países, trajando diferentes roupas e falando diferentes idiomas, mas unidos numa mesma crença, a crença no comércio e na venda como ritual. Esse grande conclave se realizaria num local distante, talvez numa daquelas regiões longínquas e exóticas de que falavam os navegantes.

Escrutinados e selecionados os participantes, feitas as devidas inscrições (ficha meticulosa, necessariamente), o evento teria início com uma cerimônia de caráter simbólico: hasteamento da bandeira, Hino dos Vendilhões, homenagem aos colegas desaparecidos. Os trabalhos durariam três dias e constariam de conferências, de discussões em grupo, de debates. Pontos importantes figurariam na agenda. Como incrementar as vendas de pombos? Como ampliar a colaboração entre sacerdotes e vendedores? Poderia a troca de moedas dar lugar a uma moeda comum, válida em toda a região (talvez até em todo o Império), partindo dos vendedores do Templo essa primeira tentativa de integração regional ou imperial? Prêmios seriam conferidos aos melhores trabalhos apresentados nesse sentido, sem falar no troféu "Vendilhão do Ano" — um pombo dourado segurando no bico uma moeda verdadeira, daquelas cunhadas pelo Templo.

O aperfeiçoamento de recursos humanos seria um objetivo importante do evento. O despreparo na área era evidente e propiciava situações grotescas, constrangedoras. O vendilhão do Templo tinha observado que muitos de seus colegas maltratavam os pombos: vai morrer mesmo, resmungavam, melhor descarregar a raiva numa ave idiota do que na família.

Para o vendilhão do Templo essa era uma atitude totalmente equivocada. Os vendedores precisavam aprender a manter com as aves uma comunicação não verbal (o melhor seria verbal, mas isso ele não poderia exigir, diante da previsível reação: eu, falando com pombos? Estás me tomando por maluco?), o que exigiria o domínio de certas técnicas. Como interpretar um arrulho? E um certo ruflar das asas? Como acalentar um pombo de modo a tranqüilizá-lo e a tornar a venda mais fácil? No fim das contas, era de amor que se tratava. Amor, sim. O vendilhão do Templo estava convencido de que vende melhor quem ama o objeto da venda. Vender, dizia a quem quisesse ouvir (e não poucos queriam ouvi-lo, agora que alcançara certo sucesso), exige um processo de transformação pessoal. É preciso renunciar à voracidade, à ânsia de ganho imediato que só endurece o coração e que, no fim, traz prejuízos. É preciso incorporar à técnica de venda a estratégia da auto-renúncia. É preciso voltar-se para o cliente, que recompensará com generosidade a dedicação de quem vende.

Os vendilhões teriam de formar uma associação com sede própria, diretoria, estatutos. Um código de ética... Uma publicação, a cargo de um copista... Vestimentas especiais...

A instituição classista precisaria de um presidente, cargo para o qual o vendilhão do Templo considerava-se um candidato natural, e que ofereceria grandes vantagens para todos. Presidindo a associação dos vendilhões, tornar-se-ia um interlocutor natural junto aos sacerdotes e aos representantes do Império; poderia negociar redução ou mesmo isenção de impostos. Do ponto de vista de seu próprio negócio, pretendia obter do Sumo Sacerdote uma concessão para a instalação de uma rede de templos próprios. Estabelecimentos menores, localizados em locais estratégicos, equipados com máquinas para o fornecimento automático de pombos e outras facilidades. Templos de conveniência, por assim dizer, que, atingindo um público maior, representariam uma grande vantagem em termos de economia de escala.

Associação dos vendilhões, rede própria de templos: sexto projeto.

Teria tempo para realizar tantos projetos? Provavelmente não: o curto espaço de uma vida não o permitiria. Mas o vendilhão do Templo não queria que os seus sonhos desaparecessem com ele. E não desapareceriam, disso estava seguro. Não estava só falando na possibilidade de outros levarem adiante suas idéias; estava falando de permanência real, material, concreta. Morrerei, pensava, e meu corpo virará pó, mas cada grão desse pó transportará minhas visões. Tinha certeza — uma certeza certamente resultante de alguma oculta, misteriosa sabedoria (quem sabe ele era mais que um humilde vendilhão? Quem sabe tinha algo em comum com os mestres que desvendavam os segredos do universo?) — de que os sonhos estão presentes, de maneira codificada, nas partículas mais elementares do ser humano. Num esforço de imaginação, o vendilhão do Templo podia seguir a trajetória de uma dessas partículas: transportada pelo vento, ela bailaria no ar, subiria às mais altas camadas da atmosfera, lá ficaria por anos, séculos, até que um dia desceria num país distante, país de florestas luxuriantes e rios caudalosos mas também de cidades, grandes e pequenas. Numa delas estaria um homem, a olhar distraído por uma janela. No olho desse homem cairia a partícula errante, proporcionando-lhe as visões que o vendilhão do Templo tivera séculos antes, visões que o impressionariam e que poderiam até mudar sua vida. Ele retomaria os projetos, ele os levaria adiante, ele ficaria rico e eternamente grato a certo vendilhão há muito ausente do rol dos vivos.

Mas os projetos, tinha de admitir, eram coisa para o futuro; havia problemas mais prementes a resolver. O movimento aumentava, o vendilhão mal conseguia atender à demanda. Necessitava de ajuda; resolveu recorrer aos filhos.

Eram muito diferentes entre si, os rapazes. O menor, de treze anos, alegre e bem-disposto, desde pequeno ajudara o pai no campo; um menino confiável, trabalhador. Com o outro filho, de dezessete anos, o vendilhão do Templo tinha uma relação complicada. Para começar, havia aquela suspeita de que não fosse seu filho. Conhecidos diziam que o rapaz se parecia com o pai — mas não seria isso uma misericordiosa conspiração comunitária para poupá-lo da vergonha? Além disso — e talvez por, de alguma forma, adivinhar essa desconfiança —, o rapaz era difícil: não falava com ninguém, andava pelos cantos, arredio, sorumbático. Daí o apelido de Silencioso. Se lhe davam uma tarefa, cumpria-a; mas tão logo terminava, afastava-se, ia para junto de uma árvore e lá ficava, acocorado, ruminando seus pensamentos. Inteligente ele era, sim; mas esquisito também. Tão esquisito quanto inteligente.

Mesmo assim, o vendilhão do Templo tinha planos para o Silencioso. Já que não falava, poderia aprender a escrever, fazendo disso sua profissão. Não o ofício dos escribas, que agora eram muito importantes: copiando as Escrituras, tinham conseguido tornar-se intérpretes da lei, rivalizando até com os sacerdotes. O vendilhão pensava numa posição de menor destaque, mas de prestígio: a dos copistas, que ganhavam muito bem, transcrevendo contratos, redigindo cartas e petições. Dominando a escrita, o rapaz não apenas estaria poupado da vergonha de olhar letras numa moeda sem saber o seu significado, como, mais importante, teria uma ocupação respeitável. Escrita era poder. Um poder não exclusivo, claro. Outros também escreviam; os místicos, por exemplo. Mas a esses faltava todo e qualquer sentido prático. Movia-os uma crença cega, irreal, no poder mágico das palavras; escrever, para eles, não era apenas registrar, era antecipar: seu texto conduziria ao fim dos tempos, decidiria a vitória dos Filhos da Luz sobre os Filhos das Trevas, sinalizaria a senda pela qual viria o Messias montado em seu cavalo branco. Tamanha venera-

51

ção resultava contraproducente. Como eram sagrados, os manuscritos tinham de ficar fora do alcance dos não-iniciados (e sobretudo das autoridades imperiais), escondidos em cavernas das montanhas: investimento sem retorno, a fundo completamente perdido.

Um desperdício, enfim, que irritava o vendilhão do Templo: para ele, a escrita deveria ter uso prático, rentável — por exemplo, o registro das operações de compra e venda, que habitualmente fazia de memória, com todos os riscos decorrentes de possível esquecimento. Mais: com a ajuda da escrita, poderia manter uma lista de clientes, aos quais periódicas missivas seriam enviadas: "Aproximando-se a época de sacrifícios rituais, tenho o prazer de informar que disponho de um grande estoque de pombos...". Os místicos, claro, considerariam uma afronta usar o pergaminho para coisa tão prosaica, e alguma razão até tinham: tratava-se de material caro, escasso, tão escasso que os fornecedores já estavam até vendendo o couro de animais recém-abatidos, couro esse que, por causa da pressa, não havia sido devidamente tratado. Os copistas mais experientes e sensíveis afirmavam que podiam detectar nos pergaminhos pungentes resquícios da vida precocemente arrancada. Por exemplo: a passiva resistência que oferecia o couro ao ser desenrolado. Por exemplo: aquele quase inaudível rascar produzido pelo estilete ao traçar letras, rascar que a muitos ouvidos soava como uma espécie de protesto do animal sacrificado.

Tais detalhes eram, para o vendilhão do Templo, irrelevantes. O que lhe importava era a divulgação, e isso faria com os meios que estavam a seu alcance. Aliás, tanto pergaminho como estilete estavam, em sua opinião, com os dias contados. Outras formas de escrever, mais práticas, mais acessíveis, mais baratas surgiriam. O pergaminho teria de ser substituído por um material mais barato, como o papiro dos egípcios ou a polpa da madeira, por exemplo: árvore era coisa que não faltava no mundo, inclusive e principalmente nas regiões longínquas de que falavam os viajantes. Ou talvez não se necessitasse de material algum. Afinal, a letra nada mais sendo que a reunião das partículas de tinta num pergaminho, nada impedia que partículas similares, colocadas sob uma superfície transparente, fossem ativadas por alguma forma de energia, dispondo-as em formato letras e palavras, letras e palavras essas que poderiam ser desfeitas com igual facilidade. O texto teria assim uma existência transitória, fugaz; realidade virtual feita para durar enquanto daquilo se tivesse necessidade, sumindo depois. O que ao vendilhão do Templo parecia muito mais racional: para que guardar rolos e rolos de pergaminhos, ocupando um espaço precioso, não tanto nas cavernas das montanhas, mas nas casas da cidade, onde o espaço para morar estava cada vez mais caro? De novo, os místicos considerariam sacrílegas tais idéias; mas os místicos que se fodessem. Habitavam um mundo de fantasia, vivendo de esmolas ou do pouco que plantavam no alto da montanha árida em que tinham seu refúgio. Os místicos! Estavam totalmente superados, os infelizes, pela simples razão que não tinham projetos práticos e avaliáveis, tinham expectativas. Messiânicas, principalmente. O Salvador um dia chegaria, anunciando o fim dos tempos, aquela baboseira toda. Antes do fim dos tempos havia muita coisa a fazer, muito dinheiro a ganhar.

Não seria fácil introduzir o Silencioso na corporação dos copistas. Não formavam um grupo tão fechado quanto o dos escribas, mas não estavam interessados em aumentar a oferta de serviços: ao contrário, queriam manter o mercado fechado. O vendilhão do Templo precisaria encontrar um mestre do ofício que aceitasse o rapaz como aprendiz. Agora: ao fazer o contato não pediria, não suplicaria ("Por favor, ajude-o, ele é um rapaz inteligente e trabalhador, não perde tempo em conversa-fiada, tem muito futuro"). Não, seria prático: quanto queres para recebê-lo como discípulo? Quanto: palavra mágica. O dinheiro, ele agora sabia, é a mola que move o mundo, a chave que abre todas as portas. Apelos lamurientos, não; negociação, mesmo que dura, sim. Com dinheiro compraria para o Silencioso uma vaga de aprendiz de copista.

A sorte o ajudou. Uma tarde — já tinha encerrado as vendas e preparava-se para ir embora — entrou no pátio do Templo um homem já de certa idade, usando uma vistosa túnica. Sobraçava vários rolos de pergaminhos: um copista, que provavelmente vinha entregar aos sacerdotes algum serviço. O vendilhão do Templo correu até ele, apresentou-se, perguntou se não estaria interessado em aceitar um aprendiz.

O copista, um homem baixinho, mas de ar arrogante, não se mostrou receptivo. Meus aprendizes sou eu quem escolho, disse, com desprezo. O vendilhão do Templo, porém, insistiu. Usou os argumentos previamente preparados — meu filho é um rapaz inteligente e trabalhador, não perde tempo em conversa fiada, tem muito futuro — e sacou a carta da manga:

— Além disso — acrescentou —, estou disposto a pagar pelo aprendizado dele.

De imediato o copista mudou de tom:

— Bem, assim é diferente. Quanto ofereces?

O vendilhão do Templo pensou um pouco, aventurou uma cifra. Que fez o outro rir:

— Estás brincando. Provavelmente não sabes, porque és analfabeto, mas estás falando com o melhor copista da cidade, o mestre de todos os copistas que vês por aí. E não tens a menor idéia do que é ensinar alguém a ler e a escrever, nem do que isso significa. É poder, meu caro. Um poder que vale dinheiro. Muito mais do que essa ridícula quantia que me propões.

O vendilhão do Templo aumentou a oferta. Ainda não era suficiente — e a discussão se prolongou por bom tempo, até chegar a um acordo: a soma acertada seria paga parte em dinheiro, parte em pombos para sacrifício.

54

Fechado o negócio, correu para casa, reuniu a família e, excitado, anunciou a boa nova. A mulher e o filho mais moço vibraram de satisfação; mas, para surpresa de todos, o Silencioso pôs-se a chorar. Soluçava baixinho, desconsolado; o vendilhão do Templo, que, mesmo sabendo de sua melancolia, nunca o vira assim, chegou a se assustar. O que houve?, indagou, nervoso. Como o Silencioso não respondesse, irritou-se: que diabos, consigo para ele uma boa colocação e o ingrato reage dessa maneira. A mulher, aflita, tentou acalmá-lo: deixa o menino, ele está assustado, é uma responsabilidade que nunca enfrentou. Mas o vendilhão do Templo não queria saber de explicações. Tão aborrecido estava que não comeu — e isso que havia pernil de cordeiro, seu prato predileto — e foi dormir.

De madrugada acordou, sobressaltado, com a sensação de que alguém estava ali. E alguém estava ali: era o Silencioso, que o olhava fixamente.

— Quero criar pombos — disse.

De início, o vendilhão do Templo pensou que o rapaz estava variando. Mas não, parecia inteiramente lúcido. Deboche, então? Debochava do próprio pai, o atrevido? Criar pombos, que idiotice era aquela? Teve vontade de dar-lhe umas bofetadas e expulsá-lo dali. Conteve-se, porém; a mulher, a seu lado, segurava-o pelo braço. Sentou na cama e indagou, no tom mais neutro possível:

— Que história é essa de criar pombos? Foi uma coisa que te veio em sonho, por acaso?

Não, não era coisa de sonho — aliás, o rapaz nem tinha dormido. Passara a noite pensando e decidira: não queria ser copista, aquilo não lhe interessava. Queria trabalhar, sim, mas numa coisa de que gostasse — e era de pombos que ele gostava.

O que, o vendilhão tinha de reconhecer, era verdade. O rapaz era muito afeiçoado às aves — aliás, a bichos em geral, coisa que ficara evidente já à época em que viviam no campo.

Muitas vezes desaparecia; iam encontrá-lo na colina brincando com as ovelhas que lá pastavam, acariciando-as, falando com elas.

Coisa que para o vendilhão do Templo parecia suspeita, considerando-se a idade e o temperamento do rapaz (não seria aquilo uma perversão ainda mais grave do que a de Onan?), mas que, enfim, revelava afeto pelo reino animal, um afeto que o próprio vendilhão tivera na juventude para com certa vaca e que lembrava com envergonhada nostalgia. Criar pombos? Já mais calmo, o vendilhão do Templo começava a achar que a idéia não era tão má: afinal, tratava-se de um de seus próprios projetos. E havia condições para tal: dispunham de bom espaço no pátio da ampla casa em que agora moravam. Por outro lado, a criação de pombos teria a grande vantagem de liberá-lo dos fornecedores, uns arrogantes que impunham o preço a seu bel-prazer e que às vezes o obrigavam a comprar aves pequenas ou doentes ("Se vão ser sacrificadas de todo jeito, qual é o problema?"). Mais: poderia vender o excedente. Clientes não lhe faltariam.

— Está bem — disse, por fim —, podes criar teus pombos. Mas não uses isso como desculpa para a vagabundagem.

Contido como sempre, mas cortês, o rapaz agradeceu. O vendilhão duvidava que ele levasse mesmo a coisa adiante, mas, nos dias que se seguiram, o rapaz entregou-se à tarefa com uma dedicação que era até comovedora. Com o dinheiro que lhe deu o pai, comprou madeira e, ajudado pelo irmão, construiu um pequeno e tosco pombal. Para ali trouxe alguns pombos selecionados — brancos. Alimentava-os, cuidava deles com desvelo. Olhando-o, a mãe não conseguia conter as lágrimas. O vendilhão do Templo, ainda que agradavelmente surpreso com o trabalho do rapaz, reprovava as manifestações da mulher.

— Não são bichos de estimação — dizia —, são pombos para o sacrifício, é mercadoria que tem de ser vendida.

O rapaz não contestava essas ácidas observações, mas via-se

que elas o feriam profundamente. Era com relutância cada vez maior que levava as aves ao Templo. Mais de uma vez o pai o surpreendeu — a ele, que antes não falava! — tentando dissuadir fregueses: olha, não sei se esse pombo serve para o sacrifício, desde ontem ele está aí meio encolhido, talvez tenha alguma doença. O vendilhão do Templo teve de adverti-lo: tu gostas dos pombos, está certo, e cuidas deles, mas são o nosso ganha-pão, temos de vendê-los. Os olhos rasos de lágrimas, o jovem entregava os pombos aos fiéis. As vendas prosseguiam, e chegou o dia em que, dos pombos criados pelo Silencioso, restava apenas um exemplar, o pombo imaculadamente branco de que o jovem mais gostava e ao qual dera o nome de Branquinho. A esse pombo se apegara de forma muito estranha. Passava o dia com a ave nas mãos, murmurando-lhe ternas palavrinhas.

O que deixava o vendilhão do Templo alarmado. Certo, acreditava numa comunicação mais direta entre vendedor e aves, também fazia parte de seus projetos. Mas o rapaz não estava procedendo como um vendedor. Sua conduta era francamente anormal, coisa de maluco. Era preciso acabar logo com aquela esquisitice, e da forma mais prática: vendendo o pombo. Seria para o rapaz um transe difícil, mas necessário. Sem a ave ele cairia na realidade e dedicar-se-ia à criação com visão empresarial. De modo que chamou o Silencioso à razão: o mundo não tolera fraquezas, disse, tu tens de vender esse pombo, não só porque precisamos, mas também porque será bom para ti, não deves te apegar desse jeito à criatura.

O rapaz pôs-se a chorar, caiu de joelhos implorando, não, pai, deixa-me ficar com o pombo, prometo que criarei outros duzentos, outros dois mil, mas esse pombo eu amo, não posso viver sem ele, não posso. O vendilhão do Templo vacilou um instante e optou por adiar a decisão.

— Mais uma semana. Dou-te mais uma semana. Depois vamos vender o pombo.

Foi um erro. O prazo, exíguo ou não, só fez aumentar a ansiedade do rapaz; ele não se separava do Branquinho. De manhã, colocava-o sob a túnica e desaparecia, só voltando à noite; nem mesmo ao Templo ia mais. Ao vendilhão, já enfarado com a história, tais sumiços não abalavam: ele que fique de amores com o pombo, a mim não importa — é uma semana e estamos conversados, depois acabo com essa maluquice. Mas a mãe se desesperava; o filho já não falava com ela, evitava-a, até. Um dia antes do prazo se esgotar, suplicou ao marido: deixa o nosso filho ficar com o pombo, tenho medo que ele enlouqueça se tiver de se separar do Branquinho. Insistiu tanto que o vendilhão do Templo acabou por concordar: está bem, mulher, ele que fique com aquele maldito pombo. Ela abraçou-o, feliz; mas tinha ainda um pedido:

— Dá-lhe tu mesmo a notícia. Ele vai gostar, tem tanto medo de ti.

Está bem, suspirou o vendilhão. Saiu a procurar o rapaz pela cidade. Não o encontrava em parte alguma. Anoiteceu e já ia retornar quando de repente avistou o Silencioso junto à muralha da cidade, segurando o pombo e conversando em voz baixa com dois homens embuçados. O que o deixou intrigado: o rapaz não tinha amigos, evitava os desconhecidos — quem eram aqueles dois? Sua surpresa transformou-se em suspeita: ao vê-lo, os homens se afastaram rapidamente. O rapaz ficou ali a olhá-lo; junto ao peito segurava — mas era esquisito, mesmo, ele — o pombo.

— Finalmente te encontrei — disse o vendilhão do Templo. — Onde te meteste? Vamos já para casa.

O rapaz permanecia imóvel. De súbito, gritou, trêmulo de raiva:

— É o pombo que tu queres? É o teu pombo? Diz, vieste buscar o teu pombo, o teu pombinho? Para vendê-lo, mercenário? Para matá-lo, assassino?

Estava tão transtornado que o vendilhão do Templo se alarmou. O que teria acontecido? Olhos esbugalhados, o rapaz estava fora de si, parecia embriagado ou sob a ação de alguma substância estranha. Teria ele se intoxicado com aquela planta de que os rebeldes faziam uso e que, tirando-os da razão, deixava-os preparados para todo tipo de ação, suicida inclusive?

— Calma — disse —, fica calmo, eu só quero te ajudar. Deu um passo para a frente, mas teve de se deter: de sob a túnica, o rapaz acabara de extrair um pequeno e curvo punhal. E então o vendilhão do Templo entendeu o que se passara: eram rebeldes, os dois desconhecidos que vira antes — e o Silencioso acabava de ser recrutado. O que o deixou fora de si:

— Preferes os fanáticos ao teu pai? — berrou. — E me ameaças com o punhal?

Os gritos chamavam a atenção dos que passavam, e uma pequena multidão começou a se juntar ali. Ninguém, contudo, tinha coragem de se meter: o rapaz parecia disposto a tudo. O vendilhão do Templo se conteve, baixou a voz:

— Tu vais voltar para casa comigo. Agora. Vem.

Avançou para ele, fazendo menção de tomá-lo pelo braço, mas então, e num gesto brusco, o rapaz degolou o pombo. O sangue jorrou, salpicando-lhe o rosto, a túnica. Uma expressão de selvagem triunfo na face, ele arrojou a carcaça aos pés do vendilhão:

— Toma! Fica com teu pombo!

Voltou o punhal para o próprio peito, mas já o vendilhão do Templo estava sobre ele, dominava-o e, ajudado pelos que ali estavam, desarmava-o. O rapaz, agora estranhamente quieto, não reagiu; deixou-se docilmente conduzir para casa.

Ao ver o filho sujo de sangue, a mãe soltou um grito espantoso e correu para ele. Apalpou-o febrilmente e, constatando que não estava ferido, suspirou aliviada: graças a Deus, graças a Deus. O rapaz desvencilhou-se dela, entrou em seu quarto, fechou a porta. A mulher, ainda assustada, voltou-se para o marido perguntando o que tinha acontecido.

O que tinha acontecido? O vendilhão do Templo não sabia dizer. Não entendia o rapaz; acho que ele está doente, disse. Para sua surpresa, a mulher concordou; sim, o filho parecia enfermo, mas da cabeça, não do corpo. Talvez devessem levá-lo a alguém... Ela tinha ouvido falar de um homem, um profeta que fazia curas milagrosas; impunha a mão às pessoas e pronto, elas ficavam livres da doença, de qualquer doença. Mais: até mortos ele tinha ressuscitado.

O vendilhão do Templo não gostou da idéia. Primeiro, porque não tinha tempo para procurar curandeiros; depois, e mais importante, achava que o rapaz deveria curar-se sozinho, mediante a força da vontade — a exemplo dele próprio, que nunca se entregava à doença. Mas não queria contrariar a mulher; não depois do abalo que ela sofrera naquela noite. Disse simplesmente que no dia seguinte tomariam uma decisão.

O dia seguinte lhes reservava uma surpresa. O Silencioso acordou cedo, tomou uma caneca de leite e, no tom neutro que lhe era habitual, anunciou que estava indo para a casa do copista começar o seu aprendizado. Foi-se, deixando surpresos o vendilhão e a mulher. Não entendo esse rapaz, disse ele, mas pela primeira vez não havia queixa na afirmativa. Ao contrário, estava feliz. Porque agora parecia tudo bem; o Silencioso estava encaminhado, a contragosto ou não, para um ofício; a mulher — ainda que às vezes chorasse por motivos inexplicados — estava mais calma. E, finalmente, as vendas se mantinham razoáveis.

O que o vendilhão do Templo não podia esperar é que também o filho mais moço o fizesse passar por um sobressalto. Mas foi exatamente o que aconteceu.

Era um jovem trabalhador, aquele, e atencioso com os fregueses. O vendilhão do Templo estava tão satisfeito com o seu

60

desempenho que planejava transformá-lo no herdeiro do negócio. Um dia, dizia, mostrando a banca com os pombos, tudo isto será teu. Uma idéia da qual o jovem não gostava muito. Como o irmão mais velho, e talvez por influência dele, acalentava o seu próprio sonho. Do qual às vezes falava ao pai: queria trabalhar a terra, retomando assim a longa tradição da família. O vendilhão do Templo até se emocionava com o entusiasmo do filho, mas tal projeto — fantasia, melhor dizendo — não lhe agradava nada; ao contrário, trazia-lhe lembranças penosas. Já tinham passado pelo sacrifício de viver — viver em termos, claro — da terra, para que repetir tudo? E onde encontrar uma gleba ali na cidade?

O filho, porém, insistia: qualquer pedacinho de terra serviria. Tanto procurou, que acabou encontrando o que buscava, um minúsculo terreno baldio junto ao Templo, do qual tomou posse. À hora do almoço, enquanto outros comiam e descansavam, ele trabalhava. Preparou cuidadosamente a terra, retirando as pedras, e semeou uns poucos grãos de trigo. Os vendedores observavam, divertidos, essa atividade:

— É terra sagrada — ironizavam. — Vai dar uma grande colheita.

Grande colheita? Não esperava tanto. Não queria grande colheita, não queria colheita alguma. Queria apenas ver o trigo crescendo, as espigas douradas oscilando ao vento.

Modesto objetivo. Não o alcançaria, contudo, sem esforço — e sem sustos. Cada vez que avistava um pastor se aproximando com suas cabras ou ovelhas, saía correndo, às vezes abandonando uma transação no meio, para defender as tenras plantas dos vorazes animais. O vendilhão do Templo aborrecia-se, e, mais do que isso, preocupava-se: estava certo de que o filho acabaria se metendo em confusão. Mas depois do violento atrito com o

Silencioso, hesitava em fazer valer a autoridade paterna; limitava-se a aguardar com apreensão. O incidente que antecipava não tardou a ocorrer.

Uma manhã, o jovem estava trocando moedas para um grupo de peregrinos quando avistou um grupo de soldados do Império. Vinham em direção ao Templo, num trajeto que forçosamente passaria pela pequena plantação. Vão pisar no meu trigal, bradou, alarmado, e, largando as moedas, correu em direção aos soldados, postando-se diante mesmo do destacamento:

— Parem! Por favor, parem!

Surpreso, o comandante fez os legionários estacarem, perguntou o que estava acontecendo. É a minha plantação, disse o jovem, os soldados iam pisar minha plantação.

— Que plantação? — O oficial não estava entendendo nada. Quando viu as poucas plantas que ali cresciam, teve um ataque de riso: ria tanto que chegou a perder o fôlego, os soldados fazendo coro às suas gargalhadas. Por fim, achando que já tinha perdido tempo demais com um nativo maluco, deu ordem de marcha.

— Não! — gritou o rapaz.

Atirou-se ao homem, empurrando-o e golpeando-o. Era um jovem robusto, e seu ataque pegou de surpresa o comandante, que perdeu o equilíbrio e caiu. Os soldados se precipitaram, agarraram o jovem, imobilizaram-no e espancaram-no cruelmente. Já iam matá-lo, quando o comandante gritou:

— Parem! Eu mesmo quero liquidá-lo.

Sacou lentamente a espada. O rapaz, segurado pelos legionários, fechou os olhos, enquanto a multidão — já era uma multidão — gritava de horror. Nesse momento, o vendilhão, que estava a uma certa distância, ocupado em empilhar gaiolas, deu-se conta do que se passava e veio correndo. Ao ver o filho subjugado e prestes a ser executado, arrojou-se aos pés do comandante:

62

poupa-o, senhor, é apenas um menino, deixa-o viver, se queres matar alguém, mata-me então.

O militar, um homem já de certa idade, olhava-o, sombrio. Por fim, com uma careta de desgosto, embainhou a espada.

— Leva teu filho — disse. — E fica avisado: outra dessas, e corto o pescoço dos dois. Quanto a esse ridículo trigal...

Fez um sinal aos soldados, que rapidamente arrancaram os pés de trigo e se foram.

Depois desse incidente, o rapaz deixou de lado a idéia de plantar e voltou a vender pombos. Mudara, porém. Taciturno, não falava com ninguém, nem mesmo com os pais. A mãe desesperava-se: não é justo o que estamos fazendo com nossos filhos, já não somos uma família, vivemos em função dos pombos, das moedas. E acusava o marido: isso é culpa tua, só pensas em dinheiro.

— Cala a boca, mulher — retrucava o vendilhão do Templo. — Queres voltar para o campo? Queres passar fome de novo? A vida aqui é dura, mas pelo menos temos futuro. Quando imaginaste que terias um filho copista?

Voltava-se para o Silencioso:

— Mostra-nos o que escreveste hoje.

O rapaz mostrava. Mesmo detestando o ofício, esforçava-se para se tornar um bom copista: ficava acordado até altas horas praticando a caligrafia à luz de uma lamparina. Tarde da noite, o vendilhão do Templo, levantando-se, encontrava-o adormecido, a cabeça tombada sobre o pergaminho no qual trabalhava. Compreensível, aquele sono da exaustão, e aceitável, desde que não se acompanhasse de sonhos estranhos, porque nos sonhos começa a ilusão, e nos sonhos estranhos começam as ilusões mais doentias e perigosas. Delírios oníricos, não; projetos de negócio, sim. Melancolia não, otimismo sim. O vendilhão queria a sua família alegre e sorridente, como quando se olhavam no espelho. No entanto, assim como o espelho não mostrava tudo, ele não podia saber o que se passava na mente dos rapazes, nem mesmo na mente da mulher. Tudo o que podia fazer era olhá-los em silêncio. Sondando seus rostos, ora tranqüilos, ora atormentados, experimentava a mesma obscura ansiedade que sentia diante de um texto escrito: em ambos os casos, tratava-se de decifrar sinais para ele misteriosos.

Uma noite em que, insone, se levantara da cama, apanhou o pergaminho em que o Silencioso fazia os exercícios prescritos pelo copista e examinou-o à luz da lamparina. Ali estavam as letras, um traço para cima, um traço para o lado, as incógnitas de sempre — mas, num canto, ele reconheceu algo que lhe era familiar: o desenho de um pombo. Aquilo o enfureceu: estava pagando pelas aulas e o filho, em vez de escrever letras, usava o caro pergaminho para brincadeiras tolas. Teve ganas de dar uns tapas no Silencioso para que aprendesse a não perder o tempo com tais idiotices. Mas se deteve, imóvel: havia alguma coisa naquele simples esboço que o impressionava.

O olho. O olho do pombo, um olho duro e inexpressivo como os olhos dos pombos de verdade. Como o olho do pombo branco. Que costumava mirá-lo fixamente, como se quisesse lhe transmitir alguma mensagem: eu sei quem tu és, eu sei dos teus projetos, eu sei de tudo.

Talvez aquilo não fosse um simples desenho. Talvez a habilidosa mão do rapaz, agora adestrada pela prática da cópia, tivesse servido apenas de instrumento — um instrumento guiado por uma imagem poderosa, a imagem do Branquinho, o pombo morto a esvoaçar em sua mente, ordenando: desenha-me ou não terás paz. E então — uma asa. E então — um bico. E então — um olho. Depositário da energia vital de uma ave cuja existência fora subitamente interrompida, o olho mirava, fixo. E acusador. Acusava o vendilhão, claro; mas também acusava o próprio rapaz, que, depois de amá-lo, o matara. Surgia agora em seus sonhos como o olho feroz de um rapinante exasperado. Conseqüência inevitável daquele amor doentio pela ave. A emoção, essa era a conclusão a que o vendilhão chegava e à qual o rapaz teria chegado também se não fosse instável, é coisa que deve ser cuidadosamente administrada; pode ser colocada numa transação comercial, como a venda de pombos, mas não deve constituir-se em obstáculo para a transação em si; e muito menos deve adquirir existência própria, mesmo sob a forma de um desenho em pergaminho. Pombos? Melhor vendê-los, mas se não os vendemos, como sabê-lo? Melhor percorrer os caminhos do presente do que, através de estranhos desenhos, os tortuosos labirintos do passado.

Vem te deitar, chamou a mulher. Com um suspiro, o vendilhão do Templo deixou o pergaminho sobre a mesa, apagou a lamparina e foi para o quarto, mesmo sabendo que os temores não o deixariam dormir.

E tinham razão de ser, tais temores. Na manhã seguinte eles se tornariam realidade. Realidade sombria, confusa, avassaladora.

O vendilhão do Templo se sentiria consolado se pudesse mais tarde dizer, sim, eu acordei naquela manhã com maus pressentimentos, com a sensação de que o destino me reservava algo de ruim. E se pudesse mencionar alguma evidência concreta nesse sentido, se pudesse dizer algo do tipo, os pombos estavam agitados demais, teria demonstrado ao imaginário mas implacável interlocutor que o grotesco e funesto incidente fora produto de um desígnio maior, misterioso e certamente maligno. No entanto, mesmo que num passado ainda recente se tivesse entregado com freqüência e com confiança ao exercício das previsões (comerciais, bem entendido), era obrigado a reconhecer que a

65

premonição propriamente dita, a antecipação do futuro, mesmo de futuro próximo, restrito a algumas horas, simplesmente não estava a seu alcance. Faltava-lhe o poder do qual os místicos se gabavam tanto, e que lhes servia de pretexto para encherem pergaminhos e mais pergaminhos com textos apocalípticos: batalha final entre os Filhos da Luz e os Filhos das Trevas, banquete dos justos, e assim por diante.

Não, capacidade divinatória não possuía, ainda que a isso tivesse algum direito; afinal, trabalhando no pátio do Templo, no campo de força de um Deus onisciente, poderia dessa circunstância auferir algum ganho secundário. Mas mesmo que o presságio o tivesse assaltado, o que teria feito? Teria ficado em casa para evitar a indefinida ameaça ("Hoje não saio, hoje não é meu dia, melhor ficar por aqui mesmo")? Claro que não. Nenhuma razão objetiva impedia a sua ida ao Templo. Não estava doente; o tempo, que às vezes prejudicava sua atividade, estava ótimo — o sol brilhava, um sol de primavera, esplendoroso — e, por último, e mais importante, agora tinha, mais que nunca, motivos para otimismo. O trabalho não apenas lhe proporcionava bons resultados; constituía-se numa fonte de animadores projetos. Arrojados, sim, mas — diferentemente dos delírios místicos — situados no limiar do possível. Cada pombo transportava-o, em suas asas, a cenários de sucesso; cada moeda prometia, no brilho do metal (ainda que o conteúdo deste tivesse de ser prudentemente avaliado na balança), a excitante perspectiva da fortuna.

Acordou os filhos. Como de costume, levantaram-se e foram, em silêncio, se lavar. Não pareciam muito contentes naquela manhã (outro sinal?), mas isso às vezes acontecia, aquele mau humor matutino; coisas da idade, influência de certos sonhos perturbadores ou de certas manipulações indevidas. Disso o vendilhão preferia não tomar conhecimento. Acaso sou o guarda dos meus filhos?, diria, se e quando Deus o interrogasse a respeito. Era

66

pai, cumpria com suas obrigações e pronto. Dos filhos não esperava efusivos cumprimentos nem mesmo sorrisos; queria apenas que fizessem o que tinham de fazer, o mais velho praticando a escrita, o mais moço ajudando-o nas vendas. Quando estivessem arrumados na vida poderiam decidir seus próprios destinos. Agora, tinham de obedecer às ordens paternas. Sorrindo ou de cara amarrada. Bateram à porta, a mulher foi abrir. Era o vizinho. Dono de algumas cabras, que criava no pátio, fornecia-lhes diariamente leite. Cobrava preço exagerado, naturalmente, um preço que o vendilhão do Templo nunca conseguira pelo leite de suas quatro vacas. Era esperta, aquela gente da cidade, sobretudo quando se tratava de ganhar dinheiro. Mas o leite era bom, quente, espumante, enchia bem o estômago; detalhe importante, porque aquela era a única refeição da manhã. De modo que recebeu a vasilha, encheu a sua própria caneca, serviu os rapazes e entregou o resto à mulher. Sorveu rapidamente o leite e depois colocou no velho bornal de couro pão, queijo, pepinos: à tarde, o movimento diminuindo um pouco, ele e o filho sentariam para comer. Agora tinham de ir. Pegaram as gaiolas com pombos. Eram pesadas, mas o vendilhão do Templo quis levá-las todas: nos últimos dias as vendas haviam aumentado, ele esperava uma boa demanda, sobretudo agora que as festas se aproximavam — e ficaria muito irritado se deixasse de atender a algum cliente por falta de mercadoria.

A mulher acompanhou-os até a porta. Estava pálida; como ele, tinha passado mal a noite. Mais tarde ele se indagaria se o mau aspecto dela também não seria devido a sombrios pressentimentos. No momento, porém, achou que era apenas a dor de cabeça habitual, coisa nada séria, mesmo porque foi com um sorriso, forçado, mas sorriso, de qualquer forma, que ela se despediu do marido e dos filhos: vão com Deus, queridos.

Foram. Era cedo ainda, mas, como antecipara, já havia muito

movimento em frente ao Templo. Enquanto colocavam a mesa no lugar, ocorreu o que seria o primeiro incidente do fatídico dia. Um homem entrou correndo no pátio. Trazia uma inquietante notícia: vários prisioneiros que estavam nas masmorras imperiais seriam crucificados naquela mesma tarde. Tratava-se de represália: no dia anterior os rebeldes haviam atacado uma patrulha, matando vários soldados.

O anúncio provocou grande comoção. Muitos ali tinham familiares ou amigos entre os prisioneiros, e a reação foi de horror e angústia:

— Eles vão matar meu filho — bradava um dos vendedores, chorando e golpeando a cabeça com os punhos. — Os bandidos vão matar o meu filho, meu único filho. Assassinos!

Outros, embora consternados, procuravam manter o sangue-frio: pediam calma, temendo que os soldados da guarnição prendessem ainda mais gente. Quanto ao vendilhão do Templo, não dizia palavra: limitava-se a preparar a mesa com os pombos e as moedas. Nada tinha a ver com protestos, não era dado a arroubos patrióticos ou libertários, estava ali para fazer negócios. O Império era cruel? Claro que era cruel, todo Império é cruel. Sabendo disso, por que os rebeldes desafiavam as forças imperiais? Por que não se contentavam em levar uma vida normal, trabalhando em silêncio? Os impérios vêm e vão, os negócios ficam, é só questão de tempo e de paciência.

Cessada a agitação, o vendilhão do Templo pensou que agora poderia vender seus pombos em paz, trocar suas moedas sem problemas. Mais uma vez se enganava. Já com o primeiro freguês, teve um aborrecimento: o homem, conhecido como Cego (um soldado lhe vazara os olhos), reclamava do alto preço das aves e das taxas cobradas pelos sacerdotes:

— Só os ricos podem oferecer sacrifícios, nós, pobres, nem sequer conseguimos entrar na casa do Senhor.

E, como ninguém contestasse, continuou sua arenga, em tom cada vez mais irado: os místicos tinham razão em abandonar tudo, eles é que estavam oferecendo ao Senhor os verdadeiros sacrifícios e por isso seriam recompensados — quando os Filhos da Luz derrotassem os Filhos das Trevas, teriam lugar no banquete dos justos.

— Pois então — disse, desabrido, o vendilhão do Templo — junta-te aos Filhos da Luz. Vai, torna-te um deles, talvez assim recuperes a visão — e as boas maneiras.

O Cego continuou com seus impropérios por algum tempo, o vendilhão optando por não responder: não gastaria energia num bate-boca inconseqüente. Por fim o homem se foi, amaldiçoando vendedores e sacerdotes, aquela corja de ladrões.

Filhos da Luz, resmungou o vendilhão do Templo, era só o que me faltava, ter de baixar o preço por causa dessa idiotice. Cada vez acreditava menos nas histórias dos místicos. Eles não perturbavam tanto quanto os rebeldes — não matavam ninguém —, mas viravam a cabeça das pessoas com suas crenças extravagantes e, para ele, muito suspeitas. Ascetismo? Santidade? Conversa para enganar ingênuos, como o Cego. Já ouvira dizer que os chefes da seita da montanha tinham um grande tesouro — ouro e jóias doados pelos crentes — oculto numa caverna. Um dia decerto desceriam de seu refúgio, não para lutar contra os Filhos das Trevas, mas para investir dinheiro comprando terras de camponeses arruinados. O mesmo se poderia dizer dos rebeldes: queriam expulsar as tropas do Império, mas para quê? Para ascenderem, eles próprios, ao poder. E quando o fizessem, ai de seus inimigos, ai daqueles que se haviam recusado a ajudá-los: muitos seriam executados, e já não pelo traiçoeiro punhal, mas em praça pública, diante de multidões sedentas de sangue. Ascetas, patriotas: impostores, todos. Vagabundos, que não trabalhavam nem deixavam os outros trabalhar. Filhos da Luz? Filhos de prostitutas, isso sim. Ele não estava ali para fazer caridade, e sim para vender. O Cego não podia comprar? Paciência. Mas que não viesse lhe pregar sermões.

Entregue a essa raivosa ruminação, o vendilhão do Templo a princípio não notou o inusitado movimento à entrada do pátio, onde uma multidão se reunira, todos olhando ansiosos para fora. Foi o vendedor da mesa ao lado que lhe chamou a atenção:

— Ele vem vindo aí — disse.

— Ele, quem? — A excitação do outro deixou-o intrigado, mas só isso: intrigado. Recordando mais tarde aquele momento, concluiria que em absoluto tinha ficado alarmado ou inquieto. Manifestara simples curiosidade a respeito do personagem que estava chegando: quem seria, um dignitário, um homem muito rico? Interesse explicável pela possibilidade de uma boa venda, e só por isso.

Antes que pudesse obter uma resposta, a multidão abriu alas e um grande grupo adentrou o pátio. E ali estava o homem, o homem que ele jamais esqueceria, o homem que mudaria sua vida.

Na aparência, nada o distinguia dos seus acompanhantes e das demais pessoas que estavam no Templo. Tipo físico absolutamente comum. Como todos, ali, usava barba — rostos glabros eram considerados obscenidade, coisa de gentio despudorado: gente que, sob o pretexto de praticar exercícios físicos, não hesitava em se desnudar, e que exibia na face essa mesma nudez obscena. Como todos ali, vestia uma simples túnica, calçava sandálias rústicas. Em suma, passaria até despercebido no meio da multidão. Não fosse o olhar.

Brilhavam, aqueles olhos, brilhavam intensamente: era o olhar do místico, do rebelde, porém mais intenso, mais impressionante que o olhar do místico ou o olhar do rebelde. O que senti naquele momento?, perguntar-se-ia depois o vendilhão do Templo, e não saberia descrever a intensa emoção que dele se apossara, apesar de toda a sua tentativa de manter o autocontrole. Medo? Raiva? Impossível dizer. Mas se ele não sabia definir seus sentimentos em relação ao estranho, outros não hesitavam em demonstrar entusiástica alegria, correndo para o recém-chegado, saudando-o, abraçando-o, beijando-lhe as mãos, até. Essas descontroladas manifestações irritaram o vendilhão do Templo. Fosse quem fosse o desconhecido, estava perturbando as vendas. Deveríamos chamar os soldados para acabar com essa bagunça, disse ao filho, mas, para sua surpresa, o rapaz nem sequer o ouvia; estava, ele também, olhando o homem, e sua expressão era de êxtase: é ele, murmurava, é o Mestre. Mestre? Que história era aquela de Mestre? O vendilhão do Templo não teve tempo de interpelar o filho: o grupo se aproximava de sua mesa. O que não o deixou alarmado; ao contrário, pensando que vinham comprar pombos ou trocar moedas, preparou-se: colocou a balança e algumas gaiolas sobre a mesa e, exibindo o seu melhor sorriso, ficou à espera daqueles que tomava por — mas como podia se enganar tanto, ele que se orgulhava de seu instinto? — clientes.

À frente do grupo cada vez maior, o homem veio vindo, num passo firme. Deteve-se, olhou-o — e, aí sim, o vendilhão do Templo teve não um pressentimento, mas uma certeza: a certeza de que algo ia acontecer, mudando sua vida para sempre. Porque, de súbito, fez-se silêncio no pátio do Templo. Um silêncio impressionante, inusitado naquele barulhento lugar. Todos os olhares voltavam-se para o recém-chegado. Calado, imóvel, ele fitava o vendilhão do Templo, que, confuso, amedrontado mesmo, não sabia o que fazer, o que dizer. Se pudesse cumprimentá-lo ("Bom dia, meu senhor, estou às suas ordens"); se, melhor ainda, pudesse oferecer-lhe mercadoria ("Pombos, meu senhor? Novos, gordinhos, quer?"), dando início ao processo de negociação que tão bem conhecia; se pudesse, enfim, dizer qualquer coisa, banal ou não, casual ou não, se pudesse ao menos estender a mão, ou sorrir, ou franzir a testa, se pudesse suspirar — o maligno sortilégio estaria quebrado, o estranho se transformaria num cliente qualquer e tudo terminaria bem, ou relativamente bem, tão bem quanto possível. Mas não, a sorte estava lançada. Tomado de súbita e espantosa fúria, o homem:

— Nas Escrituras Sagradas está escrito: "a minha casa é casa de oração" — bradou —, mas vós fizestes dela um covil de ladrões!

O vendilhão do Templo recuou, os olhos arregalados de espanto. Por que aquele súbito ataque de fúria? O que fizera ao homem para que tivesse gritado daquela maneira? Que história era aquela de "covil de ladrões"? "Covil" o vendilhão não sabia bem o que era, mas ladrões, aquilo se referia a ele? Por quê? O que tinha roubado, para ser dessa maneira acusado, não, acusado não, insultado?

O vendilhão estava atônito, mais atônito do que irritado. Fregueses agressivos não eram raros, e o Cego era um exemplo, mas o que ouvira ultrapassava os limites habituais de um bate-boca entre vendedor e comprador. Não era obrigado a ouvir tais desaforos, sobretudo de um homem que não lhe comprara nada, que nem sequer lhe perguntara o preço dos pombos, a cotação de alguma moeda. Era o que ia dizer: o amigo está me ofendendo, gostaria que esclarecesse essas acusações. Mas antes que pudesse pedir satisfações, antes que pudesse dizer qualquer coisa, o homem, com surpreendente força, pegou a mesa e virou-a, derrubando no chão as gaiolas de pombos e as moedas. E em seguida, sacando de sob a túnica uma espécie de chicote feito de cordas, pôs-se a distribuir golpes a torto e a direito — no vendilhão e em outros vendedores, alguns dos quais enfiaram-se sob as mesas para se proteger, enquanto outros fugiam assustados. A confusão se estabeleceu, gente gritando, gente correndo.

Quando o vendilhão do Templo conseguiu enfim se recuperar da surpresa e do susto, já o homem e seus acompanhantes tinham deixado o pátio, agora um cenário caótico, com mesas viradas e pombos esvoaçando.

O primeiro impulso do vendilhão do Templo foi correr atrás do intruso e aplicar-lhe uma surra exemplar: quebro os ossos daquele louco, arranco-lhe a cabeça, ele me paga. Mas não podia, tinha de cuidar de suas coisas, avaliar o estrago. Pôs-se de imediato a empilhar as gaiolas caídas e a juntar as moedas que tinham rolado pelo pátio. Nisso, notou que o filho o olhava, imóvel, com uma estranha expressão no rosto.

— O que estás fazendo aí, parado como um idiota? — O vendilhão do Templo, irritado: era aquela a atitude que se esperaria de um filho cujo pai fora atacado e que agora estava em apuros? — Anda, vem me ajudar!

Arrancado da imobilidade pelos gritos do pai, o rapaz lançou-se ao chão, catando nervosamente as moedas. Enquanto isso, o vendilhão do Templo tentava capturar os pombos que tinham escapado das gaiolas quebradas. Tarefa difícil, e grotesca: mal ele se aproximava, as aves alçavam curto vôo e iam pousar logo adiante, o que provocava risos de basbaques e ociosos, freqüentadores habituais do pátio do Templo.

— Riam, riam! — O vendilhão, furioso. — Se ele tivesse atacado vocês, não estariam rindo!

Por fim conseguiu recolher as aves e as moedas. Pelo menos não havia prejuízo maior, pensou — mas estava enganado: ao erguer a pesada mesa, constatou que uma das pernas estava torta e que, pior, sob o tampo jazia um pombo. Um dos melhores e mais bonitos pombos — esmagado, transformado numa pasta sangrenta. Raivoso, angustiado, voltou-se para os vendilhões que olhavam a cena:

— O que faço com isto? Respondam, o que faço com isto?

Era um pombo, um lindo pombo branco, eu ia vendê-lo por bom dinheiro. Agora está morto — e pode-se sacrificar um pombo morto? Deus não pode aceitar um pombo que não foi imolado de acordo com o ritual. Este pombo, um dos melhores que já tive, agora não vale uma reles moedinha, nem os cães o comeriam. Quem me indeniza por esse prejuízo? Quem?

Não obtinha resposta. Aparentemente, ninguém estava interessado em suas queixas. O que só fez aumentar-lhe a indignação:

— Não me respondem? Mas afinal, o que está havendo aqui? Todos viram o que aconteceu, ninguém vai protestar? Um homem entra aqui, nos chama de ladrões — e ninguém reage?

Pôs-se a correr de mesa em mesa, aos berros:

— Não vais fazer nada, tu? E tu, que sempre te gabaste de tua valentia, vais ficar aí, sem dizer nada?

O filho tentava segurá-lo, ele se desvencilhava:

— Solta-me! Quero dar uma lição a esta corja de covardes! Ah, maldita a hora em que me tornei um vendilhão do Templo! Maldita a hora!

Nesse momento chegava o mais antigo dos vendedores do Templo, o homem a quem os outros chamavam — por causa das longas barbas brancas — de Velho. Incapaz de por mais tempo se conter, abraçou-se a ele soluçando:

—Ah, Velho, Velho, eu não entendo mais nada, Velho, me diz, Velho, o que está acontecendo, por favor, me diz!

Por um instante o Velho o olhou em silêncio.

— Vai para casa — disse por fim. — Vai para casa, deita, dorme, esquece. É o melhor que podes fazer: esquecer.

Voltou-se para o rapaz:

— Leva teu pai daqui. Já.

Ainda soluçando, o vendilhão do Templo se deixou conduzir, como um alquebrado ancião. Quando chegaram em casa, a mulher correu ao encontro deles, aflita: já sabia o que tinha acontecido, a notícia se espalhara por toda a cidade.

— Estás ferido? — perguntava, nervosa. — Fala, estás ferido? Mas o vendilhão do Templo não queria falar; queria dormir, dormir. Ajudado pela mulher e pelo filho, deitou-se. Não conseguiu, contudo, adormecer. Pensava no homem, no fero olhar do homem, no seu dedo acusador. "Nas Escrituras Sagradas está escrito: 'a minha casa é casa de oração', mas vós fizestes dela um covil de ladrões!" O que teria pretendido dizer com aquilo? Quem era aquele homem para invocar a palavra de Deus? Talvez fosse um rebelde, um fanático — os fanáticos consideravam-se donos de tudo, donos da verdade, donos da palavra divina. Mas fanáticos eram de apunhalar sorrateiramente, não de gritar em público; fanáticos não correriam o risco de atrair a atenção dos soldados com um incidente daqueles. Seria então um místico? Mas os místicos estavam em suas casas de pedra no alto da montanha, orando e jejuando, aguardando a batalha final entre os Filhos da Luz e os Filhos das Trevas. Os místicos não vinham ao Templo; abominavam os sacerdotes hipócritas, adeptos do luxo e da riqueza, desavergonhados prepostos do Império.

Estranho, aquilo. Mais estranha ainda — e afronta insuportável — era aquela história do covil de ladrões. Ladrão, ele? Por quê, ladrão? O vendilhão do Templo considerava-se um homem honesto. Na troca das moedas, cobrava a comissão habitual. Quanto ao preço dos pombos, às vezes o aumentava, mas isso dependia das flutuações normais do mercado, ou da qualidade das aves que oferecia à venda, ou até da aparência do cliente: dos ricos, dos que podiam pagar, cobrava mais, para compensar o prejuízo que lhe davam os caloteiros, os que pechinchavam. Todos os vendilhões procediam assim, mesmo porque ninguém era obrigado a comprar de ninguém: quem não estivesse satisfeito podia seguir adiante. Era roubo, aquele comércio? Se era roubo, então tudo — o comércio era roubo, a própria religião — era roubo.

Talvez — mas o vendilhão do Templo não se sentia disposto a conceder a um agressor o benefício da dúvida — o homem estivesse se referindo, em linguagem retórica, a certos fatos ainda não revelados e que pretendia denunciar em público. Talvez por trás do suposto ataque de fúria estivesse um plano, um projeto, como os que o vendilhão formulava, mas dirigido em outro sentido. Alguns detalhes sugeriam que talvez fosse esse o caso. O chicote, por exemplo. Tratava-se de um instrumento improvisado, feito de cordas trançadas — as cordas que serviam para amarrar animais à venda no Templo —, mas isso certamente demandara algum tempo, o que não era compatível com um incontido impulso. Em retrospecto, o homem, depois de observar o movimento dos vendedores, tinha decidido fazer uma cena no pátio do Templo e se preparara para isso, para surpresa de seus discípulos ou com a cumplicidade deles: vamos, companheiros, dar uma lição a essa gente.

Mas — lição, por quê? Quem, entre os vendedores, estava a merecer tão desmoralizador castigo? E quem era o homem, para arrogar-se o direito de virar mesas e de chicotear pessoas? Se sabia de alguma coisa — falsificação de moedas, por exemplo —, se tinha denúncias a fazer, que as formalizasse a quem de direito, aos sacerdotes. Ou ao comandante da guarnição. Ou mesmo ao representante do Imperador. O vendilhão do Templo não tinha muito apreço ou respeito pela potência ocupante, mas a instância adequada para resolver tais questões era sem dúvida a autoridade imperial, detentora da força, guardiã da lei — justa ou injusta lei, isso pouco importava; tratava-se de lei temporal, os que dela discordavam sempre poderiam buscar refúgio no código de ética da religião. O Império era um poder reconhecido por todos. À exceção, naturalmente, dos rebeldes — mas aqueles eram uns loucos, e o vendilhão do Templo jamais deixava de reprovar, em conversas privadas com outros vendedores e com clientes, a conduta imprudente e perigosa dos fanáticos. Já em público não emitia nenhuma opinião a respeito; se os rebeldes o assediassem, até lhes faria alguma doação em mantimentos ou dinheiro — não queria atritos com aquela gente vingativa, capaz de liquidar sumariamente supostos opositores. Assim aceitava as moedas que, em sinal de protesto, eles inutilizavam, raspando com o punhal a efígie do Imperador. Tratava-se de dinheiro que não poderia passar adiante; já lhe bastava ter sido uma vez acusado de falsário. Mas era uma idiotice, aquilo: perdiam dinheiro os vendedores, mas também os próprios rebeldes.

Agora: o que tinha feito o homem, senão recorrer à cega violência da rebeldia? Seu comportamento era no mínimo inexplicável, para não dizer ultrajante. Só um louco ou um perverso faria aquilo, humilhar um homem em público diante dos outros vendedores, e, pior, de seu filho. Cujo estranho comportamento, aliás, precisava esclarecer: a imobilidade, a inação, seriam apenas o resultado do choque diante da agressão ao pai? Ou — e isso era inquietante — estaria o rapaz apoiando, ainda que no fundo, bem no fundo, a atitude do homem?

Por que não reagi, perguntava-se, por que não dei umas bofetadas no maluco? Não lhe faltava força física para responder à violência com violência, mas o certo é que não o fizera, e agora se perguntava por quê. O que o impedira? A perplexidade? O medo? Alguma coisa no homem o paralisara, e a sua incapacidade de identificar que coisa era essa o perturbava. Teria o estranho algum poder misterioso capaz de imobilizar adversários, de deixá-los inermes? Seria ele um mago, um iniciado? Mas se era mago ou iniciado, se tinha poderes, por que os desperdiçava com uma figura tão insignificante quanto a de um vendilhão do Templo?

A menos que ele, vendilhão, não fosse tão insignificante quanto se imaginava. A menos que ele tivesse sido escolhido em função de um secreto desígnio. Qual desígnio? Que papel relevante poderia desempenhar na ordem das coisas — ordem que para ele era um mistério? Seria ele, para sua própria surpresa, um vilão, um criminoso — o maior vilão, o maior criminoso da cidade? Estaria ele, sem o saber, praticando faltas terríveis, crimes monstruosos? Mas quais faltas, quais crimes? O que fazia ele que outros vendilhões não tinham feito? Que pecados cometera? Se o homem sabia de alguma coisa, por que não falara, estou te castigando por isso, por isso, e mais aquilo?

Essas perguntas o atormentaram durante toda a noite. De madrugada, levantou-se. Vem dormir, implorou a mulher, precisas descansar e eu também. Mas ele não podia descansar: pôs-se a andar pela casa. Entrou no quarto dos filhos e, ao fazê-lo, pisou em algo.

Era o chicote. O chicote de cordas com que o homem o tinha golpeado e que decerto depois deixara no pátio — pelo visto, era um instrumento de castigo exclusivo para vendilhões, para o vendilhão. Estava ali, claro, porque o filho o trouxera. Mas por que trouxera? Para que pudessem mais tarde usá-lo como prova contra o louco? Isso seria um gesto digno de filho. Mas havia outra hipótese, e essa fez o vendilhão do Templo estremecer: por acaso o rapaz queria guardar uma lembrança do acinte que o pai sofrera para um dia dizer ao genitor, num momento de raiva: já apanhaste uma vez com este chicote, te cuida, senão vais apanhar de novo — de mim?

Medonha, aquela possibilidade. O vendilhão do Templo teve ganas de acordar o filho e interpelá-lo. Mas não tinha forças para mais uma discussão, simplesmente não tinha forças. Amanhã eu esclareço isso, pensou. Voltou para o quarto, deitou-se e, exausto, adormeceu.

Seria de esperar que acordasse tonto, com dor de cabeça, mas saltou da cama cheio de energia, com uma disposição sur-

78

preendente. É que agora, à luz da manhã, via claramente o que tinha de fazer. Iria à luta. Já que o homem o desafiara (não: já que o homem o ofendera), exigiria seus direitos. Queria uma indenização: pelo pombo morto, pela mesa danificada, pelas horas não trabalhadas e, não menos importante, pelo vexame, pelo abalo moral. O tribunal sacerdotal sem dúvida lhe daria ganho de causa. Só precisava descobrir quem era, afinal, aquele homem, onde morava, qual a sua profissão, se é que a tinha; e conseguir algumas testemunhas para depor. O que não seria difícil. Os outros vendedores não se recusariam a ajudá-lo; afinal, o Pregador falara em ladrões, não em ladrão: um plural evidentemente destinado a ofender a categoria.

Toma o teu leite, disse a mulher, inquieta, mas ele não quis: tenho muito que fazer, preciso ir. Cuidado, advertiu ela, não te metas em confusão, já basta o que aconteceu. Sem se dignar a responder — que podia uma mulher saber de tais assuntos? —, o vendilhão do Templo chamou o filho. Não falou do chicote; isso ficaria para depois. Vamos, disse, temos muito o que fazer. Pôs-se a caminho em passo rápido, o rapaz esforçando-se por acompanhá-lo.

No Templo, os vendedores já estavam instalados junto às mesas. Receberam-no de maneira estranha; mal o cumprimentaram, olhavam-no de viés, como se fosse um marginal, um delinqüente — quando na verdade ele fora a vítima de uma insólita agressão. O que estava se passando com aquela gente? Nunca o tinham tratado bem, mas ao menos poderiam se mostrar solidários.

De repente se deu conta: estavam com medo. Não dele; do Pregador. O que não chegava a surpreender; afinal, o homem dera uma insofismável demonstração de força, capaz de impressionar e abalar os vendilhões. Que, para valentes, não serviam — mas que agora estavam exagerando na covardia. Deu-lhe vontade de gritar, vocês são uns poltrões, um bando de poltrões.

Mas para quê? Brigar com eles, para quê? Dentro da estratégia que se traçara, precisava de aliados, não de inimigos. Foi portanto com um tom casual, bem-humorado até, que se dirigiu aos vendilhões:

— Então? Que dizem do louco de ontem?

Louco: o qualificativo lhe ocorrera no caminho (nada melhor do que andar para melhorar o raciocínio: a cabeça vai chocalhando, as idéias vão surgindo). Tinha duas vantagens. Primeiro: caracterizava os vendedores como um grupo oposto ao agressor: os sãos de um lado, o maluco gritão do outro. Depois, tratava-se de um apelido de forte apelo popular. Logo — pelo menos assim esperava — as crianças estariam correndo atrás do homem, gritando: louco, louco! Finalmente, era muito bom caracterizar como insano o seu desafeto: no caso de um confronto legal, isso só ajudaria. Tribunal algum daria ganho de causa a um maluco.

Para sua surpresa, ninguém riu, ninguém disse nada. Como se existisse uma conspiração de silêncio em torno do ocorrido. O que era exasperante — e mau sinal: será que, por falta de apoio, perderia a briga, ainda nem começada, com o homem? Seria trágico se tal acontecesse, e o vendilhão do Templo pensava no que deveria fazer diante daquela imprevista situação — quando avistou o Velho, que chegava. Correu ao encontro dele: o Velho sabia das coisas, o Velho lhe diria como agir.

— E o louco de ontem, Velho? Que coisa, hein?

O Velho não respondeu; fitava-o, impassível, sério.

— Que me dizes? — insistiu o vendilhão, numa voz que traía a sua insegurança. O Velho, conhecido como pessoa de bom coração, normalmente teria se mostrado solidário; agora, no entanto, parecia reticente:

— Nem todos o consideram louco — respondeu, escolhendo bem as palavras. — Alguns acham que ele é um mestre de justiça. Que tem poderes. Dizem que descende do grande rei Davi. Outros dizem até que é o Messias.

O vendilhão do Templo recuou, assombrado. Em primeiro lugar, por causa da atitude do Velho, de inesperado respeito ao Pregador. Depois, pelas hipóteses levantadas. Que o homem fosse descendente do rei Davi, isso ele ainda podia admitir, já que ele próprio vinha de uma linhagem nobre (ainda que arruinada) — e, além disso, de uma árvore genealógica sempre podem brotar estranhos galhos. Mas e aquela história de que o homem era o Messias, o grande chefe que, segundo se esperava, libertaria o povo do Império e promoveria o Juízo Final, glorificando os justos e punindo os maus? Não, aquilo era um absurdo, uma tolice monumental. Messias? Messias entrando no pátio, gritando desaforos, virando mesas, chicoteando pessoas? Nunca. O Messias viria (se e quando viesse; sobre isso tinha suas dúvidas) num cavalo branco. O Messias teria a postura de um príncipe. O Messias reinaria, soberano, sobre todos os impérios do mundo. Messias, o louco? Jamais, e foi o que disse em altos brados.

Tão veemente foi sua reação que o Velho optou por uma retificação: talvez não seja o Messias, concedeu, mas está longe de ser um homem comum, o povo escuta a sua pregação, todos dizem que tem poderes extraordinários.

Se tal ponderação tinha como objetivo acalmar o vendilhão, não produziu o efeito esperado: ele estava irritado, cada vez mais irritado. Poderes? Que história era aquela de poderes? E quem era, afinal, o homem que virava mesas? Era rico? Não, disse o Velho, não era um homem rico, era filho de carpinteiro. O que deixou o vendilhão do Templo ainda mais perplexo. Filho de carpinteiro o homem podia ser; ele próprio, vendilhão, era filho de um pequeno agricultor arruinado. Mas, filho de carpinteiro querendo doutrinar, querendo dar lições aos outros? Essa era boa. Tão boa que caiu na gargalhada:

— Filho de carpinteiro! Era só o que faltava, um filho de carpinteiro querendo ser o Messias. — Uma idéia lhe ocorreu e acrescentou, em tom de troça: — Quem sabe herdou a habilidade do pai e conserta a perna da minha mesa?

O Velho ignorou a zombaria:

— Dizem que faz milagres. Dizem que andou sobre as águas, que curou um leproso, que fez andar um paralítico, que expulsou os maus espíritos de um endemoninhado. Seus discípulos já são milhares, e onde chega é recebido como salvador.

Curava pessoas? Expulsava maus espíritos? Aquilo parecia familiar ao vendilhão; ele já tinha ouvido algo semelhante. Então se lembrou da menção que sua mulher fizera a um iluminado que curava pessoas: tratava-se do homem, sem dúvida, do virador de mesas. Que ela, pessoa crédula, acreditasse nisso, era algo que podia admitir; mas que o Velho, conhecido pelo sóbrio julgamento, mencionasse a mesma coisa, e com ar de seriedade, era no mínimo preocupante.

O sorriso incrédulo desapareceu do rosto do vendilhão do Templo. E se houvesse algo de verdade naquilo? E se o Pregador tivesse mesmo poderes? Andar sobre as águas talvez fosse resultado de um truque qualquer; e curar paralisias não era impossível, já que paralisia pode ser coisa da imaginação, ele conhecia casos assim. Mas lepra! Lepra era uma doença terrível, que transformava seu portador num pária: ele mesmo tinha fugido de leprosos que vagueavam pelo campo. Limpar alguém da lepra era mais que uma habilidade, era um ato sobrenatural, da mesma forma que expulsar maus espíritos. Se o homem tinha essa fama, não era de estranhar o grande número de pessoas que o acompanhavam; todos estavam, claro, à espera de um milagre.

E, no entanto, o vendilhão ignorara a existência do Pregador. Porque estava longe de ser um homem bem-informado; envolvido em problemas práticos como a cotação das moedas, o preço dos pombos, prestava escassa atenção ao que se passava a seu redor. Quanto menos soubesse acerca de conspirações, guerri-

82

lhas, intrigas de poder, melhor: não cairia na tentação de se envolver em situações perigosas. Resultado: podia estar agora cometendo um perigoso erro de julgamento, contrapondo-se a um homem que muitos admiravam e até veneravam. Mau negócio. Para um vendedor, para alguém que queria subir na vida, era mau negócio. Não se pode ir contra a maré. Há que se respeitar a vontade popular, mesmo que essa vontade seja esdrúxula.

— Fala-me mais sobre esse Pregador — pediu ao Velho. Que acedeu, mas sem muita disposição. Percebera que o pedido do vendilhão nascia não de uma legítima curiosidade, ou de uma, ainda mais legítima, ânsia de conhecer a verdade, mas sim do ódio, do ressentimento. Ainda assim contou-lhe várias histórias, todas envolvendo milagres e prodígios — histórias que o vendilhão do Templo escutava atento, entre cético e despeitado. Quando o Velho disse que o Pregador tinha multiplicado pães, alimentando assim uma multidão, o vendilhão não pôde conter uma exclamação de espanto. Porque de pão entendia um pouco; afinal, plantara trigo toda a sua vida. Só que, para ele, pão, o alimento pão, representava a culminância de um longo processo. Primeiro, a lâmina do arado rasgava a terra, expondo suas entranhas e proporcionando à semente lançada nos sulcos um íntimo e acolhedor abrigo. Um diálogo silencioso travava-se então, um intercâmbio de sutil energia, mediante o qual a semente renunciava a seu esplêndido e obstinado isolamento, submetia-se à gentil corrupção que a terra lhe propunha e, germinando, emitia os delicados brotos verdes cuja visão enchia o então lavrador — depois vendilhão do Templo — de inaudita emoção, a mesma emoção que seu filho sentira ao cultivar o terreno baldio. Surgiam as espigas e o grão era colhido, e moído, e transformado em farinha, e fazia-se a massa que era levada ao forno, de cujo ventre emergia por fim o dourado pão. Assim tinha ocorrido desde tempos imemoriais; desde tempos imemoriais os seres humanos tinham se habituado a essa sucessão de etapas, dando graças ao Senhor quando as catástrofes naturais não a interrompiam, quando ratos não devoravam os grãos, quando invasores não lhes confiscavam a colheita. Mas, segundo o Velho, o Pregador tinha superado por completo esse processo, queimando etapas de forma extraordinária. Produção instantânea, sem trabalho, sem demora, sem nada, usando como insumo apenas uns poucos pães — como fizera aquilo? Que conhecimento secreto dominava? Milagre, sim. A menos, claro, que não se tratasse de produção, mas de mistificação. Criara o homem pães de verdade, ou imagens de pães? Alimento ou ilusão? Mesmo que muitos tivessem comido daquele pão, a dúvida ainda persistiria, pois em circunstâncias assim até o alimento parece real, até o estômago pode ser enganado. A resposta a essa interrogação — resposta que o Velho, apesar de sábio, não tinha ou recusava-se a dar — era crucial. Se se tratasse de ilusão, tudo bem; ilusionista era a última coisa que o vendilhão do Templo pretendia ser, não tinha vocação nem jeito para isso. E se se tratasse de milagre, também estaria tudo bem. Milagres, por definição, estavam fora do plano da realidade, realidade da qual o vendilhão do Templo fazia questão de não se afastar: era da realidade que dependia para ganhar a vida. Não queria entender o sobrenatural, muito menos queria dedicar-se a uma carreira de taumaturgo. Mas — e se o Pregador, não se contentando com o espiritual, tivesse invadido a esfera do real? Se estivesse na posse de um segredo capaz de revolucionar a produção e o comércio de alimentos — um tipo especial de semente, modificada através de cruzamentos secretos e capaz de, num átimo, germinar, crescer, dar origem à planta, à espiga, à farinha, ao pão? A seqüência conhecida, normal, porém realizada a um ritmo jamais imagina-

84

do? Se o Pregador dispunha de recursos desse tipo, sem dúvida dominaria o mundo. Enquanto outros estivessem, pacientemente, modorrentamente, esperando pela colheita, ele inundaria o mercado com dezenas, milhares de pães, que as pessoas disputariam ferozmente, pois nada como uma origem milagrosa para recomendar qualquer produto.

E se sofisticasse o produto, se vendesse pãezinhos redondos com carne frita dentro, acompanhado de bebidas, e se criasse uma rede de estabelecimentos para comercializar esses e outros produtos, breve teria sob seu comando um império comercial de dimensões jamais imaginadas.

Mais uma razão para que o vendilhão tratasse de descobrir tudo a respeito da misteriosa figura. Mesmo recusando-se a tomar conhecimento de intrigas políticas e religiosas, não podia se dar ao luxo de ignorar a existência de um personagem tão importante e potencialmente tão poderoso; muito menos podia dar-se ao luxo de tê-lo como inimigo. Um inimigo que poderia arruiná-lo, liquidá-lo? De jeito algum. Talvez fosse o caso de esquecer o incidente. O homem virara a sua mesa, sem nenhuma razão aparente? Bom, estava disposto a considerar aquilo como um desabafo. Violento, mas desabafo; decerto o homem tinha os seus problemas, talvez tivesse se incomodado com os discípulos, com a família; talvez tivesse algum conflito com o pai carpinteiro, conflito este que emergira ao ver a mesa, quem sabe similar a outras confeccionadas na oficina paterna — e assim, na realidade, não derrubara uma mesa, derrubara o genitor. O chicote? Amuleto, talvez, ou símbolo de poder, ou mesmo objeto lúdico.

Enfim, se ele, vendilhão do Templo, servira de bode expiatório para algum problema emocional do homem, paciência. Vamos deixar tudo por isso mesmo, caso encerrado, pedra em cima. Vamos esquecer. Tu és um mestre, és poderoso, eu sou um vendilhão, entre nós não pode haver animosidade, não seria digno de tua estatura moral.

Mas seria impossível esquecer. Perdoar ofensas, oferecer a outra face para ser esbofeteada, isso não era de seu feitio. A vida lhe ensinara a revidar agravos e golpes: olho por olho, dente por dente. Mesmo que sua atividade exigisse um novo e mais hábil tipo de atitude, não mudaria de uma hora para a outra. Sua dignidade estava em jogo, não abriria mão dela. Não poderia mais olhar-se ao espelho — e lhe custara caro, o espelho — nem encarar a mulher e os filhos, se o fizesse. No mínimo o homem devia-lhe uma indenização pela mesa que teria de ser consertada, pelo pombo morto. Aliás, se ressuscitava mortos, podia fazer o mesmo com a ave.

Só que duvidava dessa possibilidade. Duvidava que o homem fosse capaz de fazer milagres. Por uma simples razão: se estava a seu alcance realizar tais prodígios, por que continuava pobre, usando vestes comuns, andando no meio da multidão? Por que não produzia, do nada, ouro, palácios, manjares, mulheres? Ou será que mulheres não lhe interessavam? Foi o que perguntou ao Velho. Que tinha, sim, uma resposta para a indagação:

— Ele não quer riqueza. Ele não quer poder. Ele diz que devemos distribuir tudo o que temos aos pobres — e segui-lo.

Distribuir tudo aos pobres? O ancião devia estar brincando. Quem, no pleno uso das faculdades mentais, distribuiria suas posses? Quem dilapidaria o próprio patrimônio? Não o vendilhão do Templo, pelo menos. Tudo o que possuía — a casa, a roupa, os móveis, o espelho — tinha sido ganho com muito trabalho. O que não o deixava ressentido, pelo contrário: as coisas que adquirira reafirmavam-no como pessoa, dariam testemunho de sua existência: quando ele morresse, os filhos continuariam habitando a casa que com sacrifício comprara.

Já o Pregador, segundo o Velho, não valorizava objetos materiais. Loucura. Distribuir os próprios bens aos pobres? Loucura completa. Mesmo porque tal ato significaria extinguir em indivíduos apáticos o derradeiro resíduo de desejo, de aspiração. Dar aos pobres? Jamais. Os pobres tinham de aprender, como ele aprendera, a lutar; os pobres teriam de vencer a tentação de renunciar às coisas do mundo. Renúncia? Despojamento? Só no paraíso, um lugar sobre cuja existência o vendilhão tinha sérias dúvidas: vida, para ele, era vida terrena, coisa concreta, palpável.

Mas era um apelo poderoso, o do Pregador. Muita gente queria despojar-se de tudo, até das roupas: todo mundo nu, era um convite irresistível, exatamente pela insensatez. Tratava-se de uma proposta inteiramente compatível com uma época de confusão, de crenças malucas e figuras messiânicas. Em épocas assim, as pessoas aceitam qualquer coisa, fazem qualquer coisa para alcançar hipotéticas recompensas num outro mundo. O Pregador era apenas um dos que criavam confusão, semeavam o caos.

— E há uma outra coisa — prosseguiu o Velho. — Quando ele falou em covil de ladrões, talvez não estivesse se referindo a ti, mas a certos rumores que circulam por aí. Tu sabes o que quero dizer.

Sim, o vendilhão do Templo sabia o que o Velho queria dizer. Falava-se, à boca pequena, de corrupção no Templo — corrupção envolvendo sacerdotes e vendilhões. Era de muito dinheiro que se tratava: as comissões sobre a venda de animais, e sobre o câmbio, e os donativos — muito, muito dinheiro. Que, teoricamente, deveria ser usado para manter o Templo, para ajudar os pobres; mas quem poderia garantir que isso acontecia? Dizia-se que um dos sacerdotes tinha desviado somas apreciáveis, comprando terras e palácios na própria cidade sede do Império ("Isto aqui não tem futuro, isto é periferia, periferia das piores, nem emergente é; o negócio é investir onde há retorno garantido"). Esses rumores vinham de muito tempo; por causa deles, muita gente achava que a religião deveria passar por uma reforma radical, eliminando os sacrifícios e o próprio Templo; o culto da divindade deveria ser feito por cada um em seu próprio templo interior. Idéia que o vendilhão do Templo desaprovava, e não só porque tal concepção ia contra seus interesses. Simplesmente achava uma bobagem aquela coisa. Templo tinha de ser uma coisa visível, acessível às massas. Templo tinha de ter um recinto para sacrifícios. Templo tinha de possuir pátio para vendilhões. Templo interior? Onde ficava esse templo interior? Na barriga? Perto do fígado? Junto à bexiga? E como é que se chegava ao Templo interior, entrando pelo ânus, tropeçando nas hemorróidas, enfrentando a malcheirosa ventania da flatulência? Idiotice, idiotice completa. A ter que acreditar no tal templo interior, ele preferia crer nos adivinhos que matavam animais e procuravam nas vísceras sinais indicativos do futuro; ainda que errassem, sempre poderiam contar com um assado depois.

Quanto à corrupção... Talvez existisse. O vendilhão do Templo não sabia nada a respeito nem queria saber, não era de sua conta. Na verdade a corrupção não lhe repugnava tanto quanto a outros. Graças aos sacerdotes, corruptos ou não, o Templo tinha movimento, e o movimento do Templo fazia a riqueza circular. Pombos eram comprados e vendidos, moedas eram trocadas. A cidade se beneficiava com o afluxo dos peregrinos; o Templo dava trabalho para muita gente que de outra forma permaneceria desocupada, remoendo sua raiva — a matéria-prima da qual era feita a revolta. O vendilhão do Templo era contra o excesso de corrupção, contra o roubo puro e simples — o caso da falsificação de moedas. Mas um pouco de corrupção — qual o problema? Funcionava como estímulo à atividade mercantil, era o lubrificante que facilitava o movimento das engrenagens sociais. Os moleiros não engraxavam as rodas de seus moinhos? Pois então. O desvio de dinheiro, provavelmente insignificante dentro da massa de recursos em jogo, era um prêmio a que os corruptos faziam jus por sua imaginação criadora e por sua capacidade de iniciativa.

Era o que ele ia dizer ao Velho: não me venhas com essa conversa moralista, isso não resolve nada. Mas não chegou a abrir a boca.

De novo se ouvia, no portão de entrada, uma enorme algazarra.

À frente de um grupo ainda maior do que o do dia anterior — centenas, talvez milhares de pessoas, cantando, gritando vivas — entrava no pátio, quem?

O Pregador.

O vendilhão do Templo não podia acreditar no que estava vendo. O Pregador? De novo? Mas era muita audácia do homem, voltar ao lugar onde tinha ofendido pessoas, onde tinha dado uma demonstração de violência — a lembrança daquilo estava tão presente que os vendedores trataram logo de recolher os pombos e as moedas.

O vendilhão do Templo permanecia imóvel, braços cruzados, dentes cerrados. Queria que o homem viesse até ele. Queria que tentasse de novo virar a mesa, era só o que queria. Porque aí veria com quem se tinha metido.

O Pregador, contudo, nem o olhou. Ou então olhou sem vê-lo; ou fingiu não vê-lo; de qualquer modo, seu ânimo agora já não parecia tão belicoso. De pé no meio do pátio, agora totalmente tomado pela multidão (parecia que a cidade inteira estava ali reunida), pôs-se a pregar. Pouco interessado no que o homem dizia, o vendilhão do Templo observava as pessoas: via rostos extasiados, via olhos cheios de lágrimas; via crença, via devoção, via esperança. Sem dúvida, o Pregador sabia mobilizar as emoções daquela gente — constatação que só fazia aumentar o despeito do vendilhão, o seu rancor. A ele nunca ninguém olhara com tal veneração, nem mesmo a mulher ou os filhos, muito menos a mulher ou os filhos. Dele ninguém se aproximava para render homenagem, para dizer, sim, este é o pombo que eu quero, este é o pombo que esperei por toda a vida, dou-te graças por me ofereceres a ave que dará vida e asas a meu sonho. A relação dos vendedores com o público era, em geral, coisa mecânica, girando principalmente em torno do preço, envolvendo barganha e discussão, também habituais, rotineiras; ao passo que ali não havia discussão e muito menos barganha, ninguém dizia ao Pregador, ora, faça-me o favor, não me enganes com essas histórias. Não, todos ouviam no mais respeitoso e enlevado silêncio. Nem mesmo conhecidos criadores de caso — o bêbado que insultava todo mundo, o louco que cuspia nas pessoas — interrompiam-no. Ninguém lhe perguntava, por exemplo, que história era aquela de ressuscitar mortos. E justamente nesse aspecto muitas questões poderiam ser levantadas. Era um morto, mesmo, que ele tinha ressuscitado? Ou se tratava de alguém dado equivocadamente (essa pressa em sepultar, em se apoderar da herança) como morto? Um morto, ou um cúmplice fingindo-se de morto?

De súbito soou uma trombeta. Como outros, o vendilhão do Templo voltou-se para ver de que se tratava.

Em direção à multidão vinha vindo, todo paramentado, e seguido por um cortejo, ninguém menos que o Sumo Sacerdote. O Sumo Sacerdote, que o vendilhão do Templo jamais vira, e que só falava com os ricos e com os representantes do Império. O Sumo Sacerdote saíra de seu reduto. Por causa do Pregador.

Os sacerdotes passaram pelo vendilhão do Templo sem nem sequer cumprimentá-lo ou olhá-lo. Previsível: com ele, só viriam falar para interpelá-lo sobre moedas falsas. Que estivesse trabalhando para o Templo (trabalhando para si, decerto, mas para o Templo também) não importava aos arrogantes, cujas ricas vestes as taxas que recolhia tinham ajudado a pagar. O Pregador não pagava nada; ao contrário, o Pregador vituperava contra o Templo. Mas era com ele, não com o vendilhão, que o Sumo Sacerdote vinha falar.

Certamente não seriam palavras de boas-vindas. Popular ou não, o Pregador teria de ouvir severas admoestações. Era o mínimo que se esperaria da autoridade religiosa.

O Sumo Sacerdote deteve-se diante do homem. Por um longo tempo, miraram-se em silêncio. Finalmente:

— Com que autoridade vens pregar aqui? — perguntou o dignitário, numa voz tonitruante.

Para surpresa do vendilhão do Templo e dos outros vendedores, o Pregador não se deixou intimidar. Respondeu, sem servilismo, sem medo, que aquela era a casa do Senhor, aberta a todos os crentes. A ponderação, esmagadora em sua simplicidade, desconcertou o Sumo Sacerdote que, sem saber o que dizer, gaguejou uma resposta qualquer e bateu em retirada, acompanhado do séquito — os discípulos do Pregador riam, deliciados.

O Pregador nem sequer se deu ao luxo de saborear seu triunfo. Como se nada tivesse acontecido, continuou a falar para a multidão atenta e enlevada. Fazia-o de maneira vívida, emocionada, mas numa linguagem inteiramente acessível àquela gente simples; inclusive contava histórias, como aquelas que o vendilhão ouvira na infância, histórias simples mas que faziam pensar.

Não a ele. Ele não ficava refletindo sobre o que dissera o homem. Pois se sentia excluído, o vendilhão. E excluído de algo que, pelo visto, representava uma tendência irresistível. O movimento que o homem liderava crescia; em apenas um dia o número de seus seguidores aumentara muito. O Pregador sabia o que estava fazendo, parecia estar seguindo um plano bem definido — enquanto ele, vendilhão, se limitava a vender seus pombos, repetindo um pregão que nada tinha de imaginativo, de inspirado: pombos, pombos, comprem pombos. Perto daquele homem, não passava de uma figura lamentável. Não podia falar com a inspiração do Pregador, não podia emocionar como o Pregador, não podia mobilizar corações e mentes, não podia arrebatar multidões. Não poderia ser um Pregador. Mas o Pregador, se quisesse, poderia ser um grande vendilhão. Para começar, não usaria medíocres técnicas de venda; não, o Pregador atrairia clientela com as suas histórias: "Entre os muitos pombos que Deus criou, há um que é abençoado. Em aparência é um pombo comum, exatamente igual aos outros. Mas, no momento em que for sacrificado no altar, garantirá, àquele que o adquiriu, fama e fortuna...". Pronto: os pombos seriam disputados a tapa pelos compradores, todos ansiosos por adquirir a ave abençoada. O Pregador poderia ficar rico, se quisesse, mas ele obviamente não queria ficar rico; aliás, o que realmente pretendia era um mistério, um enorme mistério. Ao vê-lo falar, o vendilhão sentia-se não apenas humilhado, sentia-se derrotado. De súbito, invadiu-o um enorme, um avassalador desespero. Se pudesse, atirar-se-ia ao chão, em prantos — como alguns dos seguidores do homem —, gritando, perdoa-me, Mestre, perdoa-me, eu não passo de um pecador, aceita-me entre os teus. Mas isso seria admitir em público sua fraqueza, seus temores: derrota completa e irremediável, o ápice da humilhação.

A pregação não terminaria sem outro daqueles incidentes que agora começavam a se repetir de forma preocupante (preocupante para o vendilhão, interessado numa estabilidade que lhe proporcionasse boas vendas; mas nem um pouco preocupante para o Pregador que, pelo jeito, tinha como objetivo perturbar, não acalmar).

De repente apareceram no pátio do Templo alguns homens que, ao contrário dos maltrapilhos seguidores do Pregador, estavam muito bem vestidos: gente de posses, portanto. O que queriam ali? O vendilhão do Templo não sabia, mas ao vê-los chegar animou-se: talvez fossem aqueles os aliados de cujo socorro ele

92

tanto precisava. Talvez estivessem em condições de dar ao Pregador uma lição, coisa que o Sumo Sacerdote, decerto pouco habituado a rasteiras polêmicas, não conseguira.

Um dos recém-chegados adiantou-se; aparentemente queria fazer uma homenagem ao Pregador, mas o seu ar (e isso não passou despercebido ao vendilhão do Templo, cujo coração agora batia acelerado) era de quem estava armando uma cilada. Começou com um elogio ("Bem sabemos que és verdadeiro Mestre, que ensinas o caminho de Deus, e que não julgas as pessoas pelas aparências"), para terminar perguntando, em tom de inocente curiosidade, se era lícito pagar o tributo ao imperador. Mas aquilo era notável, aquilo era verdadeiramente notável! O vendilhão do Templo a custo continha o entusiasmo, a vontade de gritar: "Eles te pegaram, Pregador! Sai dessa!". Magistral armadilha, sob a forma de simples e inocente interrogação; não contestação, não acusação; interrogação, pura e simples. Que, no entanto, colocava o Pregador diante de um dilema. Se dissesse que sim, que o tributo deveria ser pago, identificar-se-ia como colaboracionista e talvez nem saísse vivo do pátio; vários dos que ali estavam eram rebeldes conhecidos e não teriam a menor dificuldade em apunhalá-lo, fugindo depois na confusão. De outra parte, se se pronunciasse contra o tributo, bastaria que alguém avisasse o comandante da guarnição: seria preso na hora por promover um ato hostil contra o Império.

Mas, evidentemente, o Pregador sabia da difícil situação em que a pergunta o colocara. Por um instante, considerou em silêncio o sorridente interlocutor; depois voltou-se para o vendilhão do Templo e disse, com o ar mais natural deste mundo:

— Tu, que trocas dinheiro, empresta-me uma moeda do Império.

O pedido deixou o vendilhão do Templo surpreso — e indignado. Pedia uma moeda? A ele? A ele, pedia o Pregador uma moeda? Uma daquelas moedas que no dia anterior jogara ao chão? Esquecendo o ocorrido, esquecendo a ofensa, queria agora que ele colaborasse? Que descaramento. Que desfaçatez. A menos que o pedido não fosse casual. A menos que tudo tivesse sido planejado pelo homem, talvez até ensaiado. "Eu entro no pátio junto com a multidão e me posiciono estrategicamente em relação ao vendilhão do Templo. Nem tão perto que pareça provocação, nem tão longe que ele me esteja fora do alcance. Faço uma pregação, conto histórias, suscito entusiasmo generalizado. Meus adversários sentem o perigo, um deles me provoca com uma pergunta relacionada a poder e dinheiro — é só o que conta para essa gente, poder e dinheiro. Volto-me então para o vendilhão do Templo..." Agora: qual o objetivo de tal jogo? Estaria o Pregador a testá-lo? Estaria estudando a sua disposição para tornar-se — um discípulo? "... E peço-lhe uma moeda; se a fornecer de boa vontade, está mostrando que tem condições de ser um dos nossos"; ou: "... E peço-lhe uma moeda, ele na certa recusará, eu denuncio sua má vontade, jogo a multidão contra ele". Aliás, o ocorrido no dia anterior também poderia ter sido um teste: se ele, vendilhão do Templo, aceitasse resignado os insultos, estaria mostrando a humildade necessária aos bons discípulos; se protestasse, entraria na lista negra do Pregador. A verdade é que de qualquer maneira o vendilhão do Templo corria riscos. Hostilizando o Pregador, podia ser atacado pelos discípulos; mostrando-se cordato, indispunha-se com os sacerdotes. Um jogo no qual não poderia vencer.

Mas por que tinha de participar de tal jogo? Por que não o deixava em paz, o Pregador? Por que tinha de pedir a moeda exatamente a ele, quando havia tantos cambistas no pátio?

— Anda, idiota. — Agora era o bem-vestido questionador que se dirigia a ele, num tom que contrastava com sua elegância. — Ele te pediu uma moeda, empresta-lhe uma moeda, e rápido. Não temos o dia inteiro.

O vendilhão do Templo pegou uma moeda. Era a mais valiosa e, ao dar-se conta disso, se surpreendeu: por que oferecia uma moeda valiosa? Arriscava perdê-la se o homem, depois de usá-la (e sabia-se lá como a usaria, talvez a fizesse desaparecer num elementar passe de mágica), não a devolvesse, por esquecimento ou por simples arbitrariedade — para mostrar que tinha poder e que dispunha do dinheiro do vendilhão do Templo a seu bel-prazer. Mas, perguntava-se o vendilhão do Templo, quem sabe escolhi a moeda com alguma oculta intenção? Quem sabe quero eu colocar o homem à prova? "Vamos ver o que vais fazer com essa moeda, ai de ti se não a devolveres, denuncio-te como ladrão." Quem sabe quero humilhá-lo? "Pega esse dinheiro, fica com ele se quiseres, precisas mais que eu, não passas de um pobretão sem futuro." Ou — mas esta possibilidade chegava a apavorá-lo — estaria fornecendo a moeda como um sinal de boa vontade, uma oferenda de paz — de amor? Será que no fundo amava aquele homem, apesar do que ele lhe fizera, ou justamente por causa do que lhe fizera?

Adiantou-se uns passos e estendeu a moeda ao Pregador. Por um momento, se olharam — e o vendilhão do Templo sentiu um calafrio. Teve a certeza de que, naquela simples mirada, o estranho personagem tinha descoberto tudo a seu respeito, seu presente, seu passado, seu futuro, seus planos, seus desejos, suas mágoas, suas raivas. E o fazia com uma expressão zombeteira, como se dissesse: tudo isso, a riqueza a que aspiras e o sofrimento por que passaste, é nada, como é nada essa moeda, apesar de seu valor.

O Pregador voltou-se para o homem que o interpelara, mostrou a efígie na moeda, perguntou de quem era.

— De César — foi a perplexa resposta.

— Então — arrematou o Pregador — dai a César o que é de César e a Deus o que é de Deus.

Aplausos entusiásticos, gritos de jubiloso apoio. Nesse

momento, o vendilhão do Templo teve a inelutável certeza de que sofria uma derrota ainda mais fragorosa, mais acachapante que a do dia anterior. De novo, o homem vencia. Sem qualquer esforço, sem atacar ninguém, sem ofender ninguém. Usara uma moeda, uma simples moeda, para mostrar que, em matéria de inteligência, podia facilmente derrotar seus adversários. Para o vendilhão do Templo, dinheiro era dinheiro, era a condição de sobrevivência; para o Pregador, o dinheiro era apenas um meio de confundir os inimigos. Que agora batiam em retirada como ratos fujões. Num gesto despreocupado, o Pregador jogou a moeda sobre a mesa do vendilhão do Templo. Ela rolou sobre o tampo e caiu ao chão.

O vendilhão do Templo hesitou. Apanhar a moeda era o que faria normalmente. Mas aquela situação não era normal. Talvez devesse mostrar desprezo, ainda que fingido: ah, é minha essa moeda no chão? Que fique no chão. Não vou me abaixar para apanhá-la, não vale a pena, é só dinheiro e, pior, dinheiro que foi usado num raciocínio duvidoso — esperto, mas duvidoso. Ora, amigos, essa não é a finalidade do verdadeiro dinheiro. O dinheiro não foi feito para servir de porta-retratos a César, como acham os fanáticos e como esse homem, o Pregador, tentou fazer crer às crédulas pessoas que o ouvem. O dinheiro é um símbolo de valor, não uma forma de empolgar os outros. Esta moeda foi, portanto, conspurcada. Que fique no chão.

Não apanhar a moeda seria uma atitude inesperada e que, de certo modo, o colocaria em pé de igualdade com o Pregador. Um verdadeiro investimento em sua própria imagem. Mas o vendilhão fora, durante muito tempo, um homem pobre, paupérrimo. O dinheiro representara para ele um sonho forte demais para dar lugar a um gesto de ironia que poucos perceberiam. O resultado mais provável de seu ato era a perda da moeda — alguém a acabaria levando. Antes que isso acontecesse, e num impulso incontrolável, abaixou-se, apanhou-a. E aí — algo que o fez estremecer —

sentiu no metal o calor da mão do Pregador. Ou seja: seu dinheiro, o dinheiro que tanto lhe custara obter, estava irremediavelmente contaminado. Cada vez que pegasse uma moeda semelhante àquela teria de evocar o triunfo do seu inimigo (inimigo? Era mesmo inimigo?), o triunfo para o qual involuntariamente colaborara.

Antes que se amargurasse mais, optou por esquecer o incidente: afinal, nada tenho a ver com a briga desse homem. Desde que ele não me agrida mais, o que ele fizer, a mim não importa. De qualquer modo, era tarde para corrigir o erro. O Pregador, sempre em constante deslocamento, já se fora, seguido por seus discípulos.

Pouca gente apareceu no Templo, naquele dia. Ao cair da tarde, o céu toldou-se; um vento frio, inesperado para a primavera, espantou os raros vendedores que ali permaneciam. Olhando o pátio vazio onde folhas secas redemoinhavam, o vendilhão do Templo sentiu-se de súbito cansado, muito cansado e desanimado. Lembrou de seu pai olhando a colheita destruída pelo granizo: a gente luta, luta, meu filho, e no fim somos derrotados. Ele nunca quisera compartilhar aquele pessimismo, mas agora reconhecia que o velho talvez tivesse razão.

Vamos embora, disse ao filho. Recolheram as moedas, arrumaram as gaiolas. Com cuidado, levaram a vacilante mesa ao depósito alugado aos sacerdotes. E em silêncio, dirigiram-se para casa.

A mulher e o rapaz mais velho os aguardavam. O vendilhão do Templo lavou demoradamente as mãos e sentou, em silêncio, à mesa. A mulher não lhe perguntou, como costumava fazer, sobre o seu dia; a indagação era desnecessária. Fisionomia carregada, o vendilhão mal tocava no alimento. O filho mais novo, ao contrário, comia com apetite, como se nada tivesse acontecido. O pai ficou a olhá-lo, então lembrou da cena do dia anterior e do chicote — e, de novo, suas suspeitas cresceram.

— Como chamaste aquele homem? — perguntou numa voz incolor, sumida, mas cujo tom ominoso não passou despercebido à mulher, que levantou vivamente a cabeça, alarmada. O rapaz não entendeu:

— De quem estás falando, pai?

— Tu sabes. Do homem. Tu o chamaste de Mestre. Quero saber por quê.

Levantou-se, transtornado, virando a terrina de comida:

— Tu o chamaste de Mestre! Tu o olhavas como se fosse Deus! Por quê? Fala! O que sabes daquele homem? O que estás escondendo de mim?

O rapaz, pálido, os olhos arregalados, começou a gaguejar uma explicação. O vendilhão do Templo aplicou-lhe uma bofetada que o fez rolar no chão.

— Não mintas! Não quero que mintas!

E então aconteceu algo surpreendente. O filho mais velho, até então calado, pôs-se de pé num salto:

— Não batas nele! — bradou.

— Como? — O vendilhão do Templo não podia acreditar no que estava ouvindo. Desafiava-o, o Silencioso? Questionava sua autoridade? Mas, afinal, o que estava havendo? Já não lhe bastava aquela história com o louco, tinha agora de enfrentar rebeldia em sua própria casa, na casa que comprara com o fruto de seu duro trabalho?

— Eu te disse — o rapaz, em voz contida, mas firme — para não bater nele. Ele não te fez nada. Se chamou o homem de Mestre, é porque todos o chamam de Mestre. Deixa em paz o meu irmão.

Irmão? Não: eram filhos da mesma mãe, mas irmãos não eram. Aquele raivoso não passava de um bastardo. Era o que o vendilhão do Templo ia dizer, tu não tens direito a falar, não és meu filho, não és ninguém aqui. Seu impulso era o de esmurrar o jovem; conteve-se por causa da mulher, mas precisava demonstrar quem era o chefe da família, quem mandava.

98

— Quero — disse, numa voz rouca — que deixes esta casa e que não voltes mais.

A mulher se atirou a ele chorando, por favor, não o expulses, ele não fez nada de mal, é que gosta demais do irmão, perdoa-o, por favor. O filho mais moço, ainda no chão, olhava-o, muito quieto. Sem uma palavra, o Silencioso foi para o quarto, enfiou seus poucos pertences numa sacola de pano e, abraçando a mãe que soluçava — não te preocupes, eu arranjarei trabalho, sei como me sustentar —, despediu-se do irmão e saiu. É louco, resmungava o vendilhão do Templo:

— É louco. Louco.

Naquela noite o vendilhão do Templo não dormiu. Deitado no escuro, ao lado da mulher que soluçava sem parar — meu filho, eu quero meu filho, meu filhinho amado, adorado —, tentava em vão entender a desgraça que se abatera sobre ele e a família. Chegava sempre à mesma conclusão: tudo acontecera depois que o Pregador se metera em sua vida. Antes, as coisas iam bem, ele ganhava bom dinheiro e até se permitia sonhar; agora, tudo era tristeza, tudo era mágoa. De uma hora para outra seu pequeno mundo viera abaixo. Não contente em ofendê-lo publicamente, e usando algum poder (misterioso poder, cuja existência o vendilhão do Templo, ainda que a contragosto, tinha agora que aceitar), o Pregador lançara sobre ele uma maldição que o atingira com impacto devastador. Enquanto isso, desfrutava de seu triunfo. O vendilhão do Templo imaginava-o preparando-se para as festas que estavam próximas, rodeado de seus adeptos, estes seguramente celebrando o triunfo do chefe: "Viste a cara dele quando o Mestre derrubou a mesa?".

Ah, mas pagaria por isso, o Pregador. Não se tratava apenas de uma mesa danificada ou de um pombo esmagado, tratava-se da destruição de uma família. Pagaria, sim, pagaria caro. Vingar-se do energúmeno transformava-se, para o vendilhão, em prioridade maior. Até então tivera projetos (aproveitamento dos pombos sacrificados, automação do processo de sacrifício). Agora tinha uma causa, uma causa que de certo modo podia considerar sagrada, e que envolvia princípios básicos, honra, dignidade. Em nome desses princípios perseguiria o homem até o fim do mundo, se necessário, para castigá-lo. Foi o que disse à mulher, mal clareou o dia: vou dar uma lição àquele trapaceiro, uma lição que ele jamais esquecerá. Trapaceiro? Lição? Ela nem sabia do que o marido estava falando, tinha até esquecido o incidente. Que lhe importavam as brigas de homens, fossem quais fossem os pretextos alegados, os desaforos trocados — tu transformaste a minha casa num covil de ladrões, tu esmagaste o meu pombo? Não lhe interessavam tais disputas, não as entendia. Queria o filho, o seu filhinho. Os olhos inchados de tanto chorar, trêmula, desgrenhada, suplicava ao marido que o procurasse, que o fizesse voltar à casa. Vontade tinha o vendilhão do Templo de dizer-lhe, pede ajuda ao soldado que o gerou, talvez ele ache o bastardo. Conteve-se, porém: não queria agravar o desespero da mulher. Disse ao filho mais moço que pegasse os pombos e as moedas, que fosse ao Templo e que lá aguardasse.

— Vou procurar o teu irmão.

Vestiu-se, saiu. Dirigiu-se primeiro à casa do copista, não longe dali, e à qual raramente ia: não era lugar para um ignorante como ele. Bateu palmas, ninguém respondeu. A porta estava aberta; hesitou um instante e entrou.

Viu-se num aposento mal iluminado, com cheiro peculiar e atulhado de manuscritos. Manuscritos por toda parte, sobre a mesa, nas prateleiras, até em ânforas. Do Silencioso, porém, nem sinal.

— Isso é jeito de entrar, sem pedir licença? — Era o copista, com ar de visível contrariedade. O vendilhão do Templo desculpou-se: precisava falar urgentemente com o filho, daí a precipitação.

— Teu filho não apareceu — disse o copista, mal-humorado. — O que aliás me cria um problema: ele tinha um trabalho importantíssimo para terminar.

Mostrou um pergaminho:

— Sabes o que é isto? Não, claro que não sabes, és analfabeto. Sabes ganhar dinheiro, mas não sabes ler. Este é um texto que fala do fim dos tempos, da batalha final entre o Mal e o Bem. Baboseira, mas há pessoas que acreditam nisso, e queriam uma cópia para hoje: tarefa do teu filho, que eu não posso fazer. Estou às voltas com o relatório financeiro do Templo.

Hesitou um instante, mas não pôde resistir à tentação de uma inconfidência:

— Os sacerdotes estão brigando entre si — disse, com um sorriso malandro. — Uns acusando os outros de desvio de dinheiro. Cartas de denúncia, pedidos de inquérito... Tudo precisa ser copiado por mim. Não tenho mãos a medir. Estou ganhando muito bem com essa confusão toda.

Fitou, curioso, o vendilhão:

— Estás com má cara, homem. Aconteceu alguma coisa?

O vendilhão do Templo hesitou. Não queria partilhar com um estranho os segredos da família; mas aquele era um homem culto, vivido e, muito importante, familiarizado com os bastidores do poder e da finança; poderia aconselhá-lo sobre o que fazer. Contou, pois, o que tinha acontecido na noite anterior. Olhos semicerrados, o copista escutava em silêncio.

— Tua vida ficou atribulada nestes últimos dias — disse, por fim.

— É verdade. — O vendilhão do Templo, amargo. — E tudo começou quando aquele louco me atacou.

— Ouvi falar disso. E, se te serve de consolo, fica sabendo

que não és o único. Esse louco tem ofendido muita gente. Os escribas, por exemplo. Acusou-os de hipocrisia. Comparou-os a sepulcros caiados. "Por fora parecem formosos, mas lá dentro estão os ossos dos mortos", foi o que ele disse. O vendilhão do Templo abriu a boca, espantado. Então o Pregador não temia os escribas? Os escribas, a quem estava confiada a guarda e a interpretação da Lei? Os escribas, que se preparavam arduamente para essa tarefa mediante exaustivo estudo, mediante orações, mediante penitências? Os escribas, que gozavam do respeito geral?

— Mas por quê? Por que os escribas?

O copista deu de ombros:

— Não sei. Acho que é inveja.

Inveja. Claro! Só podia ser inveja. Afinal de contas os escribas eram, na prática, os detentores da Lei. Eram os únicos que podiam, copiando-a, preservá-la, inclusive para uso de comunidades distantes. Para isso cumpriam rigorosas exigências; seu trabalho não era um ato mecânico, mas uma tarefa em que a própria fé era testada; não podiam cometer erro algum, uma única letra mal grafada acarretaria, segundo a tradição, a destruição de todo o universo. Universo cuja criação eles, de certa forma, em sua sagrada tarefa, refaziam. O Pregador não escrevia: só pregava, só falava — e palavras, o vento leva. Das diatribes e das historietas nada ficaria. Claro, dos pregões também não restaria nenhuma lembrança, mas isso ao vendilhão do Templo não importava: só queria vender, mais nada. A posteridade não lhe interessava.

Já a obra dos escribas permaneceria para sempre, tal o poder da palavra escrita. Na sala em que estavam, o vendilhão sentia-se como que no limiar da eternidade. Por causa dos pergaminhos, obviamente. Ali estava a informação, o conhecimento — o poder. Diferentemente do vendilhão do Templo, o copista não precisava apregoar nada, não precisava se esgoelar no pátio do

Templo, não precisava bater boca com o Cego e, sobretudo, não precisava ouvir as ofensas do Pregador falando de um covil de ladrões. Ficava em sua casa; vinha um cliente e lhe fazia a solicitação: quero que o meu tio, que mora nas montanhas, me envie as jóias que foram de minha mãe, tenho comprador para elas. O copista ouvia, tomava um pergaminho, molhava na tinta o estilete, traçava certos sinais e pronto, o tio distante tinha meios de saber o que o sobrinho pretendia. Como se faria a transação, sem a carta? Enviando o recado por mensageiros — nunca inteiramente confiáveis? Sinais de fumaça? Bobagem. Talvez no futuro outras formas de comunicação pudessem ser criadas. O vendilhão do Templo não tinha nenhum projeto nessa área, em primeiro lugar porque não queria prejudicar o ofício do Silencioso, e depois porque, sinceramente, esperava que a arte de escrever durasse para sempre. Nada poderia superar a escrita, instrumento eficaz de comunicação e forma privilegiada de transmissão do conhecimento e da sabedoria. Não por outra razão, aliás, tinha o copista uma imensa ascendência sobre seus clientes. Obviamente, tirava disso o devido proveito; inclusive oferecia-lhes seus préstimos (pagos, naturalmente) como conselheiro. Vinha um enamorado querendo enviar uma apaixonada missiva, mas não sabia o que dizer: "O que eu sinto por ti é... é... O que é mesmo que eu sinto?". Situação aflitiva, que o copista solucionava eficazmente listando de imediato uma série de opções: amizade — ternura — amor — paixão, provendo, ademais, uma explicação simples, rápida e objetiva de cada termo. O apaixonado escolhia com conhecimento de causa, as emoções ficavam devidamente registradas — sacramentadas, melhor dizendo. Quanto aos conselhos, precisos e objetivos, haviam beneficiado não poucos clientes: escuta, essa mulher para quem queres mandar uma carta de amor não passa de uma pobretona, não vale o pergaminho que terás de pagar; posso te indicar outra, filha de um grande proprietário de terras; e te forneço também uma carta que preparei especialmente para moças de família rica. Muitos casamentos tinham sido celebrados (ou desfeitos) graças ao copista; casamentos, e negócios, e acordos, não raro secretos. Porque ele tinha conexões, inclusive com os próprios rebeldes, cujo código de honra redigira. Da mesma forma, as seitas: seita que se prezasse devia ter um livro, ou pelo menos um relato sagrado, como era o caso da descrição da luta entre os Filhos das Trevas e os Filhos da Luz. O copista se encarregava de registrar os detalhes dessa derradeira batalha no pergaminho.

O dinheiro que ganhava nessas atividades era, portanto, merecido, como o era o seu prestígio. Em riqueza e prestígio pensara o vendilhão quando insistira com o Silencioso para que aprendesse aquele ofício. Riqueza e prestígio, qual o problema? Problema era ser pobre, insignificante. Problema era ser rancoroso: rancor, eis o que explicava as críticas do Pregador, aquela história de sepulcros caiados. O mesmo rancor que o levara a virar a mesa do vendilhão do Templo alimentava seu sarcasmo contra os escribas. Que eram muito, mas muito mais importantes que os copistas. Os escribas transcreviam palavras sagradas — dessa forma asseguravam a comunicação com a divindade. E o Pregador, segundo o copista, simplesmente os ofendera, acusando-os de hipocrisia. Fato inédito, em termos de atrevimento.

— Sim — repetiu o copista —, acho que esse homem é um invejoso, um despeitado. Agora: se hostilizasse apenas os escribas, ou os vendedores do Templo, ou mesmo os ricos, não seria nada. Mas ele levanta acusações contra Jerusalém, essa cidade sagrada, essa cidade do Templo. Alega que aqui campeia o ódio e a intriga; que só ele poderia trazer a paz e a concórdia, mas que sua oferta foi recusada: eu quis unir teus filhos, ele disse, como a galinha junta seus pintos debaixo das asas, e tu não quiseste. E por isso pressagia catástrofes: anuncia que o Templo será destruído, que não ficará pedra sobre pedra.

O Templo destruído: não podia haver dúvida, o Pregador era louco. O Templo, destruído? O centro da vida espiritual do povo, destruído? Besteira. Mas havia coerência naquela loucura; quem virava mesas, quem prejudicava a venda de animais para o sacrifício certamente almejaria a ruína do Templo. Galinha juntando pintos sob as asas... Conversa para enganar incautos. Quem precisava de galinha, a não ser na sopa?

— Enfim — arrematou o copista —, esta é a linguagem que ele usa, esse homem que não respeita os escribas, que ataca a religião — e que protege até pecadoras e adúlteras.

Adúlteras e pecadoras? Desse detalhe picante o vendilhão do Templo não tinha conhecimento. Interessado, quis saber do que se tratava. O copista então narrou um episódio que lhe parecia muito significativo: visitando uma família, o Pregador recebera — no recinto sagrado de um lar! — uma pecadora que, autorizada pelo próprio, e na presença de várias pessoas, tinha lhe beijado os pés, ungindo-os com o perfume tirado de um vaso de alabastro. Ele até elogiara esse extravagante e imoral comportamento.

— Mas isso é demais! — bradou o vendilhão do Templo. À indignação agora se juntava a excitação da descoberta: então o Pregador tinha seus pontos fracos, escandalosamente fracos! Então não era só a sagrada ira que o movia! Então era chegado a uma depravaçãozinha! Devassas beijando-lhe os pés, o que era aquilo? Uma forma de homenagem? De jeito nenhum. Para ele, não passava de um ritual repelente, algo que, em condições normais — mas o que era normal, naqueles tempos? —, liquidaria a carreira de todo pretenso moralista. Sem dúvida o homem tinha de ser preso e julgado. Com o que o copista concordava:

— Dizem que os sacerdotes e as autoridades estão tratando disso. O problema -

Interrompeu-se, ficou sério.

— Qual é o problema? — O vendilhão do Templo, ansioso.

— Nada, nada — aparentemente o velho optava por desconversar. — Isso não te diz respeito, tu és um homem humilde, não deves te envolver nessas coisas.

— Como, não me diz respeito? Como, não devo me envolver? Já estou envolvido! Fala!

— Bem, já que insistes... O problema é o testemunho. Eles precisam de testemunhas que o acusem no tribunal. Aliás, já que, como dizes, a coisa te diz respeito, e tão de perto, poderias dar um depoimento.

— Eu?

— Tu.

— Eu? — O vendilhão do Templo, perplexo e desconfiado.

— Tu mesmo. Ele não te atacou, não te ofendeu, não semeou a discórdia em tua família? Tudo o que tens a fazer é contar ao tribunal o que aconteceu. Com o teu testemunho, a condenação dele é certa. E tem mais uma coisa...

Deteve-se; avaliava, evidentemente, a confiabilidade do interlocutor; e tendo decidido que o vendilhão do Templo era digno de confiança (afinal, tinha o futuro do filho dele em suas mãos), continuou:

— As autoridades do Império são muito gratas a quem as ajuda. Os sacerdotes também. Se denunciares um subversivo, podes esperar uma boa retribuição. Eu sei disso porque -

Interrompeu-se de novo; não queria ir longe demais, mas era evidente que suas atividades iam além da escrita, era evidente que sabia a quem transmitir as informações que colhia. E sobre aquilo não poderia falar; nem mesmo a um possível aliado.

O vendilhão do Templo não estava interessado em saber se o copista era ou não um agente do Império ou do Templo. Estava, sim, perturbado com a proposta que o homem lhe fizera. Paradoxo: até pouco antes, só pensava em vingança. Agora, que tinha meios para tal, recuava. Mas havia razões para isso: em primeiro lugar, nunca fora a um tribunal, não saberia sequer como falar, poderia até se complicar. De outra parte, temia a represália dos seguidores do homem: dizia-se que eram pacíficos, mas não estava seguro de que não abririam uma exceção em seu caso. Era possível que o matassem logo depois do julgamento, usando a velha tática dos rebeldes, de apunhalar inimigos em meio à turba. O copista deu-se conta daquela indecisão. Sorriu, compreensivo mas irônico:

— É só uma idéia — disse, condescendente. — E não precisas me dar a resposta agora: pensa na proposta. Mas não esqueças que o tempo corre e que o homem já foi longe demais.

O vendilhão do Templo disse que sim, que ia pensar. Pedindo ao copista que o avisasse caso o rapaz aparecesse, despediu-se e saiu.

Pretendia continuar a busca, mas a verdade é que não conseguia esquecer a conversa com o copista. Aquela coisa de ir ao tribunal... Imaginava-se apontando um dedo acusador: "Eis o homem! Eis o homem que me atacou, que transformou minha vida numa tragédia!". Mas nunca o faria, disso estava certo.

E então uma idéia lhe ocorreu. E se comprasse uma testemunha? Estava pensando numa coisa que o copista mencionara: a relação especial do Pregador com as mulheres de má vida. Por algum dinheiro poderia conseguir que uma dessas mulheres denunciasse o homem como devasso, desmascarando o pretenso asceta: "Não imaginam o que fez comigo. Me despiu, pegou um chicote feito de cordas..."; "Não imaginam o que fez comigo. Levou-me para a cama, onde já estava um pombo...". Histórias não faltariam: uma rameira experiente, e, melhor ainda, histriônica, saberia o que contar para impressionar o tribunal.

Deu meia-volta, tomou o rumo do bairro da prostituição.

Que não era pequeno; numerosas eram as mulheres ali instaladas. Havia uma boa clientela a atender, os soldados, os comerciantes que vinham de longe, até mesmo alguns peregrinos que, apesar dos sacrifícios, ou justamente por causa deles, sentiam-se incontrolavelmente excitados.

Pouca gente ali, àquela hora da manhã; alguns soldados de folga, algumas mulheres com cara de sono. Ele bateu à porta de uma das casas.

— Entra — disse uma voz de mulher.

Abriu a porta e entrou. Custou a acostumar-se com a escuridão que ali reinava. Por fim avistou a mulher: seminua, ela estava reclinada sobre almofadas. Era muito bonita, uma mulher trigueira, de longos cabelos negros, seios perfeitos. Ao vê-lo, mostrou-se surpresa: freguês àquela hora não era habitual. O que não era problema:

— Acordaste com vontade? Procuraste a mulher certa: adoro fazer amor de manhã. Vem, querido, vem. São só duas moedas. Vem.

A voz rouca, sensual, fez brotar no vendilhão do Templo um instantâneo e intenso desejo; havia semanas que não fazia amor com a mulher, ela sempre doente, sempre chorosa. Dominou-se, contudo: estava ali para tratar de coisas sérias, não para se satisfazer.

— É outra coisa que quero de ti.

— É? — Ela, suspeitosa. — E que coisa é? Fica sabendo que não sou dessas que fazem tudo.

— Não é isso. O que quero de ti não tem nada a ver com sexo.

Ela soergueu-se, olhou-o com atenção.

— Mas eu te conheço. Tu és vendilhão no Templo. — Sorriu. — Tens um filho muito bonito. Silencioso, não é esse o apelido dele?

108

— Tu o conheces? — O vendilhão, surpreso — e esperançoso: — Ele te procurou?

— Bem que eu gostaria. — Ela riu. — Prefiro rapazes aos velhos devassos que são meus fregueses. — Mas o Silencioso não quer nada com mulher. É um patriota, o teu filho. Veio aqui para me advertir que, se eu recebesse soldados, seria castigada.

— Ele veio aqui? Quando?

Ela pensou um pouco, testa franzida:

— Há dois dias. — Mirou o vendilhão. — Por que perguntas? Houve alguma coisa com ele?

— Desapareceu. Desde ontem. — Nervoso, ele falava depressa, atropelando as palavras: — Escuta, se me conheces, tu sabes o que aconteceu comigo, sabes da história daquele louco que me atacou, virou a minha mesa lá no pátio do Templo...

— Ouvi falar. — Ela, cautelosa. — E o que tenho a ver com isso?

— É que... Eu pensei... Se quisesses dar um testemunho...

Ela saltou:

— Testemunho? Eu, dar testemunho? Ah, sim, agora entendi. Queres que eu fale mal do Mestre, queres que eu invente coisas sobre ele, é isso que queres? Queres que eu calunie um santo, um homem que curou doentes, que trouxe esperança para nós todos, para as prostitutas, os pobres, os desvalidos? É isso que queres? Pois fica sabendo que não passas de um mentiroso vil, de um réptil nojento. Não admira que teu filho seja um revoltado. Sai daqui! Anda, sai daqui!

Levantou-se e, irada, começou a atirar-lhe objetos, gritando palavrões. Confuso, o vendilhão do Templo bateu em retirada, sob os risos de mofa de dois soldados que ali estavam. E de imediato desistiu de comprar qualquer outro testemunho: as mulheres estavam com o Pregador, não havia dúvida. Também a elas o homem havia enfeitiçado.

Voltou para o Templo, onde outra surpresa o aguardava. A mesa estava ali, e sobre ela as moedas, as gaiolas com pombos — mas nenhum sinal do filho. Correu até o Velho, perguntou se tinha visto o rapaz. O ancião hesitou:

— Teu filho — disse por fim — foi atrás do Pregador.

— Atrás do Pregador? — O vendilhão do Templo, surpreso e apreensivo. — Mas por quê? Ele te falou alguma coisa?

— Ele disse... — O outro hesitava.

— Fala, Velho, fala! O que foi que ele disse?

— Ele quer se juntar aos que seguem o Pregador. Quer se tornar um discípulo.

O vendilhão do Templo não podia acreditar no que estava ouvindo. Um filho sumido, o outro juntando-se ao Pregador — mas afinal o que estava acontecendo? Agarrou o Velho, sacudiu-o:

— E onde está o Pregador? Fala, homem! Preciso ir atrás do meu filho antes que seja tarde demais!

Mas o Velho nada podia informar: o Pregador não tinha rumo certo, seu lugar de destino era sempre imprevisível. O vendilhão do Templo largou-o e precipitou-se para fora do pátio, em doida correria. Percorreu a cidade toda sem encontrar o rapaz. Nem o Pregador; muitas pessoas sabiam de quem se tratava, mas ignoravam o seu paradeiro.

Ao anoitecer, exausto, angustiado, o vendilhão do Templo voltou para casa. A mulher o esperava na porta; ao saber que o outro filho também tinha desaparecido, atirou-se ao marido, golpeando-o com as fracas mãos:

— Maldito! Tu me tiraste os meus filhos! Maldito! Eles se foram por causa da tua ânsia por dinheiro, maldito, maldito!

Ele não reagia, deixou-a bater até que, meio desfalecida, ela caiu em seus braços. Ele então a levou para cama. Ficou sentado vigiando à luz vacilante da lamparina. Vencido pelo cansaço, acabou por adormecer.

Acordou de manhã com violentas batidas na porta. Abriu: era um destacamento de soldados, todos de couraça, armados de lanças e espadas. Empurraram-no violentamente, entraram na casa e, indiferentes aos gritos da mulher, começaram a vasculhar tudo. Por fim o chefe do destacamento dirigiu-se ao vendilhão, que dois soldados mantinham imobilizado.

— Onde está teu filho? — berrou. — Teu filho mais velho, onde está?

— Meu filho? — O vendilhão mal conseguia falar, tão apavorado estava. — Não sei de meu filho. Ele -

— Não mintas! Se mentires, mato-te aqui mesmo! Queremos saber do teu filho!

— Mas o que ele fez? — balbuciou.

O homem riu:

— Então não sabes que teu filho se juntou aos rebeldes? Que ele é um assassino?

O vendilhão do Templo estava aturdido. O oficial continuou: durante a madrugada um homem tinha sido morto, um secreto e eficiente colaborador das autoridades imperiais.

— Quem? — perguntou o vendilhão, mas no mesmo instante deu-se conta de que sabia de quem o oficial estava falando. O copista. O copista com quem falara na manhã anterior agora estava morto. Assassinado. E como sabem que foi meu filho?, perguntou, numa voz estrangulada. O oficial riu:

— Achas que somos idiotas? Temos quem nos informe. Teu filho foi visto saindo da casa do copista com a túnica manchada de sangue.

Riu de novo:

— Como assassino, o rapaz é amador, tem muito a aprender. Mas antes que o faça, acabaremos com ele.

O vendilhão do Templo teve uma vertigem e não conseguiu ficar de pé; deixou-se cair num banco. O oficial ordenou que os soldados saíssem e foi-se também, não sem renovar as ameaças: ai dos que escondessem criminosos, estavam assinando a própria sentença de morte.

Mal saíram, o vendilhão do Templo levantou-se a custo — não podia desfalecer, precisava de suas energias —, correu para a mulher. Sentada no chão, imóvel, os olhos arregalados, ela parecia ter perdido a razão. O vendilhão abraçou-a, chorando.

— Vou trazer os nossos filhos — prometeu. — Trago os nossos filhos, ou não volto.

Ela, imóvel, nada dizia. O vendilhão levantou-se, saiu. De suas janelas, os vizinhos espreitavam. Havia alguma solidariedade em seus olhares, mas havia sobretudo medo. Ninguém falou com ele. Evitavam-no como a um leproso.

O vendilhão do Templo suspirou, amargo. Dava-se conta de que seus projetos, seus sonhos, tudo estava perdido. Nem sabia se poderia continuar no Templo; será que os sacerdotes admitiriam como vendedor um homem cujo filho estava sendo procurado por assassinato?

Essa interrogação ficaria para depois. No momento, só queria encontrar os rapazes.

Resolveu começar pelo mais jovem: seria arriscado indagar pelo Silencioso, que tinha os soldados em seu encalço. Mas encontrar o caçula também não era fácil: precisaria dedicar-se por inteiro à busca.

Foi o que fez, nos dias que se seguiram. Dia e noite andava pela cidade perguntando pelo filho em vários lugares. Alguns tentavam ajudá-lo, outros respondiam com indiferença. Pais desesperados não faltavam então, porque eram muitos os filhos sumidos: jovens que aderiam aos fanáticos e aos místicos, ou que eram mortos pelos soldados. Uma possibilidade da qual o vendilhão não queria sequer cogitar. Tinha certeza de que seu filho estava vivo e de que haveria de encontrá-lo. Essa era agora a razão de sua

112

existência. Deixou de ir ao Templo, confiando a mesa, os pombos e as moedas a um outro vendedor; quanto à mulher, que continuava muda, em choque, ficou aos cuidados de uma vizinha. A busca tornava-se a cada momento mais complicada. Por causa das festas que se aproximavam, os peregrinos, dezenas de milhares, acorriam à cidade; armavam suas tendas em qualquer lugar ou ficavam ao relento, apesar do frio. Era quase impossível andar nas ruas cheias de gente. Os rebeldes é que tinham agora condições ideais para seus atentados; de quando em quando ouvia-se um grito, um homem caía, ensangüentado, o ventre rasgado por um punhal.

O vendilhão procurava o Pregador; onde ele estivesse, imaginava, o filho estaria. Perguntava pelo homem nas ruas, no mercado, em toda parte. E não obtinha resposta. Uns, reconhecendo-o — ah, tu és aquele cuja mesa o Pregador virou, queres te vingar —, viravam-lhe as costas e iam embora. Outros davam informações vagas: o homem e seus discípulos estariam numa aldeia não longe da cidade. Seguia todas as indicações, sem resultado; chegava a um lugar, o Pregador tinha saído dali havia pouco; chegava a outro lugar, diziam que o haviam aguardado, mas que não viera. Voltava para casa cansado, o coração opresso. Encontrava a mulher sentada, o olhar perdido, balançando o corpo para a frente e para trás, murmurando coisas desconexas. A vizinha que tomava conta dela estava assustada: não come nada, nem leite quer, desse jeito vai morrer de fome. O vendilhão do Templo falava com a mulher, implorava que se alimentasse; inútil, ela não respondia. Ajudado pela caridosa vizinha, levava-a para a cama.

Uma noite acordou de repente com a sensação estranha de que havia alguém no quarto. E havia: o filho menor estava ali.

Parado, quieto, ele olhava a mãe à luz da lamparina que agora ficava sempre acesa, como uma lâmpada votiva.

O vendilhão do Templo saltou da cama, abraçou-se ao filho,

chorando convulsivamente: tu voltaste, que bom, tu voltaste. O rapaz desvencilhou-se dele e ajoelhou-se junto à mãe, que, deitada, fitava-o, os olhos muito abertos. Ai, mãe, mãe, gemeu, e ali ficou, abraçado a ela, soluçando. O vendilhão perguntou pelo Silencioso. Não, o rapaz não sabia do paradeiro do irmão. O que lhe causava sofrimento era outra coisa:

— Ele foi preso, pai — disse, as lágrimas correndo pelo rosto. — Ele foi preso.

Decididos a agir contra o Pregador, que abertamente os desafiava, os sacerdotes haviam mandado um numeroso grupo detê-lo — à noite, para evitar protestos. Astuta manobra: à exceção de um único discípulo, que sacara sua arma e chegara a ferir um dos guardas (sendo contido, no entanto, pelo próprio Pregador), a prisão ocorrera sem maior resistência.

Arrancada essa história ao filho — difícil: soluçava tanto, o rapaz, que mal podia falar —, o vendilhão do Templo quedou-se em silêncio alguns instantes. Estava, enfim, recebendo a notícia pela qual tanto ansiara: o Pregador estava preso, seria julgado e certamente condenado. Era o momento da vingança, mas — amarga surpresa — não lhe dava nenhum prazer, aquilo. Contagiara-o a tristeza do filho? Talvez. De qualquer maneira, queria saber o que estava havendo: vou até lá, disse à mulher. O rapaz quis ir junto, ele disse que não: cuida da tua mãe, ela precisa de ti.

Vestiu-se rapidamente e saiu. Caminhou rápido pelas ruas agora quietas. Em tendas ou mesmo no chão, pessoas dormiam. De tanto em tanto ele encontrava pequenos grupos, gente que conversava em voz baixa, olhando para os lados. Falavam da prisão do homem, sem dúvida, e o vendilhão do Templo poderia ter parado para colher mais informações, mas não, queria ver logo o preso.

Finalmente chegou à casa do Sumo Sacerdote, próxima ao Templo. No amplo pátio, uma verdadeira multidão se reunira. Fogueiras tinham sido acendidas por causa do frio, e as pessoas se aglomeravam ao redor delas. Não eram os seguidores do homem; os que ali estavam mostravam-se radiantes, excitados, até, com a prisão. O bedel do Templo, um largo sorriso a iluminar-lhe a cara picada de varíola, era dos que mais vibravam:

— Ele era um perigo. Jogava o povo contra as autoridades. Agora terá o castigo que merece.

Avistou o vendilhão do Templo:

— Aí está um que pode confirmar o que digo. Diz, amigo: não é verdade que aquele tresloucado virou a tua mesa, no pátio do Templo? Não é verdade?

— É — murmurou o vendilhão. — É verdade.

— Mais alto — insistiu o bedel. — Quero que todos aqui ouçam, que não fique dúvida a respeito.

— É verdade — repetiu o vendilhão do Templo. — Ele virou a minha mesa, ele me humilhou na frente de todos.

Ouviram-se exclamações indignadas. Um homem adiantou-se, mirou o vendilhão com suspeita:

— Não me soas muito convincente, amigo. Sim, ele derrubou a tua mesa, e deverias estar alegre por ele ter sido preso, mas não pareces muito contente. O que houve? Mudaste de idéia? Por acaso o Pregador te convenceu? Dizem que teu filho aderiu a ele. Será que o mesmo aconteceu contigo? Fala!

O vendilhão do Templo não podia acreditar no que ouvia. Estavam a interrogá-lo? Acusavam-no de cumplicidade com o Pregador? Mas o que era aquilo? O que estava acontecendo? Tinha perdido a razão, aquela gente? Uma coisa era certa: o clima ali era de suspeição, de animosidade, de ódio, e um outro incidente logo o demonstraria.

De repente, uma mulher pôs-se a gritar. Apontando um homem que perambulava pelo pátio, ela dizia:

— Tu! Tu eras discípulo dele! Tentaste até impedir que fosse preso!

Confuso, o homem — que tinha o rosto oculto por um capuz — resmungou qualquer coisa: não sei do que estás falando, não tenho nada a ver com isso. A mulher insistia, ele respondia com pragas e palavrões. Já outros se juntavam ao coro das acusações, estavas, sim, com o Pregador, vais ser preso também. Vendo-se acuado, o encapuzado fugiu. O vendilhão do Templo correu atrás dele: espera, gritava, preciso falar contigo. O que queria? Nem mesmo ele sabia direito. Tinha uma esperança, porém; esperança de que aquele homem, simples como ele, lhe explicasse tudo. Quem era o Pregador, afinal? Que estranho poder tinha sobre as pessoas, que estranha atração exercia sobre elas — atração capaz de tirar um filho da casa de um pai? Já não era mais ódio, o que sentia; tudo o que queria agora era entender. Mas não conseguiu alcançar o homem e voltou, ofegante, para a casa do Sumo Sacerdote. Os grupos aguardavam, agora em silêncio, em torno das fogueiras.

Já estava amanhecendo e os galos cantavam quando as portas da casa se abriram e o homem apareceu. Tinha as mãos manietadas e estava escoltado por guardas do Templo. Parecia muito cansado — decerto tinha sido interrogado a noite inteira —, mas sua expressão era de serena resignação: como se tivesse antecipado tudo aquilo.

Abram caminho, gritavam os guardas enquanto conduziam o prisioneiro ao palácio ocupado pelo representante do Império, não longe dali. O vendilhão do Templo juntou-se à multidão cada vez maior. Ficaram todos à espera, em silêncio. Finalmente as portas do balcão do palácio se abriram e — cercado por numerosos soldados — apareceu um homem de baixa estatura, usando luxuosa roupagem: era o representante do Império. Imperturbável, mal olhou para a multidão e sentou-se. Logo depois os soldados trouxeram o Pregador.

Meu Deus, murmurou alguém, e havia motivo para espan-

116

to — e horror: o homem tinha sido brutalmente espancado, seu rosto estava inchado, o sangue corria de vários ferimentos.

Eis o homem, bradou o representante do Império, e o vendilhão do Templo de novo estremeceu: aquelas eram as palavras que ele ansiara por ouvir. Chegava o momento decisivo, o momento do julgamento. Alguém puxava-lhe a túnica. Era um garoto, o filho do homem das cabras.

— Meu pai mandou te procurar. Disse que é para voltares para tua casa. Agora.

— Voltar para casa? — O vendilhão, surpreso — e apreensivo. — Voltar para casa? O que aconteceu?

Mas o menino não sabia dizer. Repetiu mais uma vez o recado e afastou-se correndo.

O vendilhão não hesitou. Tomou o rumo de casa. Mil pensamentos lhe ocorriam, cada um pior que o outro: a mulher estava passando mal, ou o filho mais velho tinha sido aprisionado — algo sombrio, enfim.

Anoitecia quando ele chegou à casa. Abriu a porta — e ali estava ele, o Silencioso.

Por um momento, o vendilhão do Templo hesitou — depois correu para o rapaz e os dois se abraçaram e a mulher e o mais moço se juntaram a eles, todos chorando, ela dizendo, louvado seja Deus, agora estamos todos juntos, agora nada pode nos separar. Finalmente se acalmaram e foram todos sentar-se, ainda com os olhos úmidos de lágrimas. O Silencioso então contou o que tinha acontecido: sim, ele se juntara aos rebeldes e já tinha até participado de uma ação.

— A morte do copista — disse o vendilhão do Templo, mas não havia nenhuma condenação em seu tom de voz: era como se simplesmente estivesse constatando um fato.

— É verdade — disse o rapaz. — Ah, pai, não podes imaginar o sujo traidor que ele era, as pessoas confiavam-lhe segredos e o nojento ia correndo denunciá-las ao chefe da guarnição... Homem pérfido, merecia morrer. Mas não fui eu que o matei, pai. Eu... fraquejei. Na hora, fraquejei, minha mão vacilou... Um outro teve de apunhalá-lo.

O que tinha lhe custado o desligamento da guerrilha: reunidos, os chefes haviam decidido que ele ainda não estava pronto para a luta. Que voltasse para casa e pensasse bem antes de fazer sua definitiva opção.

— Mas eu quero voltar — disse, com fervor. — Eu quero voltar, pai. Porque acredito neles. Eu -

A mãe interrompeu-o: agora chega, chega dessas histórias de lutas e de guerras, o importante é que estás com a tua família, voltaste ao lar, como o filho pródigo. E aí lembraram: em meio à confusão, tinham até esquecido de celebrar a grande festa; o cordeiro que haviam comprado para a refeição ritual ainda estava no pátio, num cercado. O vendilhão do Templo decidiu: pois é hoje que vamos comemorar. O Silencioso ofereceu-se para matar o cordeiro: pegou o animal, que balia desesperadamente, puxou o punhal — o punhal curvo dos rebeldes.

— Pára! — gritou o vendilhão do Templo, possuído de súbita fúria. — O que vais fazer? Vais usar essa arma de assassinos para preparar nosso alimento? O alimento sagrado?

Parado, o punhal na mão, o rapaz olhava-o sem dizer nada.

Alarmada pelos gritos do vendilhão, a mulher veio lá de dentro. Ao ver o que estava acontecendo, segurou o braço do marido:

— Por favor — suplicou, mirando-o nos olhos. — Por favor.

— Mas o ritual -

— Por favor.

— Está bem — suspirou ele. Voltou-se para o Silencioso,

fez-lhe um sinal com a cabeça. O rapaz pegou o animal e, num golpe certeiro, cortou-lhe a carótida. O vendilhão do Templo recolheu num cântaro o sangue que jorrava e com ele untou o marco da porta, tal como prescrito pela lei. Prepararam o cordeiro e colocaram-no para assar no braseiro que a mulher já tinha preparado. Enquanto a gordura crepitava nas brasas vestiram-se, de novo de acordo com o preceito: roupas de viagem, sandálias. Cada um empunhando um cajado, reclinaram-se junto à mesa. Comeram o cordeiro com pão ázimo e ervas amargas. Relembravam assim a escravidão de seus antepassados, o êxodo do Egito.

O vendilhão do Templo tinha esperança de que um milagre ocorresse naquela noite, um milagre semelhante ao que libertara os servos de seu cativeiro. Ele esperava que naquela noite todas as penosas lembranças — as privações do passado, as brigas com os filhos, a humilhação que o Pregador lhe infligira no pátio do Templo — desaparecessem como por encanto, e que eles pudessem, enfim, viver felizes. Olhou para a mulher: era também o que ela esperava. Depois de tantos anos juntos, um sabia exatamente o que o outro sentia. Era por isso que ela ria, ainda que seu riso saísse forçado e que sua testa continuasse vincada pela inquietação.

Terminada a refeição, o vendilhão do Templo pediu à mulher que cantasse, como fazia antigamente, quando ainda moravam no campo. Ela não queria, mas o marido insistiu e então ela, numa bela ainda que fraca voz, entoou duas ou três canções. Depois ficaram ali, em silêncio, a família reunida.

O mais jovem mexeu-se, inquieto. Aparentemente queria dizer algo, mas não se atrevia, como se tivesse medo de quebrar aquela espécie de melancólico encantamento que se apossara deles. Finalmente:

— Pai — perguntou —, o que aconteceu com ele?

— Ele, quem?

(Como se não soubesse de quem o filho estava falando; sabia, sim, mas não queria falar no assunto: expressava dessa forma a sua contrariedade.)

O rapaz insistiu: conta-me, por favor, o que aconteceu ao Mestre. Tu sabes, porque tu -

Foi interrompido pelo irmão mais velho, que disse, seco:

— Não o chames de Mestre. Ele se intitula Mestre, mas não é Mestre.

— Não é Mestre? — O mais jovem, surpreso, magoado. — Vejo que mudaste de idéia. Antes achavas que estava muito bem chamá-lo assim. E posso saber por que ele não é mais Mestre?

— Porque se recusa a contestar o opressor. Tu sabes o que ele disse: "A César o que é de César". Só tolos acreditam nisso. Tolos como tu.

— E tu? — replicou o irmão, levantando-se. — Quem pensas tu que és? Tu te juntaste àqueles rebeldes, andavas por aí com teu punhal assassino, pronto a matar gente! Se voltaste, foi só por covardia!

O mais velho também saltou da mesa:

— Cala a boca! Tu é que não passas de um poltrão, desses que oferecem a outra face para a bofetada!

Ah, mas eu te mostro, gritou o rapaz, e num instante estavam os dois engalfinhados, rolando pelo chão. A custo o vendilhão do Templo e a mulher conseguiram separá-los. Ficaram ali, os irmãos, ofegantes, lançando-se olhares de fúria. Atraído pela gritaria, o homem das cabras meteu a cabeça pela porta, perguntou o que estava havendo.

— Nada — respondeu, ríspido, o vendilhão do Templo —, não está havendo nada, é uma briga de família, ninguém tem nada a ver com isso.

Empurrou-o para fora, fechou a porta. Voltou-se para a mulher e os filhos:

— Homenzinho metido, esse. — Imitou-o: "O que está havendo? O que está havendo?".

Começaram a rir. Primeiro a mulher, depois o filho mais moço, e logo estavam todos rindo, rindo a mais não poder, rindo que se matavam. Detinham-se um pouco, ofegantes, e logo recomeçavam, rindo, rindo. E quando paravam, o vendilhão do Templo imitava de novo o vizinho: "O que está havendo? O que está havendo?", e de novo riam às gargalhadas. Finalmente conseguiram parar; e aí o vendilhão do Templo, enxugando as lágrimas, disse:

— Vamos dormir.

Despediram-se, foram se deitar. E pela primeira vez em muito tempo o vendilhão do Templo adormeceu logo, um sono bruto, sem sonhos.

Acordou tarde, mesmo porque não tinha nada para fazer: a sua mesa no Templo ainda estava confiada ao outro vendedor. Ficou, portanto, consertando as gaiolas dos pombos. O sol já estava a pino quando o homem das cabras — mas sabia de tudo, ele — lhe disse que o Pregador tinha sido crucificado.

O vendilhão do Templo deixou de lado as gaiolas e foi até o local habitual das execuções, uma árida colina fora dos muros da cidade. Ia caminhando e pensando: por que tenho de ir lá, por que não esqueço de uma vez essa coisa, por que não fico com minha mulher e meus filhos? Não tinha resposta para essas indagações, mas não podia parar de andar. Por fim avistou a colina e, no topo dela, três cruzes com os corpos pendentes.

Subindo pela vereda que levava ao local da execução, o vendilhão do Templo foi barrado pelos soldados que ali montavam guarda: era vedado aproximar-se dos condenados. Mas de onde estava podia ver o homem na cruz. Se em algum instante tinha pensado que aquela visão lhe daria vingativa alegria, enganava-se. O que se apossou dele foi o horror, um horror como jamais sentira. Crucificados vira muitos — a crucificação era um castigo comum no Império. Mas o que haviam feito com o homem ultrapassava tudo o que se podia imaginar. Ali estava ele, as mãos rasgadas pelos enormes pregos que o fixavam ao madeiro, a coroa de espinhos na cabeça, o lado trespassado por uma lança para que morresse mais depressa. O vendilhão do Templo sentia na própria carne a dor daqueles ferimentos. Eu não tenho culpa, repetia-se.

— Tu assim o desejaste — murmurou. — Tua pregação, teus desafios, só podiam levar a isso. Por que não te contentaste em ser um homem simples, como eu? Sou um vendilhão do Templo, sou insignificante, sou analfabeto, mas estou vivo.

Falava baixo, por causa dos soldados, mas, mesmo que gritasse, o Pregador não o ouviria. Talvez nem vivo estivesse mais: a cabeça pendida, os olhos fechados, o sangue das feridas já seco, não estaria morto? As mulheres que ali perto choravam, desconsoladas, já não pranteavam sua morte?

Mas não, o homem não estava morto; de repente, e no que era sem dúvida um esforço supremo, gritou, numa voz enrouquecida, medonha: "Pai, perdoa-lhes, porque não sabem o que fazem".

— O que foi que ele disse? — O vendilhão do Templo voltou-se: ao seu lado, um velho, um homenzinho corcunda, que piscava comicamente. — Não ouvi direito.

— Ele disse: "Pai, perdoa-lhes, porque não sabem o que fazem".

— Como? Desculpa, fala mais alto, eu sou um pouco surdo.

— Ele disse — o vendilhão do Templo alteou a voz, com o quê algumas das mulheres se voltaram para ele, mirando-o, ultrajadas. — "Pai, perdoa-lhes, porque não sabem o que fazem".

O homenzinho continuava não entendendo, o que obrigou o vendilhão a repetir a frase duas vezes. O que estou fazendo aqui, perguntava-se, por que não vou embora, por que tenho de presenciar o sofrimento do homem, falando com um velho surdo e decerto idiota, ainda por cima? Nesse momento o homenzinho mirou-o, suspeitoso:

— Mas espera, estou te reconhecendo. Não és vendilhão no Templo? Não foi a tua mesa que ele derrubou?

O vendilhão do Templo afastou-se, mas o velho o seguiu, gritando, triunfante:

— És, sim, és o vendilhão do Templo! E vieste aqui para te vingar, para gozar com a desgraça de teu inimigo.

O vendilhão do Templo parou, voltou-se para ele:

— Cala a boca! — rugiu. — Cala a boca ou te estrangulo aqui mesmo.

O velho arregalou os olhos, atônito, e, resmungando algo contra os estúpidos vendilhões do Templo, foi-se.

Fez-se silêncio, um tenso, pesado silêncio. O céu estava carregado, as trevas envolviam a cidade embora ainda fosse dia. O crucificado agora estava imóvel. O vendilhão do Templo nada mais tinha a fazer ali. Deu meia-volta e foi embora.

Voltando para casa pelas ruelas desertas, o vendilhão do Templo divisou, na semi-obscuridade, um vulto esquivo, um homem que caminhava apressado. Não parecia alguém conhecido, mas, movido por súbito impulso, foi atrás dele. Sentia necessidade de falar com alguém, de desabafar. Queria contar o que tinha acontecido, queria falar das agruras pelas quais passara. Que o homem fosse um estranho, não importava; às vezes os estranhos se mostram mais receptivos a queixas e confissões do que amigos e familiares. Talvez pudessem tomar juntos um copo de vinho; se fosse o caso, até o convidaria para sua casa — quem sabe aquele era um solitário a quem faltava companhia.

Espera, gritou. O homem voltou-se e, sem parar, fez um sinal, brusco, mas não inamistoso, para que o seguisse. O vendilhão do Templo correu até ele, segurou-o pela túnica: espera, quero falar contigo.

— Fala — retrucou o homem, andando sempre —, mas não me obrigues a parar, não posso parar, tenho de andar, andar, andar.

Andar, andar? Que história era aquela? Tinham todos ficado loucos na cidade? O estranho não parecia mesmo disposto a parar; ia tão depressa que o vendilhão do Templo teve de estugar o passo para acompanhá-lo.

— O que te obriga a andar como um louco a esta hora da noite? É alguma seita de que fazes parte?

— Seita nenhuma — retrucou o homem, sempre andando. — Seita? Não. Seita... Quisera eu. Não, isto nada tem a ver com seitas. Foi ele.

— Ele quem?

— O crucificado. Não o viste?

— Vi. — O vendilhão do Templo já inquieto: outra história sobre o crucificado? O que seria desta vez? — Vim de lá agora mesmo. Se te interessa saber, ele está morrendo. Ou já morreu.

— Imaginei. Eles na cruz não duram muito. O meu irmão, que estava com os rebeldes, foi crucificado e morreu logo: uma hora, se tanto. E isso que era um homem forte. Vamos virar aqui, à esquerda.

— Mas aonde estás indo?

— Não sei. Só sei que me ordenou que andasse, e que tenho de obedecer à sua ordem. É mais forte do que eu, entendes? Mais forte do que eu.

Viraram à esquerda e depois à esquerda de novo e mais uma vez à esquerda: tinham dado a volta no quarteirão.

— Mas não tens destino certo! — exclamou o vendilhão do Templo. — Estás dando voltas como uma barata tonta!

— É para te poupar que faço isto. Se quisesses mesmo me acompanhar, terias de ir longe, muito longe, mais longe do que certamente estás disposto a ir. Porque não ficarei aqui, nesta cidade, neste país. É pelo mundo que tenho de vagar. Pelo mundo inteiro. Agora sou um errante.

— E não podes parar?

— Não. Ele me ordenou que andasse, e tenho de andar.

— O Pregador?

— É. Ele me mandou andar. Tenho de andar.

— Mas por que obedeces? — O vendilhão, atônito. — Eras discípulo dele?

— Não. — O homem riu. — Discípulo, eu? Não. Eu nem sequer o conhecia. Vi-o pela primeira vez quando me deu a ordem. E essa ordem, tenho de cumpri-la.

De novo apossou-se do vendilhão do Templo a amedrontada perplexidade que nos últimos dias parecia condicionar-lhe a vida. Que imenso poder teria o Pregador, para que suas ordens fossem cumpridas, mesmo depois de ele morto? Pergunta tão inquietante quanto pertinente, já que o andarilho evidentemente não era louco nem estava fora de si. Sua aparência era normal, respondia às perguntas de maneira articulada; mas aquela coisa de andar, andar, o que era aquilo? Estranhamente, não parecia contrariado; marchava lépido, como se estivesse se exercitando.

— Estás achando estranho — disse o homem. — Não admira: era o que eu também acharia, se estivesse no teu lugar. É estranho, não posso explicar, nem creio que haja explicação para isso. Aconteceu, pronto.

— Mas aconteceu o quê? O que aconteceu?

O outro não respondeu. Por alguns instantes continuaram a andar em silêncio, o vendilhão do Templo ofegante; já não estava habituado a tais esforços, depois de tanto tempo de vida sedentária.

— Tu me conheces? — perguntou o homem, por fim.

— Não sei. Acho que te conheço, sim. Vi-te no Templo, talvez... Mas quem és? O que fazes?

— Eu sou — eu era, melhor dizendo — sapateiro. Morava aqui, na cidade. Aliás, estamos passando pela minha casa. Por minha antiga casa. — Apontou uma casa modesta, que parecia abandonada, fantasmagórica.

— Deixaste a porta aberta — constatou, surpreso, o vendilhão do Templo. — A porta, a janela. Não tens medo de que te roubem?

— Não tem importância. Que me roubem, já não tem importância. Nada importa: só andar, andar. Vês, eu poderia ir até ali e fechar a porta, mas para isso teria de parar — um instante que fosse. E não posso parar, nem mesmo um instante. Tenho de andar. Logo eu, que não caminhava nunca, que trabalhava sentado. Porque eu era, como te disse, sapateiro. Bom sapateiro, aliás, sapateiro de prestígio; só não me conheces porque, segundo sei, és novo na cidade. Fiz sandálias para gente importante, para os sacerdotes, até; ganhei bom dinheiro.

Começou a contar sobre seu trabalho, uma vocação que vinha da infância: desde criança adorava trabalhar com couro. Sabia tudo a respeito: como selecionar os melhores tipos, como cortá-los segundo as linhas de menor resistência, de modo a não ofender aquilo que fora matéria viva. O resultado é que seus calçados eram macios, flexíveis: o pé do comprador era ali acolhido ternamente, como o bezerrinho é acolhido pela vaca. O pé não era hostilizado pelo couro; era confortado, ajudado. Coisa necessária: os pés moviam-se muito, naqueles tempos de crise. Era o que ele constatava, olhando a rua do porão em que, jovem, morara com os pais: milhares de pés movendo-se sem cessar de um lado para outro. Por que caminha tanto essa gente, perguntava-se, mas logo constatou que essa interrogação, filosoficamente interessante, revelava-se ociosa do ponto de vista prático: o que tinha de fazer era tirar proveito da situação. Se as pessoas estavam andando tanto, necessitariam de calçados; então ele confeccionaria e consertaria calçados. Como o vendilhão do Templo, tivera projetos grandiosos, mas renunciara a eles, porque no fundo era apenas um artesão que gostava de seu trabalho. Com o qual obteve sucesso:

— Eu vivia modestamente, como podes constatar pela casa, mas isto era apenas um disfarce para não atrair a ira dos rebeldes — esses fanáticos acham que todos os ricos estão mancomunados com os representantes do Império. Aliás, era como meu irmão me chamava: traidor. Se o meu irmão, o meu próprio irmão, me acusava de traição porque eu ganhava dinheiro, imagina o que eu não deveria esperar dos outros. De fato, eu sou — era, melhor dizendo — um homem rico. Se fores ao pátio da casa e cavares junto à árvore que lá existe, encontrarás uma bolsa de couro com jóias e moedas. Aliás, podes ficar com tudo. Eu não preciso mais daquilo. E como sempre fui um homem sozinho, sem mulher e sem filhos, não tenho a quem deixar a herança.

— Herança? Por que falas de herança, se não morreste?

— Mas é como se eu tivesse morrido. A minha vida terminou, é outra existência que vivo agora. Que começou... Quando? Não sei, perdi o sentido do tempo, o tempo já não existe para mim. Eu poderia te dizer, foi ontem. Ou: foi hoje pela manhã. Mas essas palavras, ontem, hoje, manhã, tarde, noite, perderam o sentido para mim, percebes? O que é a hora nona? Que diferença há entre a hora nona, a hora oitava, a hora décima? O tempo para mim parou. Como um rio que congela, como... Bem, não importa. O que importa é o seguinte: eu estava sentado junto à porta de minha casa consertando uma sandália. Consertar sandálias, como eu gostava daquilo! Eu cortava o couro, eu ajustava, eu remendava, e o milagre se fazia: ficou como nova, diziam os fregueses, e, sim, quando eu consertava uma sandália ela ficava como nova, não só porque sou, ou era, um hábil sapateiro, como porque sempre coloquei amor no que fazia: tanto que trabalhava mesmo em dias de festa, quando outros estavam celebrando. E ali estava eu, feliz, cantando, quando de repente ouvi, pela porta aberta — sempre a deixei assim, era mais acolhedor para os fregueses —, aquele vozerio, os gritos, os palavrões. Não me interessou saber do que se tratava; sempre fui de opinião que quanto menos a gente se envolve, menos se aborrece, sobretudo numa cidade como esta, cheia de malucos, de fanáticos. Levantei-me para fechar a porta quando vi aquela massa de gente, os soldados, as mulheres chorando. No meio deles, carregando a cruz, o homem. Sim, era uma coisa triste, mas quantas vezes já vimos essa cena? Quantos já passaram por esta rua arrastando a cruz? Esse é um trajeto habitual para os condenados, habitual demais para o meu gosto; eu já tinha me queixado às autoridades, até uma carta lhes mandei — o copista me cobrou um bom dinheiro por isso — ponderando que os cortejos macabros davam má fama ao bairro e atrapalhavam os negócios. De qualquer modo, não cheguei a ficar particularmente aborrecido: em poucos instantes o cortejo teria passado. Mas aí o condenado resolveu parar. Onde? Diante da minha porta. Justamente diante de minha porta. E como ele se deteve, os soldados, os curiosos, os parentes, os amigos, os discípulos, aquela gente toda teve de se deter também — na frente da minha casa, bloqueando a entrada. Se algum cliente aparecesse naquele instante, simplesmente não poderia entrar — porque o condenado escolhera aquele lugar para descansar. Perdi a paciência e gritei: vai-te, vai-te daqui. Ele me olhou, e devo te confessar que aquele olhar me gelou o sangue. Porque era uma figura impressionante, com aquela coroa de espinhos e o sangue a correr pela cara. Vacilei. Arrependi-me? Não sei, e de qualquer jeito já não tem importância saber se me arrependi ou não. Ele me olhou e disse -

Tropeçou, quase caiu, apoiou-se no vendilhão do Templo — mas não parou de andar, praguejando:

— Já viste ruas tão esburacadas quanto estas nossas? E sabe-se lá quanto tempo ainda terei de percorrê-las, estas ruas, e outras ruas, e estradas, e trilhas, e ínvios caminhos. Tudo por causa dele. Tudo por causa do que ele me disse.

— Mas o que te disse ele, afinal?

— O que ele me disse? — O homem falava alto, aos gritos, quase; aparentemente não lhe importava estar perturbando o sono daqueles que, àquela hora, dormiam: a noite já havia caído sobre a cidade. — O que me disse ele? Sabes o que ele me disse? Aquele homem, sabes o que ele me disse? "Eu vou", ele disse, "mas tu não descansarás, vaguearás pela Terra até que eu volte." Isso foi o que ele me disse. E, acredites ou não, algo se apossou de mim, uma força irresistível; levantei-me, larguei a sovela e a sandália na qual estava trabalhando, saí e me pus a andar. E desde então — quando foi aquilo?, hoje, ontem, há dez anos? — estou andando, andando. Por enquanto aqui, nesta cidade; cidade que aliás já não significa mais nada para mim, é como se fosse um lugar estranho, nada me é familiar. E logo tomarei um rumo qualquer, desconhecido, e não me deterei mais, nunca mais. Daqui a um ano — mas quanto tempo é isso? — estarei caminhando; daqui a mil anos — quanto tempo é isso? — estarei caminhando. Atravessarei os mares. E só pararei quando ele voltar.

— Mas ele não voltará! — gritou o vendilhão. — Ele está morto, morto!

— Ele voltará — disse o homem, com súbito fervor. — Eu acredito firmemente nisso. Tenho de acreditar, é a única coisa que dá sentido à minha vida. Ele voltará, sim. No fim dos tempos, ele voltará. A sua volta marcará o fim dos tempos, será a culminân-

cia da batalha entre os Filhos da Luz e os Filhos das Trevas —
batalha que ele vencerá. E aí procederá ao julgamento dos vivos
e dos mortos, condenando e absolvendo. Mas enquanto isso não
acontece continuarei a andar, como ele mandou.

Aquela declaração — feita sem especial fervor, como se se
tratasse de comunicação banal — abalou o vendilhão. Teria
mesmo o Pregador poderes especiais, poderes capazes de vencer
a morte? Voltaria no fim dos tempos, como dissera o homem, para
julgar os vivos e os mortos? Resolveu apelar para o ceticismo:

— Não acredito muito nisso. Não tem lógica, o que dizes.
Por que tens de obedecer à ordem dele?

— Por quê? — O homem riu. — Não sei por quê. Pergunta aos meus pés: eles é que obedecem à ordem, não eu. Quando
dei por mim, estava caminhando: os pés me levavam. Como se
estivessem enfeitiçados. Eles andam, andam, andam. Eu dormi-
to, eles caminham. Eu urino, eles caminham. Eu passo por uma
árvore, apanho um fruto: enquanto mastigo, eles caminham. Que
pés estes, meu amigo, que pés! Que energia eles têm! É uma coisa
irônica, mas eu nunca dei importância aos meus próprios pés; os
pés dos outros me interessavam, os meus não. Para mim, importantes eram as mãos, com as mãos eu fazia e consertava sandálias,
com as mãos eu preparava a minha comida, com as mãos — é
pecado, eu sei que é pecado isto que estou te contando, mas agora
tanto faz, agora posso te contar meus pecados, eles ficaram para
trás —, com as mãos eu me masturbava, quando o sexo me ago-
niava. Agora as mãos para mim são apenas acessórios; os pés é que
contam, e eles são verdadeiramente prodigiosos, sua energia é
infinita, é a mesma energia que move o sol, as estrelas, a luz. Sabes
o que dizem certos filósofos a respeito de nós, gente da ralé, bár-
baros ignorantes? Que não somos humanos, a não ser pelos pés.

Quando ouvi essa frase pela primeira vez, revoltei-me, como
decerto tu te estás revoltando: achei que era coisa da elite, coisa de

130

gente que prostitui o pensamento, que troca a fé pelos jogos da mente. Mas agora aceito, com satisfação, até, esse deboche. Sim, é nos pés que está a nossa humanidade; com os pés iremos mais longe do que eles com as cabeças. Claro, são frágeis, os pés, têm a fragilidade da nossa condição. Doem. Vão doer mais. Bolhas de sangue surgirão, a pele cairá aos pedaços. Mas com o tempo, com os anos, caminhando sempre, adquirirão uma casca grossa. Virarão — o quê? — cascos. Isso mesmo: cascos. Como os dos bois, como os dos demônios. Cascos mágicos: caminharão para sempre.

— Mas tu te dás conta — bradou o vendilhão do Templo — que estás possesso? O homem se apossou de ti, da tua alma!

— Não: da minha alma, não. Ele se apossou dos meus pés, não da minha alma ou da minha mente. Estou de posse de todas as minhas faculdades. Aliás, nada melhor do que caminhar para melhorar o raciocínio. A cabeça vai chocalhando, as idéias vão surgindo, a gente pensa coisas que nunca pensou antes. Vemos caras novas, novos lugares... Viagens aumentam o conhecimento. Não tenho dúvida de que em breve serei um sábio, ainda que isso não tenha a menor importância. Um sábio que não pode parar, que escapa das pessoas — para que serve esse sábio?

— Mas eu te farei parar! — gritou o vendilhão do Templo e, saltando à frente do homem, agarrou-se a ele, tentando detê-lo. Surpresa: embora corpulento, foi arrastado pelo homenzinho e teve de desistir.

— Foi uma boa tentativa — disse o caminhante, com melancólica ironia. — Eu te agradeço, mas, como vês, é inútil: nada pode me deter, nada.

— Nem a morte? — O vendilhão do Templo, de novo ao lado dele, esforçando-se por retomar o passo.

— Morte? Que morte? Morte é para os felizes que podem

morrer. Eu não morrerei. São as duas únicas certezas que tenho: não morrerei, não pararei. Atravessarei os mares, chegarei a lugares agora desconhecidos e constatarei: para milhões, em todo o mundo, o crucificado será Deus.

Deus? O vendilhão do Templo não podia acreditar no que estava ouvindo. Deus? O crucificado, Deus? Deus, por quê? Por que Deus?

— Por que Deus? — Não podia haver mais dúvidas: o homem lia-lhe o pensamento. — Por que Deus? Não sei. Tu não acreditas, e eu também não, mas milhões acreditarão. Ele morreu, mas seus discípulos vivem, e outros, muitos outros, a eles se juntarão. Falarão em graça divina, e quem não deseja a graça divina? Dirão que o crucificado morreu para nos salvar, e quem não quer ser salvo? Neste mundo de sofrimentos, a nova fé despertará esperanças para todos, para ricos e pobres, especialmente para os pobres que o Império escravizou. Essa religião já não girará em torno de um Deus único que funciona como pai severo, imprevisível; ela introduzirá suaves mediadores, a Mãe, o Filho. E seus adeptos criarão imagens que a ti jamais ocorreriam; por exemplo, o espírito divino será visto como um pombo...

— Um pombo? — O vendilhão do Templo arregalou os olhos.

— Um pombo, sim, mas não como os teus. Não te iludas: a nova religião não sacrificará pombos. Portanto, se estás pensando em algum projeto de expansão de vendas a médio ou longo prazo, podes esquecer. Pombos para sacrifício? Negócio sem futuro. Sorte dos pombos: continuarão nos pombais, nas praças, cagando nas estátuas dos grandes líderes. Sacrifícios, não mais.

— Não pode ser — murmurou o vendilhão do Templo. — Uma religião sem sacrifícios? E como os fiéis expiarão sua culpa?

— Pela oração. Pela penitência. Será uma religião de amor,

132

uma religião que facilitará o proselitismo. Por exemplo, ela não marcará a carne de seus fiéis com a circuncisão; ela lhes dirá que o importante é a fé nos corações. E não será uma religião de um bando, de uma tribo, de um povo, de uma região; não ficará só aqui, nesta conturbada encruzilhada do mundo; como eu, ela não se deterá, atravessará fronteiras, tomará conta do Império.

— Do Império?

— Do Império. Ouviste bem: do Império. Deste mesmo Império cujos soldados pregaram o homem na cruz. Como todos os Impérios, este não durará para sempre; será destruído e sobre suas ruínas se erguerá, resplandecente, a imagem do crucificado. E para onde esta imagem for, levada por uma legião de sacerdotes — um verdadeiro exército da fé, homens e mulheres que renunciarão a tudo por sua crença, ao casamento inclusive —, eu, figura lendária, irei. Onde o crucificado tiver casa, e ele terá casa nos quatro cantos do mundo, eu não poderei ter casa; a sua vitória será a minha derrota, a sua glória a minha humilhação. É isso, meu caro, esse é o destino que antecipo com nitidez assustadora. Mas — o que está acontecendo contigo? Perdes o passo? Terás de ficar para trás, então: eu não posso parar, tu já sabes.

De fato, o vendilhão do Templo, estarrecido com o que ouvia, tinha se detido; num rápido trote, alcançou o homem:

— Mas e o Templo? O que será feito do Templo?

— O Templo será destruído. Os rebeldes desencadearão uma guerra, serão derrotados e, para dar uma demonstração definitiva de seu poder, o Império arrasará o Templo. Já os templos do Crucificado surgirão por toda parte; templos diferentes: neles, como eu disse, não haverá sacrifícios de animais. O próprio Crucificado será o objeto de um sacrifício — simbólico, pão e vinho equivalendo à carne e ao sangue dele. Os fiéis terão dentro de si o seu salvador, eles se transformarão em verdadeiros templos vivos. E levarão a todos os cantos do mundo a imagem do homem na cruz; ela será reproduzida em quadros, em esculturas. Vê, a tua religião não permite imagens, ela exige de seus adeptos uma crença abstrata. Mas pensa no Crucificado. Pensa na cruz: instrumento de sacrifício, ela é feita de madeira, evoca árvore, evoca vida. Pensa na postura do homem: as mãos imobilizadas pelos pregos do algoz, ele está, no entanto, com os braços abertos; mais do que isso, ele tem uma ferida através da qual tu podes chegar à intimidade úmida e quente do corpo dele. E, por último, ele está no alto; lá de cima, ele enxerga longe, lá em cima ele está mais próximo do céu. A cruz, meu amigo, dominará o mundo. Será levada a toda parte. Diante da cruz se curvarão todos, príncipes e generais, ricos e pobres.

— E nós? O que acontecerá a nós?

— Nós, quem?

— Eu, meus filhos...

— Tu serás visto como figura desprezível, a imagem da ganância. Vender e comprar se transformarão um dia em atividades habituais; mas o teu vender e o teu comprar serão sempre lembrados com repulsa, exatamente porque serão símbolos do Mal. Tua passagem pela Terra ficará devidamente registrada num livro que milhões lerão; e sorrirão ao ler a descrição do castigo que o crucificado te impôs. Num lugar muito distante daqui, numa terra de florestas luxuriantes e de rios caudalosos, um homem contará, num modesto templo, a tua história — a gente estranha, gente de olhos amendoados, narizes achatados, lábios grossos, tez bronzeada, cabelos pretos escorridos. E todos rirão, rirão perdidamente. Mais adiante, tu te transformarás em personagem. Um dia — um dia não, uma noite — jovens encenarão uma representação em que aparecerás como uma figura abominável; e aquele que vai viver teu papel acabará morrendo. É tua sina, uma sina traçada no momento em que encontraste o Crucificado. Naquele instante te tornaste o vendilhão do Templo. Tu antes eras apenas o homem que ficava atrás da mesa na qual estavam pombos e moedas. E te contentavas com isso; imaginavas que tua situação era sólida, tão sólida quanto te parecia a mesa. Ao virar essa mesa, ele subverteu o teu pequeno mundo, nele instaurando o caos — no qual tu, tuas moedas e teus pombos confundiram-se. O sangue do pombo sacrificado — porque, embora disso não saibas, foi um sacrifício a morte da ave que a mesa esmagou —, esse sangue arrasta-te na sua torrente impetuosa.

— Mas por que tudo isso? — O vendilhão do Templo, horrorizado. — Por que essa maldição? Eu não fiz nada para aquele homem, eu nem pude fazer nada, fiquei ali, parado, a surpresa me paralisou. O que queria de mim? Que eu me antecipasse a seu gesto tresloucado, virando a mesa antes mesmo que ele o fizesse? Que eu jogasse longe as moedas? Que esmagasse os pombos? Que me arrojasse a seus pés, como fez a pecadora, gritando, obrigado, senhor, obrigado por me humilhares, por destruir minha mercadoria? Era isso o que eu devia ter feito?

— Não sei. Não sei julgar, só sei prever. E agora te deixo. Já me acompanhaste bastante, eu te agradeço por isso; vai repousar. Bem-aventurados os que podem repousar.

Entrou numa viela, sumiu. O vendilhão do Templo ainda quis correr atrás dele — tinha tantas perguntas a fazer — mas não pôde: não tinha forças. Simplesmente não tinha forças.

Voltando pelo mesmo trajeto, chegou de novo à casa do errante. A porta continuava aberta. Ele hesitou um instante e, furtivo como um ladrão, esgueirou-se para dentro.

Viu-se num aposento iluminado por uma lamparina que sem dúvida queimava havia algum tempo: a chama vacilava, quase extinta. Olhou ao redor: era evidentemente o lugar onde o homem consertava sapatos. Caída no chão, a sovela; sobre a mesa, várias sandálias. O vendilhão do Templo apanhou a lamparina, passou pela cozinha — onde ratos devoravam restos de comida —, chegou ao pátio. Como o sapateiro dissera, havia uma árvore ali, e, entre as raízes desta, uma pedra. Ele voltou à cozinha, apanhou uma faca, removeu a pedra e começou a cavar (não lhe passou despercebido o fato de que estava trabalhando na terra; depois de muito tempo, estava de novo trabalhando na terra). Sem demora encontrou a bolsa de couro. Abriu-a. À luz da lamparina viu brilharem moedas, jóias. Uma fortuna, sem dúvida.

Então não era mentira. Então o errante deixara mesmo para trás casa, jóias, tudo. Então o crucificado vencera. Enfurecido, teve vontade de arrojar para o alto a bolsa: venceste, Pregador, fica com o teu troféu. Depois outra idéia ocorreu-lhe, uma idéia que o fez sorrir; tinha, enfim, a perspectiva de um triunfo, de um pequeno e amargo triunfo.

Pegou a bolsa com seu conteúdo, saiu, tomou o rumo do bairro das prostitutas, o único lugar na cidade onde havia algum movimento nas ruas e luz nas casas. A mulher que dias antes o repelira estava sentada na soleira da porta, quieta, imóvel. Ao reconhecê-lo, seu rosto, belo rosto, transformou-se numa máscara de ódio:

— Tu aqui de novo? O que queres? Não precisas mais denunciar o homem, eles já o crucificaram.

— Eu sei. — O vendilhão do Templo sorriu, amargo. — Mas é a ti que eu quero.

— A mim? — Ela, ultrajada. — E quem disse que eu quero a ti? Vai-te, sai daqui. És um verme, e com vermes eu não me deito.

— Não me vou sem antes mostrar-te isto. — O vendilhão do Templo abriu a bolsa de couro. Desconfiada, a mulher olhou o conteúdo — e arregalou os olhos:

— Onde arranjaste isso? Roubaste?

— Não — disse o vendilhão do Templo. — É uma herança que recebi. Uma herança inesperada. Será que isso não te faz mudar de idéia?

A mulher considerou-o uns instantes.

— Não retiro uma palavra do que te falei — disse, por fim. — És um verme. Mas tenho um filho doente. Minha esperança era que o Mestre o curasse. Agora, terei de procurar os médicos, preciso do dinheiro. Entra.

Ele a acompanhou. E antes que ela pudesse dizer qualquer coisa, puxou-a para si. Desequilibraram-se, caíram sobre a cama e, apesar dos protestos dela — devagar, animal —, ele a possuiu sôfrego, resfolegante. Rápido. Em poucos instantes estava ao lado dela, arquejante.

— Não te saíste mal — disse a mulher, agora admirada. — Para o grosseiro que és, até que não te saíste mal. Gostei. Se quiseres, podemos repetir, e com variações. Andei pelo Oriente, aprendi mil formas de fazer amor. Queres que te mostre?

O vendilhão do Templo sentou na cama, olhou-a, riu.

— Não. O que eu quero é outra coisa.

— O quê? — Ela, de novo, suspeitosa. — Não me venhas com tuas histórias, não vou testemunhar contra ninguém.

— Não. Não é nada disso. Escuta: tens perfume?

— Claro que tenho perfume. Por quê?

— Quero que me untes os pés com teu perfume.

— É isso o que queres? — Ela franziu a testa: seus clientes tinham manias estranhas, mas nenhuma tão estranha quanto aquela. Contudo, a experiência lhe ensinara a aceitar tais pedidos sem discutir: — Não tenho nada contra, mas já te aviso: vai sair caro. Muito caro.

— O preço não importa.

137

Descalçou as sandálias. Ela foi buscar o perfume, ajoelhou-se diante dele e pôs-se a untar-lhe os pés.

— Sei por que pediste isso — disse, sem levantar os olhos. — É por causa dele. Tu queres imitá-lo.

— É verdade — disse o vendilhão do Templo, sem rancor; prazenteiro, até. — É por causa dele.

— Ninguém lhe ungirá mais os pés — observou a mulher —, agora que o mataram. Não tens mais a quem odiar.

— É. Não tenho mais a quem odiar.

Estendeu a bolsa:

— Toma. É para ti.

Ela arregalou os olhos:

— Para mim? Isso tudo?

— É.

Ela sacudiu a cabeça:

— Não. Não posso aceitar. Tu estás louco. Ou transtornado. Acontece, eu sei que acontece: homens infelizes vêm aqui, fazem amor comigo, num impulso de gratidão querem me dar tudo. Depois se arrependem, voltam, chamam-me de ladra... Não, não quero. Paga-me somente o que me deves, o que é justo. Para mim é o bastante.

— Escuta — replicou ele. — Esta bolsa também não pertence a mim. Era de um homem que, por causa do crucificado, teve de partir, e autorizou-me a fazer com essa riqueza o que eu quisesse. E eu quero dá-la a ti.

— Tens certeza? — Ela vacilava, ainda.

Ele riu:

— Claro que tenho.

— Muito bem — disse ela —, eu aceito. Mas também tenho uma coisa para ti.

Foi a um canto do aposento onde havia uma arca. Abriu-a e de lá tirou um objeto enrolado num pano.

138

— Toma.

Ele desenrolou o pano. Era um grande cravo de ferro, do modelo habitualmente confeccionado pelos ferreiros do Império, com uma cabeça circular e um corpo cheio de anfractuosidades que ajudavam a fixação na madeira.

— Desceram-no da cruz — disse a mulher, e o vendilhão do Templo sabia a quem ela estava se referindo. — Não faz muito. Este é o cravo que prendia a sua mão direita.

Mostrou manchas escuras:

— O sangue. O sangue dele.

— E como o conseguiste?

— Ganhei-o de um soldado que lá estava de guarda. Ele esteve aqui um pouco antes de ti: é meu cliente. Tão logo deixou o serviço, veio para cá, não sem antes apanhar o cravo: queria trazer-me uma lembrança do crucificado. Leva-o. Precisas mais dele do que eu.

— Mas tu sabes que eu tinha raiva dele.

— Sei. É por isso. Aprenderás a amá-lo.

Ele guardou o cravo no bornal, preparou-se para ir embora. Hesitou:

— Mais uma coisa.

— Diz.

— Como sabes que com este cravo o crucificaram? Como sabes que ele não foi retirado de uma outra cruz, que prendia uma outra mão? Como sabes que o soldado não te mentiu?

Ela suspirou:

— Não sei. Mas também não importa: acredito, e é o que basta. O fato é que o homem me convenceu. Talvez seja só um bom vendedor. Vocês, vendilhões, convencem a gente do que querem.

Riram. Ele abriu a porta e saiu.

Em casa, a mulher esperava-o, nervosa:

— Onde estiveste? Eu já não sabia o que pensar!

— Eu tinha um assunto a resolver — disse, — por isso demorei, perdoa-me. — Ela perguntou se ele queria comer alguma coisa, ele disse que não. Entrou no quarto dos rapazes: dormiam, os dois. Ele sentou-se, ficou a olhá-los. A mulher juntou-se a ele; disse que o mais jovem tinha chorado muito por causa do Crucificado — mas que acabara adormecendo, na manhã seguinte acordaria melhor, em breve teria esquecido. Quanto ao mais velho, ainda falava em juntar-se aos rebeldes. Se esse era o seu destino, paciência: que se cumprisse a vontade divina. O vendilhão do Templo inclinou-se sobre eles, beijou-os na testa. A mulher, cansada, foi se deitar.

Ele saiu para o pátio. A noite estava agradável; as nuvens que durante a tarde cobriam o céu agora se haviam dissipado, a lua brilhava. O vendilhão do Templo sentou-se na borda do poço e ficou a olhar as estrelas. Deu-se conta de que algo lhe pesava: o bornal. Tirou dali o cravo, ficou a olhá-lo. Era no metal que pensava, no ferro. Quanto tempo ficara o minério nas profundezas da terra? Então um dia alguém escavara a terra e o retirara dali; colocara-o num molde e o submetera ao feroz calor da chama, o ferro se havia liquefeito e depois fora moldado sob a forma de cravo. A mão do Pregador, a mão que curava enfermos, a mão que virava a mesa, essa mão esperara o ferro, como o ferro, de certo modo, esperara por ela. A palma fora o ninho preparado para acolher, com dor mas sem resistência, o instrumento da tortura que homens infligem a outros homens. E quando o cravo, transfixando a pele, dilacerando músculos, rompendo vasos, chegara à madeira que o fixaria, o mundo mudara, como que pelo efeito de uma convulsão, a mesma convulsão que abalara o corpo do condenado quando ele expirara. Mas não prevaleceria, o metal, sobre a carne do morto: as manchas escuras em sua superfície mostravam que já estava corrompido, que o processo de sua destruição já começara. Com o tempo ele se desfaria; e quando o Crucificado tivesse triunfado, tal como previra o errante, sobre o cravo de ferro — e sobre as lanças, e as espadas, e as couraças —, nada mais restaria a não ser pó.

O vendilhão do Templo apoiou a ponta do cravo sobre a palma da mão esquerda. Era aguçada, a ponta; tão aguçada que, apenas com um pequeno esforço ele perfurou a pele. A dor irradiou-se para o corpo inteiro, mas era uma dor benéfica, uma dor que ele recebia com humilde alegria. O sangue que lhe brotava da mão brilhava à luz da lua. Lambeu-o, sentiu o gosto adocicado. Era o gosto do seu sangue? Ou era o sangue do crucificado que, misturado ao seu, agora tinha dentro de si? O errante tinha razão: estava para sempre preso àquela lembrança.

Levantou-se, dirigiu-se às gaiolas empilhadas num canto do pátio e tirou o pano que as cobria. Ali estavam os pombos, imóveis. Os pombos que, apesar de tudo, ele continuaria vendendo. Tivera a riqueza em suas mãos e a recusara; tivera nas mãos a salvação e a recusara, mas não se arrependia: a teimosia era sua melancólica vingança.

"Pombos, pombos gordinhos, quer?", disse, em voz baixa, como se estivesse treinando. E estava treinando: repetiu várias vezes a frase, até que saiu na entonação desejada. No futuro, aquele processo seria sem dúvida mais fácil. Projeto: um dispositivo capaz de, graças a certa forma de energia, memorizar um pregão e repeti-lo por horas, dias, séculos. No momento não, mas um dia...

Voltou para o quarto. Tirou a roupa, hesitou: poderia, como a mulher, deitar e dormir em paz? Não mais: um sonho agora o perseguiria. Noite após noite, teria diante de si o Crucificado. Noite após noite o vendilhão do Templo o veria, com tremendo esforço e dor, arrancar a mão do cravo que a prendia na cruz para apontar-lhe um dedo sangrento, acusador. Essa visão o acompanharia até a morte; não, até depois da morte. Ela estaria incorporada às obscuras fantasias de seus descendentes, e às de muitos outros; e viva permaneceria até que alguém retomasse seus sonhos e projetos, até que alguém se entregasse, com fé e coragem, à produção de vendilhões do Templo, um empreendimento que não é isento de conseqüências.

PEQUENA MISSÃO JESUÍTICA
NO SUL DO BRASIL, 1635

Um observador que, lá do alto, bem do alto, mirasse, naquela manhã do ano da graça de 1635, a planura situada entre luxuriantes florestas e caudalosos rios no sul do Brasil, talvez nada notasse de chamativo. Era, aparentemente, a mesma tranqüila paisagem de sempre, do dia anterior ou de séculos anteriores. Apurando, porém, o olhar (coisa que qualquer observador, mesmo situado no alto, ou justamente por estar situado no alto, deveria fazer, ao menos de quando em vez), notaria, lá embaixo, *dois homens a cavalo* avançando lentamente para sudoeste. Um deles era jovem, tez morena, olhos escuros, sobrancelhas cerradas, barba e cabelos pretos. O traje o identificava como um sacerdote; de fato, tratava-se do padre Nicolau Veiga, da Companhia de Jesus. O outro era um homem mais velho, de feições indiáticas: o guia. Este último, apontando para o horizonte, acabara de dizer que, naquela direção, a umas quatro horas de marcha, estava o destino final do padre. Tendo fornecido a informação, e considerando sua missão cumprida, despediu-se, deu meia-volta e partiu a galope.

O padre apeou do cavalo e ali ficou, sozinho na imensidão. Se o observador agora descesse das alturas e sub-repticiamente o olhasse de perto, constataria que *chorava*. Sim, *chorava*. Repetindo (a repetição, aqui, atendendo ao não formulado desejo de um observador em conflito com a própria insensibilidade): o padre *chorava, chorava*. Grossas lágrimas rolavam-lhe pela face, e os soluços sacudiam-lhe o corpo magro enquanto, em altas vozes — podia fazê-lo, já que estava só, não havia ali ninguém para rotulá-lo como louco, a não ser Deus, mas Deus não faria isso —, chamava por sua mãe. Mamãe, mamãe, o que estou fazendo aqui, mamãe, perdido nesta imensidão hostil, mamãe eu me sinto mal, eu me sinto muito mal, eu quero voltar para casa, mamãe, mamãe.

Tal explosão emocional, rara num religioso, tinha explicação. Na infância e na juventude o padre Nicolau não conhecera a solidão. Nascido no Rio de Janeiro, crescera numa grande família. Mais: desde pequeno convivera com a religião. O pai, um homem soturno, calado, que mal sustentava a mulher e os filhos vendendo frutas e verduras no mercado, era crente fervoroso e, em jovem, aspirara a uma carreira eclesiástica, sonho que transferira para o filho: pouco antes de morrer de tísica, pedira-lhe que estudasse para ser padre. A mãe e as cinco irmãs também o estimulavam a isso: viam no seu bom gênio, na dedicação ao estudo e no fervor com que praticava a religião a expressão mais pura e completa de uma genuína vocação.

No seminário, o padre Nicolau fizera numerosos amigos. Era gentil, modesto, alegre, dedicado aos estudos, um grande conhecedor das Escrituras. Uma vida que amava e que, por ele, se prolongaria indefinidamente. Tudo indicava que seria assim: depois de ordenado, ficara no próprio seminário ajudando nas tarefas do cotidiano.

Um dia, porém, o superior mandara chamá-lo. O padre

Joaquim era um homem baixo, magro, de nariz aquilino e olhar penetrante, conhecido pela férrea determinação. Sem hesitar, fora logo dizendo:

— Chamei-te para te dar uma missão muito especial, uma missão para a qual poucos são selecionados. Porque é missão relevante, Nicolau, relevante e difícil. Tenho certeza, contudo, que dela te desincumbirás bem.

Interrompera-se por um instante, perscrutando o rosto do jovem padre com olhar inquisidor, e depois continuara:

— Vais viajar. Vais para o sul. É, como sabes, uma região conflagrada, disputada a ferro e fogo por portugueses e espanhóis. Lá temos uma pequena redução indígena, que estava aos cuidados de dois padres. Um deles acaba de morrer. O outro, o padre Manuel, é um homem velho e esquisito. Muito esquisito... É possível até que já não esteja regulando bem. Vais ajudá-lo e, no devido tempo, substituí-lo.

O jovem padre recebeu a notícia com surpresa — e apreensão. Ele, que nunca havia saído do Rio de Janeiro, agora deveria mudar-se para uma região longínqua? A guerra não o atemorizava tanto; o máximo que poderia lhe acontecer seria morrer, antecipando assim seu encontro com o Salvador. Mas viver no meio de índios, aqueles estranhos seres que andavam nus ou quase, que falavam uma linguagem arrevesada, que tinham costumes esquisitos, que matavam e que às vezes até devoravam os inimigos? Teria forças para isso, teria coragem — teria capacidade? E como o receberiam, os selvagens? Como um protetor, como um guia espiritual — ou como um intruso, o introdutor de costumes que não tinham a menor vontade de praticar?

De início o superior tratara de tranqüilizá-lo: os índios da missão eram mansos, bons cristãos; e o padre Manuel, que lá estava, lhe daria ajuda para lidar com eles. Vendo, porém, que Nicolau ainda vacilava, mudara o tom, deixando bem claro que não se tratava de proposta ou convite, mas de uma ordem: nenhum tipo de recusa ou mesmo de relutância seria admitido. Nicolau deveria partir em três dias, primeiro por mar, até Paranaguá, onde um guia estaria à sua espera, e depois a cavalo até a missão. O jovem sacerdote não tivera alternativa senão aceitar.

Fora uma longa jornada. No navio encontrara outros padres, o que era um apoio: rezavam juntos, conversavam, trocavam confidências, até. Contudo, chegara o momento da separação; designados para lugares diferentes, cada um seguira seu caminho. A partir de Paranaguá, como dissera o superior, um guia passara a acompanhá-lo, um índio chamado José. Apesar do nome cristão, esse homem falava com muita dificuldade o português. Além disso era um tipo quieto, carrancudo mesmo. Nos primeiros dias o padre Nicolau tentara, inutilmente, puxar conversa. Tudo que obtinha em resposta às suas perguntas eram secos monossílabos. Por fim desistira e haviam continuado a viagem em silêncio, só quebrado pelos monólogos do guia naquele idioma que para o padre era um aflitivo enigma.

Apesar de tudo, o homem representara, ao menos, uma presença humana, ainda que taciturna, incômoda. Agora, porém, o padre Nicolau estava só. Chorava porque estava só, mas não apenas por isso; havia razões adicionais para seu pranto, razões que mal adivinhava e nas quais não queria pensar; preferia simplesmente derramar suas sentidas lágrimas. E soluçava, e chamava pela mãe. Coisa inteiramente compreensível, até mesmo para o distante observador (Deus?), ainda que este (Deus?) pudesse encontrar (Deus encontra qualquer coisa, em qualquer lugar, a qualquer momento) um elemento de absurdo naquele dorido, quase histérico choro. Porque, de sua posição privilegiada (há posição mais privilegiada que o Céu, com C maiúsculo?) e com seu poderoso olhar (há lente mais potente que o cristalino da divindade?), poderia o referido observador (Deus!) constatar, num cemitério do Rio de Janeiro, a existência de um túmulo em cuja lápide estava — o quê? — o nome da mãe do padre Nicolau! Sim, a mãe do padre Nicolau tinha morrido e ele não sabia! O olhar do observador (Deus! Deus!), penetrando nos minúsculos pertuitos da pedra, poderia ver, dentro de um esquife, o cadáver já em decomposição. De nada adiantava, pois, ao padre Nicolau chamar pela mãe. A menos que estivesse se referindo à Mãe de Deus; estava? Talvez. Mais provavelmente apelava, sem o saber, a uma entidade intermediária entre as duas mães, entidade capaz de somar o carinho e a bondade de ambas.

E, no entanto, de alguma forma a mãezinha estava ali: no vento, aquele rijo e implacável vento vindo das geladas planícies do sul. Em seu silvo agudo reconhecia Nicolau o choro da mãe, que tantas vezes ouvira, depois que o pai morrera. Era com aquele assobio que o seu próprio pranto fazia coro? Talvez. O certo é que chorou muito, sob o olhar impassível do cavalo.

Foi esse olhar, aliás, que o arrancou ao desespero. O animal como que esperava por ele; tornou, pois, a montá-lo e seguiu jornada rumo ao poente, pela planura. A expressão do padre, até o remoto observador poderia notar, era de *preocupação*, de *inquietude*, de *angústia* mesmo. O que o aguardava lá, no lugar que a si próprio definira como "destino final", bem consciente do sutil e ominoso sentido da expressão?

Depois de algumas horas de marcha, teve a resposta. Ao chegar ao alto de uma colina, avistou aquilo que procurava. Lá embaixo estava o pequeno aldeamento.

Como outros, obedecia a um desenho padronizado: a praça, a igreja, as casas. A praça era pequena e feia, a igreja era pequena e feia, as casas eram pequenas e feias, sem mencionar que várias delas, ainda em construção, já pareciam ruínas. Em suma, nada de idílico, ali, nada de celestial.

Com um suspiro (de alívio? De resignação? De alívio e resignação a um só tempo?), o padre apressou o passo do cavalo. Pouco depois, chegava à aldeia.

De início, não viu ninguém. Aos poucos, porém, os habitantes foram emergindo das casas. E ali estavam os desconhecidos e estranhos índios; as mulheres usando batas muito simples, que lhes disfarçavam eficazmente as formas do corpo; os homens vestindo camisas e calças, mas de pés nus.

Nicolau sofreou o cavalo. Os índios, umas poucas dezenas, aglomeravam-se à sua volta, mas o padre não estava entre eles.

— Padre Manuel! — gritou, numa voz rouca, desafinada. — Cheguei, padre Manuel!

Uma janela se abriu e ali estava o padre, um homem muito velho, cabelos e barba brancos. No rosto enrugado, uma expressão, senão de alegria, pelo menos de alívio:

— És o padre Nicolau? És? Ah. Finalmente chegaste. Finalmente.

Saiu da casa e foi ao encontro do recém-chegado que saltou do cavalo e foi abraçá-lo, desculpando-se pelo atraso de dez dias ou mais. Não importa, disse o padre Manuel, obviamente feliz, estás aqui, e isto é o que interessa. Voltou-se para os índios e começou uma longa algaravia. Os guaranis ouviam-no em respeitoso e atento silêncio. Terminando, o velho sacerdote explicou:

— Eu te apresentei como o padre que vai me substituir. Eles já sabiam de tua vinda. E te aguardavam tão ansiosos quanto eu.

Riu:

— E, boa notícia, pelo jeito gostaram de ti.

O padre Nicolau mirou os futuros paroquianos, seu primeiro rebanho. E o que via, o sacerdote? Rostos enigmáticos. Rostos que lhe pareciam todos iguais, olhos amendoados, narizes achatados, lábios grossos. A cor bronzeada. Os cabelos pretos, escorridos. De uma maneira geral era bonita, aquela gente, ainda que estranha. Teria de se acostumar aos índios, teria de entendê-los. Providência fundamental: aprender o idioma deles. O que dependeria do padre Manuel. Seria bom professor, o ancião? E ele, como aluno, teria facilidade para assimilar um idioma tão diferente do português, do espanhol, do francês, do latim?

Padre Manuel adivinhou-lhe o pensamento:

— Por enquanto não entendes o que dizem. Mas não te preocupes; logo estarás falando tão bem quanto eles. Se eu consegui aprender depois de velho, mais facilidade terás tu, que és novo. A gente se acostuma com tudo: com o idioma, com a comida, com o modo de ser dessas criaturas.

Puxou para si um dos índios, abraçou-o:

— Eu adoro os índios, Nicolau. Adoro os índios. Eles são bons, são puros... Umas crianças. Quando os vejo, lembro o "Deixai vir a mim os pequeninos". Por mim, trabalharia com eles para sempre. Mas, tenho de reconhecer, estou velho, Nicolau. Muito velho. Já não regulo bem. Umas coisas estranhas me acontecem... Sabes que eu sonho em guarani? Sonho em guarani. E nos sonhos sou um cacique, sou um pajé, sou tudo o que um índio pode ser, mas não sou um sacerdote cristão. Não acho que seja pecado...

Soltou o índio com um gesto brusco, sondou o rosto de Nicolau, ansioso:

— Ou é? Hein, padre? É pecado, isso de sonhar em guarani, língua pagã? O que achas?

Surpreso pela pergunta e meio confuso, Nicolau optou por gracejar:

— Eu acho que é uma bênção, padre. Para mim, pelo menos, que não falo essa língua nem dormindo nem acordado, é uma grande bênção.

O velho sacudiu tristemente a cabeça:

— Não, não é uma bênção. Infelizmente, não é. É caduquice mesmo.

Voltou-se para os índios, disse-lhes algumas palavras num tom que a Nicolau — mas o que sabia ele dos tons em guarani? — parecia áspero.

— Eu mandei que voltassem às atividades — explicou o padre Manuel —, porque agora vais descansar. Mereces: foi uma longa jornada, a tua. E muito trabalho te aguarda. Precisas repousar, portanto. Vem, vou levar-te à casa que mandei preparar para ti, e que fica ao lado da minha.

— Uma casa só para mim? — Nicolau, surpreso. — Mas não era preciso. Poderíamos partilhar um só teto...

O padre Manuel sorriu, contrafeito:

— É que... Eu não sabia o que pensavas desse assunto... Não são todas as pessoas que gostam de morar com alguém. Muitos de nossos irmãos exigem privacidade, poderia ser o teu caso... E a verdade é que arranjar uma nova casa não chega a ser problema: material e mão-de-obra não faltam aqui. Além disso -

Fez uma careta:

— Além disso sou um homem velho, ranzinza. Prefiro ficar sozinho, se não te importas.

— Claro que não me importo — apressou-se Nicolau a dizer. — Longe de mim -

— Ótimo — atalhou o ancião. — De qualquer maneira, não terás de me aturar por muito tempo. Minha vida, sinto-o, está chegando ao fim.

Que é isso, começou a dizer Nicolau, o irmão está bem conservado, é vigoroso, mas o padre Manuel já prosseguia:

— Tendo isso em mente, farei todo o possível, junto a nossos superiores, para que mandem mais alguém, para que não permaneças só, como foi o meu caso. Estás entre gente amiga, fiel;

152

mas ficar sozinho, sem outros padres com quem conversar... Não é muito bom, acredita. Não é nada bom.

Notando a consternação de Nicolau, tratou de mudar de assunto:

— Mas não faças caso disso agora. Vais arrumar tuas coisas, descansar um pouco.

Levou-o até a casa, uma pequena construção de pedra coberta de sapê. Deu-lhe mais uma vez as boas-vindas e se foi.

Nicolau entrou, olhou ao redor. Dois aposentos compunham a minúscula habitação: uma pequena cozinha, com o tosco fogão, uma mesa, alguns utensílios, facas, colheres, pratos de barro, canecas; ao lado, o dormitório, com um catre, uma mesa e um armário igualmente toscos, ainda que a porta deste estivesse adornada com belos entalhes de cruzes e flores, obra, sem dúvida, de algum artesão local.

Padre Nicolau guardou seus poucos pertences no armário. O cansaço subitamente o invadiu e, ainda vestido, deitou-se. Adormeceu instantaneamente e sonhou: como o profeta Jonas, estava num navio sacudido por uma terrível tempestade. E, como Jonas, sabia que a culpa era sua, por ter vacilado em aceitar determinações superiores. No sonho, homens agarraram-no e iam jogá-lo ao mar, quando ele acordou com o padre Manuel a sacudi-lo:

— Vem, amigo. Já dormiste bastante, agora está na hora de forrar o bucho. Vamos lá, os índios estão à nossa espera.

Ainda tonto de sono, levantou-se e seguiu o padre. O sol se punha, num crepúsculo esplendoroso: Deus, era bela aquela região, bela e selvagem.

Manuel conduziu-o até uma grande árvore ao pé da qual ardia uma fogueira. Ali estavam os índios, segurando uma rês que se esforçava por escapar. Ao ver essa cena, Nicolau teve uma espécie de vertigem; chegou a cambalear, quase caiu. O velho amparou-o, perguntou-lhe se estava se sentindo mal. É só uma tontura, respondeu o jovem padre, coisa passageira.

Tentou aparentar despreocupação, mas não conseguia: aquilo que estava em curso era a cerimônia do churrasco, da qual já ouvira falar. Os índios abateriam a rês, assariam rapidamente a carne na fogueira e, famintos, atirar-se-iam a ela com incontrolável voracidade. Todos, inclusive o velho sacerdote, estavam excitados; todos antecipavam uma festança. Todos, menos o padre Nicolau, que, vegetariano convicto, tinha nojo de carne. De nada desconfiando, o padre Manuel desempenhava com gosto o papel de anfitrião:

— Um bom naco de carne vai te fazer bem. Aqui somos todos carnívoros. Tu vês, o gado nesta região se cria livre, no campo. Graças a Deus, ninguém passa fome. O que é uma bênção, não te parece?

O padre Nicolau não respondia. Mirava a rês; mirava-lhe o branco dos olhos, fantasmagórico branco a traduzir a certeza da morte: vou morrer, padre Nicolau, e vou morrer para que tu possas devorar a minha tenra carne e dela tirar forças para perseguir teus propósitos, quaisquer que sejam, achas justo isso?

Justo não era. Mas o que podia ele fazer, interpor-se entre os índios e o animal, gritando, não matarás, não matarás? Bobagem, o mandamento não se aplicava a animais. De modo que permaneceu imóvel, tentando disfarçar a repugnância.

Num abrir e fechar de olhos a coisa estava feita: abatida por um golpe certeiro de tacape, a rês tombou quieta, sem um mugido. Espasmos ainda percorriam seu corpo e já os índios, papagueando sem cessar, tiravam-lhe o couro, expondo a carne sangrenta, postas da qual eram cortadas, enfiadas em espetos feitos de galhos e colocadas junto à fogueira para assar. Minutos depois já estavam devorando a carne ainda crua, o sangue e a gordura escorrendo-lhes pelos queixos. O padre Manuel bradou-lhes algo — uma reclamação, sem dúvida, por não ter sido de imediato servido — e logo um índio foi correndo em sua direção, levando um espeto que ele recebeu com exclamações de júbilo. Com uma faca cortou um pedaço e, de pé como os nativos, devorou-o com grande apetite.

Horror? Era horror o que o padre Nicolau sentia ao mirar a cena? Não, não era horror. Pior: era desgosto. Desgosto pelo que via, desgosto pelo que antecipava: no futuro, muitas vezes teria de comer com os índios, teria de se acostumar àquela repugnante refeição. Padre Manuel notou a expressão de repulsa no rosto de seu jovem colega:

— Parece que este jeito de comer é grosseiro demais para ti. Para nós não é. Serve-te, por favor.

Não estou com fome, começou a dizer Nicolau, mas o velho interrompeu-o, seco:

— Não perguntei se estás com fome ou não. Eu te mandei comer, e tu vais comer. O teu futuro depende da tua atitude aqui, nesta noite. Este churrasco foi feito em tua honra. Portanto, trata de fazer aquilo que os índios esperam de ti: come, come muito, e mostra a tua satisfação.

Sem alternativa, Nicolau pegou o naco de carne que o outro lhe oferecia e, com enorme esforço, comeu-o. O padre Manuel observava-o, atento. A ordem cumprida, deu-se por satisfeito, voltou a conversar com os índios em guarani. Nicolau ficou por ali um pouco mais, depois pediu licença: estava cansado, precisava repousar.

Custou a conciliar o sono. Além da violência que para ele representara o churrasco, havia a estranheza: estranhava o lugar, estranhava o duro catre. Estranhava o vento que assobiava sem cessar. Mas estranhava, sobretudo, os ruídos que vinham da casa do padre, ao lado. Sussurros? Gemidos? Mas por que sussurros, por que gemidos? Teria sono inquieto, o padre? Nesse caso, qual a causa de sua inquietude? Ou estaria se sentindo mal depois da pantagruélica refeição? Em sendo assim, deveria ele, Nicolau, socorrer o colega? Não tomaria o rabugento velho tal iniciativa como uma intromissão indevida em seus problemas particulares?

Torturado por essas dúvidas, Nicolau virava-se de um lado para outro; duas vezes chegou a levantar-se, apenas para deitar novamente. De madrugada, cansado, finalmente adormeceu. Um sono bruto, sem sonhos.

No dia seguinte acordou surpreendentemente revigorado, bem-disposto, com a certeza de que estava pronto para a nova etapa de sua vida. Como que a reforçar essa impressão, o sol que surgia no horizonte prenunciava um dia glorioso. É preciso reagir, decidiu o padre Nicolau, é preciso enfrentar os problemas do cotidiano. Saltou da cama, lavou-se e foi em busca de Manuel.

Encontrou-o na pequena capela, em meio aos índios, conduzindo as orações. Os indígenas, ajoelhados, rezavam em latim, idioma que obviamente não entendiam; limitavam-se a repetir as palavras que, decerto com esforço, haviam memorizado. Para não perturbá-los, Nicolau ajoelhou-se e pôs-se a rezar também.

Terminadas as preces, o padre Manuel veio ao seu encontro. Parecia muito bem-humorado; perguntou se tinha dormido bem, convidou-o para comer. Entraram na casa de Nicolau, sentaram-se à mesa. Uma velha e silenciosa índia trouxe-lhes duas canecas com leite, pão e carne fria — a carne da véspera, naturalmente.

— Eles rezam muito bem em latim — observou o jovem padre.

— Verdade — disse Manuel. — Sabem de cor as palavras.

Uma pausa, e Nicolau voltou à carga:

— Mas por que não falam português?

— Porque não lhes ensinei. — Manuel, cortando mais um naco de carne.

O tom era definitivo: Nicolau nada mais deveria perguntar

sobre o assunto, o que só fez aumentar a sua inquietude: por que latim, e não português? Por que só um idioma sacro? O que pretendia o padre Manuel com aquilo? Impedir o contato dos índios com alguém que falasse português? E havia ainda uma outra questão, não menos inquietante: como poderia ele, Nicolau, se comunicar com os índios? Era algo que, apesar da má vontade do ancião, ele tinha de esclarecer, e logo. Criou, pois, coragem:

— E eu? Quando vou aprender a língua deles?

O padre tomou um gole de leite, pousou a caneca e ficou em silêncio.

— Logo — disse por fim. — Logo vais aprender a língua dos índios.

— Eu tenho pressa disso, porque -

— Eu sei que tu tens pressa. Já notei. Pressa não te falta. Aliás, vocês, jovens padres, são apressados, querem converter o mundo inteiro em minutos. Mas cada coisa a seu tempo, não é? Como diz o Eclesiastes: cada coisa a seu tempo. Termina de comer, por favor.

O rosto se lhe abriu num inesperado sorriso:

— É que tenho uma coisa para te mostrar. Uma surpresa. Algo que nunca poderias imaginar.

O que seria? Nicolau, surpreso — e animado — com a mudança de tom, engoliu um último pedaço de pão:

— Estou às ordens.

— Então vem.

Saíram. Caminharam rapidamente pela aldeia, subiram uma pequena elevação onde havia uma grande palhoça com uma pequena entrada. Enfiaram-se por ela, e o padre Nicolau não pôde conter uma exclamação de deslumbrado espanto: ali, no interior debilmente iluminado por uma lamparina, estava um pé — um grande pé, esculpido em granito.

— Deus do céu, o que é isso?

157

— Isso — replicou Manuel — é Jesus. Melhor dizendo, o pé de Jesus. Parte de um projeto que tenho, o grande projeto da minha vida.

Instantaneamente arrebatado, prosseguiu, sem se deter:

— Quero erigir aqui, nesta planície, uma estátua do Redentor, uma grande estátua que possa ser avistada por qualquer observador, mesmo a léguas de distância. Uma estátua que suscite nesse observador, por mais cansado que esteja após sua longa jornada, por mais empedernido que seja, uma grande emoção. Ao ver Jesus de braços abertos, pronto a recebê-lo, ele esporeará seu cavalo, ele virá num doido galope em nossa direção. E ele saberá que aqui, nesta terra longínqua, Cristo vive, Cristo impera.

Respirou fundo e continuou:

— Eu sei que tu te aproximaste de nós com relutância, que teu cavalo vinha a passo, enquanto remoías pensamentos inquietos. Como serei recebido, o que me acontecerá, eram as perguntas que te formulavas e para as quais não tinhas resposta. Pois no mesmo estado de espírito cheguei eu, e só lentamente, mui lentamente, fui me adaptando. O que não é de estranhar: ambos somos de cidades grandes, eu de Lisboa, tu do Rio de Janeiro; para nós esta redução é um fim-de-mundo. Mas isso precisa mudar, padre Nicolau; as pessoas terão de ver esta terra como uma nova Canaã. E uma grande estátua de Cristo é para isso fundamental. Por enquanto só temos um pé, mas logo teremos todo o corpo, pernas, tronco, braços, cabeça... Obra monumental, meu jovem amigo, digna de figurar ao lado das maravilhas da Antiguidade, o colosso de Rodes e outras.

— Quem a projetou? — quis saber Nicolau, cada vez mais impressionado. E apreensivo: aquela coisa toda lhe cheirava a maluquice. Estaria o velho ficando demente? Ele sabia que pessoas de idade às vezes têm idéias estranhas. Por outro lado, as coisas que Manuel dizia faziam sentido. Se outros tinham construído

158

catedrais, por que não poderia ele cogitar de uma estátua de Cristo, ainda que de dimensões um tanto exageradas? E, de fato, se era um delírio, era um delírio planejado, documentado: Manuel abriu uma arca e de lá tirou um maço de desenhos e de plantas.

— Eu mesmo fiz o projeto. Aqui está. Tive alguma experiência nisso, em Portugal ajudei o construtor que reformou nossa igreja.

Nicolau olhou os desenhos: sem dúvida, coisa de profissional.

— Mas — continuou Manuel — quem está se encarregando da obra propriamente dita é um índio. Talvez não saibas, mas estes selvagens são maravilhosos escultores; trabalham a pedra como ninguém. Olha este detalhe.

No dorso do pé havia um orifício redondo, com borda elevada.

— É a marca do cravo que prendeu os pés de Nosso Senhor à cruz. Não parece uma ferida verdadeira? Não parece carne palpitante?

Nicolau teve de concordar: o escultor era bom mesmo.

— O homem é mais do que um bom escultor — corrigiu o velho padre. — O homem é quase um santo. E o detalhe que te mostrei dá testemunho disso. Durante algum tempo ficou em dúvida sobre como teria ficado o pé de Cristo com o ferimento. Resolveu o problema perfurando o próprio pé com um cravo. Perdeu muito sangue, teve febre... Mas, quando a ferida cicatrizou, tinha o modelo que procurava.

— Meu Deus — murmurou Nicolau, a voz embargada. — Meu Deus.

Sem, aparentemente, notar a emoção do outro, Manuel prosseguiu:

— Mas isso não é nada. O pé não é nada.

Mostrou o projeto:

— O ventre de Cristo, que vês aqui em detalhe, será oco.

Dentro haverá uma espécie de câmara, mais ou menos do tamanho de teu quarto de dormir. Uma cela monástica, se quiseres. Sabes para quê? Nicolau não tinha a menor idéia da finalidade daquele compartimento. — É o lugar onde vou viver — disse Manuel. — Nessa câmara, nessa cela. Quando tiver completado minha missão, é aí que me refugiarei, no mais completo e esplêndido isolamento. Como os eremitas de outrora, sabes? Como os eremitas de outrora. Aqueles da Tebaida e os outros, que só se alimentavam de gafanhotos... Só que não precisarei passar tão mal. Os índios continuarão me trazendo a carne do churrasco. Como o farão, é o que deves estar te perguntando. E há razão de ser em tua pergunta. Porque a câmara em que me refugiarei não terá portas; uma vez encerrado nela, não mais sairei. O Cristo será minha morada e meu túmulo. Mas, enquanto viver, terei de comer. Para isso imaginei uma forma que chamaria, com risco de incorrer no pecado da soberba, de genial, de brilhante. Olha este desenho, que representa a estátua como um todo. O que vês aqui, no flanco? Parece uma ferida, aquela ferida resultante do golpe de lança do soldado romano, e da qual correu sangue e água. Mas não é só a representação de uma ferida. É uma abertura para a câmara em que viverei. Por aqui me passarão comida. A chaga de Cristo será, por assim dizer, a boca pela qual me nutrirei — queres algo mais poético, mais simbólico? Este cano, marcado com a letra A, conduzirá os dejetos, que sairão pela sola do pé — não deste pé, do outro, que ainda está para ser esculpido. No mesmo pé, mas oculto no dedo grande, haverá uma espécie de forno, cuja tampa será a unha. Ali será queimada lenha; um outro cano — este aqui, B — levará o ar quente para a minha câmara. Desse modo poderei enfrentar as baixas temperaturas do inverno — perigosas, considerando que estarei o tempo todo imóvel, sujeito até a congelar.

160

Sorriu, triunfante:

— Então, lá estarei eu, aquecido e alimentado, lendo a Bíblia, e sobretudo distante deste mundo louco em que vivemos, este mundo em que nada faz sentido. E os índios, perguntarás, vais esquecer os índios? Não. De vez em quando até falarei a eles, do ventre de Cristo. É possível que os mais jovens, aqueles que não chegaram a me conhecer, pensem que se trata do próprio Jesus dirigindo-se a eles. Piedoso engodo: todos os meios são válidos para difundir os ensinamentos do Senhor. Mesmo porque isso servirá de antídoto para uma crença que esses índios têm. Eles dizem que, no começo do mundo, homens gigantescos ensinaram aos guaranis tudo o que é preciso para sobreviver: como caçar, como pescar, como preparar os alimentos... Agora eles terão um gigantesco Jesus em quem acreditar.

Suspirou:

— De todo modo essa ilusão não durará muito; velho como sou, não espero sobreviver mais que alguns meses, mesmo alimentado, mesmo aquecido, mesmo protegido. Quando eu morrer, não precisarão me enterrar; simplesmente terão de fechar os orifícios e as canalizações e pronto, estarei sepultado dentro do Cristo, onde aguardarei, feliz, o dia do Juízo. Como o grande peixe levou Jonas a seu destino, o ventre de Jesus me conduzirá ao meu.

Nicolau olhava o desenho, assombrado:

— Que coisa incrível — murmurou.

— Não é? — Manuel, orgulhoso. — Esse é o meu projeto, a razão da minha existência, aquilo pelo qual serei lembrado.

O rosto subitamente se lhe toldou.

— Mas há um problema: o índio. O escultor. É um artista e, como muitos artistas, inconfiável. Nunca fica muito tempo num lugar: é um andarilho, um vagamundo, um errante. Desapareceu há uns tempos, prometendo retornar, mas até agora isso não aconteceu. Se não voltar, alguém terá de procurá-lo. Espero que tomes essa providência, Nicolau, se e quando eu faltar. O nome de batismo do bugre é Miguel. Não sei como descrevê-lo, é um bugre velho igual a outros bugres velhos, mas lembra-te que tem no dorso do pé direito uma cicatriz. Mais: ele retomando o trabalho, será preciso que supervisiones o cumprimento da tarefa. Usa tua autoridade — o homem respeita padres — e tudo dará certo.

Agarrou o braço do jovem padre com uma força que até a Nicolau surpreendeu:

— Isso é o que te peço, Nicolau, a única coisa que te peço. E tenho a certeza de que não deixarás de atender a meu pedido. Farás isso, irmão? Farás?

— Claro que farei — Nicolau, mal contendo as lágrimas. — Claro que farei. Juro por tudo o que existe de mais sagrado que farei.

O padre Manuel sorriu:

— Que bom. Eu sabia que podia contar contigo. E agora, chega de arte, chega de projetos grandiosos: vamos trabalhar. Vem.

Foram para a horta. Ali já estavam alguns índios, esperando. O padre apanhou uma enxada, mostrou-lhes como usá-la. E puseram-se todos a capinar, cantando hinos religiosos. Pararam para comer e continuaram até o meio da tarde, quando o padre Manuel reuniu as crianças para uma aula de catecismo — em guarani, naturalmente. Quando escureceu, recolheram-se às casas.

Cansado, o padre Nicolau deitou e em seguida adormeceu.

Acordou com a impressão de que Manuel chamara por ele. Sentou na cama, aguçou o ouvido e escutou, vindo da casinha ao lado, uma espécie de abafado estertor. Ainda de camisola, correu até lá. Ia entrar, mas hesitou, tomado por uma suspeita que depois o envergonharia mortalmente: e se o padre estivesse com uma índia? E se aquilo que ele tomara por estertor fosse, em rea-

162

lidade, um gemido de incontido prazer? Experimentou a porta: estava aberta, coisa que provavelmente não aconteceria se Manuel estivesse recebendo uma mulher. Entrou, e ali estava o velho, atravessado no catre, olhos arregalados, a boca cheia de espuma. Falou-lhe, mas o padre, imóvel, não respondeu. Apoplexia, concluiu Nicolau. Um dos padres do seminário fora acometido do mesmo mal.

O jovem padre não tinha nenhum conhecimento de doenças ou tratamentos. Mas não podia ficar ali, inerme, junto com os silenciosos índios. Precisava fazer alguma coisa. No caso do padre do seminário praticara-se uma sangria; algo medonho para quem, como Nicolau, tinha horror a sangue, mas era o que tinha de ser feito, e ele o faria.

Pálido, suando muito, apanhou uma faca que estava sobre a mesa e fez sinal a um dos vários índios que, nesse ínterim, tinham aparecido, para que segurasse o braço de Manuel. Localizou uma grossa veia, respirou fundo, cortou-a com a faca. Os índios gritaram, assustados; mas o padre ficou aliviado ao ver o sangue fluindo. O mal estava ali, naquele sangue escuro, grosso, ominoso. Talvez agora Manuel melhorasse.

Não melhorou. Não chegou sequer a recuperar a consciência; entrou em coma. Ficou claro que não duraria muito. O jovem padre estava confuso, desnorteado, assustado. Precisava de ajuda, e pensou em ir em busca de um médico — mas onde? Não tinha a mínima idéia de como chegar a uma povoação. E não poderia perguntar aos índios: não falava a língua deles. Miravam-no, os guaranis, tristes mas solidários; traziam-lhe comida, ajudavam-no a cuidar do velho.

No terceiro dia, o padre Manuel morreu. Reunidos ao redor do leito, os índios puseram-se a rezar em latim; de súbito, porém, interromperam-se — e começaram a entoar algo na língua deles. Um canto fúnebre, decerto, uma coisa dorida, entremeada de gritos agudos, desesperados. O que era aquilo? Por que cantavam, se haviam rezado antes, e em latim? Cantavam porque a reza não havia sido suficiente para expressar a dor deles? Ou cantavam para neutralizar a reza? Quem sabe os uivos eram na verdade uma expressão de incontido júbilo — "o padre se foi, estamos livres daquele tirano cristão, agora só falta um"? Oh, Deus, pensou Nicolau, que cabeça suja, a minha, as pobres criaturas sofrendo e eu imaginando coisas ruins simplesmente porque não lhes compreendo a língua.

Na manhã seguinte sepultaram o padre Manuel no pequeno cemitério do lugar. Depois do enterro, Nicolau dirigiu-se à capela, acompanhado pelos índios: homens, mulheres, crianças. Diante do pequeno altar, rezou uma oração e depois voltou-se para os guaranis. Olhava-os, eles o olhavam. Suspirou e perguntou — em português, naturalmente:

— E agora, meus filhos? O que vamos fazer, meus filhos?

Nenhuma resposta. Sorriu, melancólico:

— Está bem, filhos. Está bem. Está tudo bem. O que é que se vai fazer, filhos? Está tudo bem. Não podemos nos entender, mas está tudo bem. Por que não estaria bem? Esta é a casa de Deus, uma casa modesta, mas de Deus. Aqui está tudo bem, tem de estar tudo bem. Vamos rezar. *Ave Maria, gratia plena...*

Ave Maria, gratia plena, repetiram os índios. O que foi um consolo para o padre Nicolau. Pelo menos, estavam rezando, estavam juntando vozes num coro de fé, um coro que sem dúvida Deus ouvia. Já não era aquela enervante cantilena deles, eram santas palavras, num santo idioma. Que bom era rezar, que bom, que bom.

Essa consoladora, esperançosa alegria logo se desvaneceu. Já no dia seguinte, o padre dava-se conta da inquietante e absurda situação que estava vivendo. Olhava para os índios, queria dizer-lhes algo e não podia. Era como se fosse surdo-mudo. Por meio de sinais, podia pedir-lhes de comer, podia conduzi-los ao trabalho, à oração; mas isso era tudo. Os índios aparentemente não se afligiam: sorriam-lhe o tempo todo. E falavam entre si, claro. Nicolau tentava desesperadamente captar umas poucas palavras que fosse, mas sem resultado. Descobria, para seu horror, que tinha uma espécie de bloqueio para aquele idioma, composto, para ele, de sons e grunhidos ininteligíveis. Os índios falavam o tempo todo: trabalhando, ou brincando, ou comendo, cacarejavam sem parar. E riam. Como riam. Riam de qualquer coisa, o seu riso sendo aliás bastante semelhante ao dos brancos, o que, associado à facilidade com que haviam aprendido as rezas, destruía uma suposição do padre, a saber, que os bugres tivessem outro tipo de garganta. Não, lá por dentro eram iguais a todos os seres humanos. Diferentes eram na fala. Uma diferença crucial, paralisante.

O que fazer? Uma possibilidade era a do silêncio. Não o silêncio resultante de um voto religioso, como aquele de ordens monásticas; não, o silêncio imposto pela penosa e incontrolável circunstância. Não tinha como se comunicar? Então não falaria. A rigor, isso talvez nem perturbasse muito o seu cotidiano; os índios continuariam a trabalhar e a alimentá-lo. Poderia viver anos assim, num ócio sem muita dignidade, porém não desagradável.

Mas não podia esquecer a missão que lhe confiara o superior; estava ali para salvar almas, e não conseguiria fazê-lo sem falar, sem dialogar. Além disso, temia que a bizarra situação o conduzisse a uma atitude complacente, omissa, ao relaxamento moral. Com o tempo pensaria, por exemplo, em tirar a batina. Afinal, o verão na região era muito quente; podia usar apenas camisa e calção, como os índios. Ou nada, nenhuma roupa. Não andava nu, Adão no paraíso?

Relaxamento — e logo depravação. Logo estaria adotando os costumes dos selvagens, talvez até servindo-se das mulheres deles: a carne é fraca.

Não, não poderia continuar em silêncio. O silêncio, no caso, representava o caminho do pecado: disso tinha plena consciência. Precisava exercer suas funções de padre, ouvindo (e entendendo) confissões, dando conselhos, fazendo sermões — em guarani, num primeiro momento, e depois quem sabe no português que ensinaria aos índios.

Havia um outro compromisso, menos ortodoxo, por assim dizer, mas que a ele se afigurava, e por óbvias razões, de especial importância, quando mais não fosse por razões pessoais. Precisava dar continuidade ao projeto do grande Cristo em granito. Continuava a achar a idéia estranha, e certamente não pretendia viver no ventre da grande estátua, mas tinha de levá-la a cabo porque era um pedido, o derradeiro pedido do padre Manuel, e porque queria homenagear a obra evangelizadora de um homem que dedicara a vida à propagação da fé naquele território longínquo. Para isso dependia, contudo, exclusivamente do escultor.

Que continuava sumido. Todos os dias Nicolau ia à palhoça que servira ao artista de ateliê com a esperança de encontrar o homem entregue à sua tarefa. Mas o tal Miguel não aparecia. Levara consigo as ferramentas, decerto para exercer seu ofício em outro lugar, em outra missão jesuítica, mas qual lugar, qual missão jesuítica? Se pudesse difundir entre os missionários uma mensagem do tipo, irmãos, estou à procura de um índio escultor, portador de uma cicatriz no dorso do pé... Mas quem levaria a mensagem, a não ser os próprios índios? E como dar a eles essa ordem?

Em meio àquela frustração, obteve, contudo, uma vitória, a seus olhos significativa.

Uma manhã deu com os índios reunidos em frente a uma das casas. Estavam todos muito nervosos, falando sem cessar. Foi até lá, entrou na casa.

No centro da roda, deitada no chão, estava uma criança pequena, de meses. Doente, isso era claro: agitada, chorava muito. Ao lado dela, um velho entoava uma melopéia fazendo gestos incompreensíveis. Era um pajé, vindo de alguma outra aldeia indígena.

Aquilo era uma surpresa — e uma ameaça. Os pajés eram os mais encarniçados inimigos dos padres; isso porque os jesuítas faziam as vezes de médicos, tratando dos enfermos e, sobretudo, combatendo o que rotulavam como superstição. Nicolau achava que o padre Manuel já tinha erradicado a feitiçaria da aldeia. Pelo jeito, não: o pajé estava ali certamente a chamado dos próprios índios, impossibilitados de recorrer a ele, Nicolau. Uma situação inadmissível, uma ameaça à sua autoridade de guia espiritual. O jovem padre sentiu crescer dentro de si a mesma indignação que animara Cristo ao expulsar os vendilhões do Templo. Porque o bugre não passava disso, de um vendedor de ilusões. Irrompeu, pois, na roda, aos gritos:

— Vai-te, diabo! — gritou para o pajé. — Vai-te daqui!

O velho índio mirou-o. Em seu olhar, o espanto logo deu olhar à fúria. Também ele se dava conta da situação. Também ele sabia que aquele era um momento decisivo. E poderia, ali mesmo, comandar uma rebelião contra o padre, uma rebelião de resultados imprevisíveis. Mas não o fez. Por alguma razão, não o fez. Levantou-se e, em silêncio, se foi.

Nicolau tomou a criança nos braços. Queimava de febre. Levou-a para sua casa. Acompanhado da mãe, passou o resto do dia e toda a noite cuidando da pequena enferma, colocando-lhe compressas frias. E rezando: ó, Deus, fazei com que se cure, por favor, meu Deus, por favor.

De madrugada a febre começou a baixar, e já por volta do meio-dia a doentinha estava bem melhor: respirava bem, o rosto mostrava uma expressão tranqüila. A mãe foi até a porta, gritou qualquer coisa. Logo a casa foi invadida pelos alegres e excitados guaranis, todos querendo beijar as mãos do padre. Com o quê

Nicolau pôde enfim respirar aliviado. Daquela tinha escapado. Deus querendo, de outras escaparia também.

Aos poucos, uma rotina foi se consolidando. Mesmo sem conseguir falar com os indígenas, conseguia manter os serviços religiosos e levá-los para o trabalho; eles, por sua vez, prestavam-lhe serviços, trazendo comida, lavando suas roupas. Aos poucos foi aprendendo a identificá-los, dando-lhes apelidos. Por exemplo: um menino muito esperto, que estava sempre fazendo micagens, era o Macaquinho.

— Tu és o Macaquinho — dizia-lhe. "Macaquinho", repetia o menino, com pitoresco sotaque, e aquilo representava uma esperança; quem sabe poderia ensinar aos índios rudimentos de português? O Macaquinho era sua cobaia. Apontava um boi, dizia a palavra "boi", bem alto e bem claro, o menino dizia também. Era um começo; modesto começo, pois só se referia a nomes de coisas: faltavam os verbos e os adjetivos ("boi bonito", como explicar o bonito?) e os advérbios e as preposições... Mas ele tinha tempo, todo o tempo do mundo. Desde que nada de inesperado acontecesse.

Mas algo de inesperado aconteceu.

Num domingo, ao chegar à igreja para rezar a missa, teve uma surpresa — um choque.

Em frente ao pequeno templo estava um índio, um homem baixinho, velho, enrugado, mas sorridente. Junto com ele, a filha, uma jovem índia muito bonita. Os seios, grandes, rijos, avultavam sob a modesta bata que, ao contrário do que acontecia com outras mulheres, mal disfarçava os contornos de um corpo generoso, exuberante.

Os dois estavam atrás de uma mesa, tosca mesa, sobre a qual estavam dispostas com capricho várias esculturas em madeira. Não se tratava de obras de arte; nada que se comparasse ao impressionante pé que Nicolau vira na palhoça. Era antes um trabalho ingênuo, primitivo, figuras humanas berrantemente pintadas com tinturas vegetais, e também animais: bois, cabras e sobretudo pombos, vários pombos, todos de asas abertas, como prestes a voar.

Um observador que estivesse situado lá no alto certamente consideraria simbólica a disposição: o padre e seu templo, entre os dois a mesa. Seu olhar de precisão milimétrica também notaria que a largura da mesa correspondia exatamente à largura da porta da igreja. Coincidência? Ou detalhe meticulosamente estudado para, em algum momento, servir de símbolo, de mensagem? Se a memória do observador fosse tão potente quanto sua visão, e se a abrangência da mesma no tempo equivalesse à amplitude de seu olhar no espaço, ele talvez se lembrasse de uma cena vista dezesseis séculos antes na longínqua cidade de Jerusalém (longínqua para observadores terrestres, não para aqueles que estão colocados no alto): mesas no pátio do Templo, um homem apregoando pombos. E, se sua mente fosse tão poderosa quanto sua visão, talvez estabelecesse uma conexão entre as duas situações. Coisa que instintivamente o padre Nicolau estava fazendo, comparando o bugre ao vendilhão do Templo. E o que seriam aquelas imagens? Representações religiosas, cristãs? Talvez. Os pombos poderiam representar o Espírito Santo; uma mulher com uma criança ao colo, a Virgem com o Menino. Mas essas duas últimas figuras tinham traços indígenas. Tratar-se-ia, simplesmente, de uma mãe e um filho vistos por artesão guarani? Ou estava ele diante de deuses indígenas, ali colocados para competir com a fé cristã?

Também não estava claro qual a finalidade daquela exposição. Venda? Pouco provável: dinheiro não circulava ali na aldeia. Simples demonstração de habilidade? Mas, fosse qual fosse o objetivo do homem, o certo era que ele, Nicolau, não havia sido consultado a respeito. Talvez o índio tivesse autorização do padre Manuel, talvez não. Talvez se aproveitasse da inexperiência de

Nicolau para retomar uma prática proibida pelo falecido sacerdote.

Como que se dando conta do mal-estar do padre, o índio apanhou uma pequena escultura — um pombo — e ofereceu-lhe. Um presente a ser retribuído com boa vontade, com tolerância? Nicolau agora estava perplexo. Não era o caso de, como Jesus, derrubar a mesa; contudo, não podia admitir a presença do índio e de suas esculturas diante do templo. No mínimo tratava-se de algo insólito, uma transgressão da disciplina. Sem saber o que fazer, acabou guardando o pombo de madeira no bolso da batina e entrando na igreja, onde os índios já estavam reunidos. Vários deles seguravam as figuras de madeira, o que ao padre pareceu quase uma afronta.

O episódio, que o padre Nicolau encarou como um enorme fracasso, mergulhou-o em funda melancolia. Era com esforço que se levantava da cama pela manhã; era com esforço que se desincumbia de suas tarefas. A visão do índio e de sua filha junto à mesa com as esculturas abalara-o demais. Tentava convencer a si próprio de que aquilo, afinal, não tinha importância, que deveria concentrar-se no objetivo maior de catequizar os indígenas. Inútil. Não conseguia pensar em outra coisa. Vou acabar enlouquecendo, concluiu, uma possibilidade que o aterrorizava: ficar louco no meio de pessoas que, embora solícitas, não o entendiam? Melhor a morte. Precisava de ajuda, mas como pedi-la? Como teria procedido o padre Manuel em semelhante emergência? Certamente se comunicava com seus superiores, tanto que o padre Joaquim tinha notícias dele. Mas de que maneira Manuel enviava tais notícias?

Enquanto se interrogava a respeito, no quarto, seu olhar por acaso pousou no pombo que o índio lhe dera, e que agora estava em uma prateleira. Como escultura era, à semelhança das outras, precária. Mas um detalhe o impressionou: o olho. Feito de uma

170

conta de vidro preto, aquele olho, duro e inexpressivo como os olhos dos pombos de verdade, mirava-o fixamente. Como a acusá-lo: tu não me mereces, tu não acreditas em mim nem na gente que aqui está, vai-te, deixa-nos em paz.

O padre estremeceu. Num impulso, ia jogar fora o pombo, mas então, por uma inspirada associação de idéias, lembrou-se do pequeno pombal que o padre Manuel fizera construir nos fundos de sua casa. De início achara que se tratava de passatempo para o velho sacerdote, mas agora se dava conta de que podiam ser pombos-correio, aqueles, treinados para voar até o Rio de Janeiro levando e trazendo mensagens. Por que não poderia ele experimentar esse meio de comunicação?

Foi olhar o pombal. Sim, os pombos continuavam ali, decerto aos cuidados de um indígena. Pareciam aves dóceis, acostumadas à presença de seres humanos; bem podiam ser pombos-correio.

Voltou para casa e de imediato sentou-se para escrever a mensagem. O que não seria fácil, porque tinha muito o que contar: a morte do padre Manuel, sua incapacidade de entender-se com os índios, o episódio da mesa com imagens. Folhas e mais folhas de papel seriam necessárias. Pombo nenhum, por vigoroso e resistente que fosse, conseguiria transportar tamanha carga de aflições. Assim, numa tira de papel, escreveu uma única frase, "Preciso de ajuda com urgência". Feito isso, assinou seu nome. Aquilo deveria bastar.

Voltou ao pombal e tirou dali um pombo imaculadamente branco, atou a tira de papel à pata da ave e jogou-a para o ar, esperando que alçasse vôo e rumasse para nordeste. Mas não, o pombo descreveu um curto vôo e voltou para o pombal. Nicolau tentou com um segundo pombo, um terceiro, um quarto. Nada. Todos, como o primeiro, voavam um pouco e regressavam. Ou não eram pombos-correio, ou eram mas não obedeciam a um estranho. Sua comunicação com o mundo era impossível.

Aquilo foi a gota d'água. Entregue ao desespero, o padre Nicolau agora mal conseguia comer, mal conseguia olhar para os índios. Começou a sentir necessidade de rezar só; por alguma razão, fazia-o diante do grande pé de pedra, o pé de Cristo. Às vezes agarrava-se a um artelho, derramando sobre ele sentidas lágrimas. Um dia, arrastado pela ansiedade que as orações não conseguiam neutralizar, saiu da palhoça e pôs-se a andar pela planura. Para onde ia? Seus passos se orientavam no rumo do sul, na direção das terras remotas e misteriosas dos gigantescos patagões, aqueles indígenas cujos pés eram tão grandes que com uma única pisada podiam esmagar dezenas de pintainhos. Não foi muito longe, porém. De repente, viu-se no cemitério, diante da cruz que marcava o lugar onde estava sepultado o padre Manuel. As forças lhe faltaram, e ele caiu diante de joelhos:

— E agora, padre Manuel? — bradou, numa voz trêmula. — O que é que eu faço, padre Manuel? Aqui estou, no meio desses índios que não entendo e que não me entendem... Quem vai me ajudar agora, padre Manuel? Quem vai me ajudar?

— Eu — disse uma voz.

Voltou-se, sobressaltado. Diante dele, silhueta recortada contra o sol poente, estava um homem montado a cavalo. O chapelão desabado encobria-lhe em parte o rosto, emoldurado por uma basta cabeleira e por uma barba grisalha. Usava um gibão, e sobre ele uma capa — que, no entanto, não ocultava as armas que trazia à cintura, duas pistolas e um pequeno, recurvo punhal.

Mirava-o, o homem, mirava-o fixamente. O que dava a Nicolau uma sensação de desconforto. Deveria sentir-se animado por encontrar alguém com quem, enfim, falar, um homem branco; mas aquele olhar... Não era ameaçador, isso não, não era hostil; era antes um olhar enigmático. De qualquer modo, a chegada do cavaleiro representava um alento, uma esperança. O padre levantou-se:

— Bem-vindo, amigo. Sou o padre Nicolau.

— Eu sei quem tu és — replicou o homem, sorrindo.

"Tu"? "Tu"? Não "vossência"? Não "o senhor"? O tratamento não deixou de desagradar ao padre que, no entanto, optou por ignorá-lo. Afinal, estavam em região distante, desconhecida, selvagem. Os homens que para ali vinham não eram exatamente tipos refinados. Era gente forte, decidida, brusca, aventureiros que não davam muita atenção a hierarquias ou a fórmulas de polidez e que por isso usavam o "tu". Além disso, Nicolau julgou distinguir na fala do homem um leve sotaque espanhol. Talvez fosse, em verdade, um castelhano, hostil aos portugueses ou brasileiros.

Agora: como sabia o homem o seu nome? Como que antecipando-se à pergunta, o cavaleiro completou, com um tênue sorriso:

— Sei quem tu és, já ouvi falar sobre o teu trabalho. Dizem que és um verdadeiro santo, que fazes teu trabalho com muita generosidade e dedicação.

Apeou do cavalo, estendeu a mão:

— Meu nome é Felipe.

Não, aquele não era o seu verdadeiro nome, disso Nicolau teve imediata certeza. Mas pouco importava; sua obrigação era mostrar-se acolhedor, tão acolhedor quanto deve ser um religioso. Apertou-lhe a mão, perguntou de onde vinha.

— Do sul — foi a resposta. — Mas também já andei por outras regiões. Sou um andarilho, padre, um errante. Não tenho paradouro fixo. Viajo, fico algum tempo em algum lugar, depois sigo adiante...

Fazendo o quê, era o que o padre se perguntava. Roubando gado? Assaltando gente? Não eram poucos os bandidos que andavam por ali, e a aparência do homem não era, nesse sentido, nem um pouco tranqüilizadora. De novo, o viajante leu-lhe (o que decerto não era difícil) os pensamentos:

— Não sou um assaltante, padre. Não posso contar-te muita coisa a meu respeito, e nem creio que te interessaria, mas aqui estou e quero ajudar. Pelo que ouvi há pouco, precisas mesmo de ajuda. Que problemas tens?

Nicolau hesitou. Por fim, e no tom vacilante de quem revela uma secreta fraqueza, confessou que não falava a língua dos índios. Contou sobre a morte do padre Manuel, disse que estava sendo muito difícil comunicar-se com os guaranis. O homem ouvia-o, impassível. Quando Nicolau terminou, foi direto ao ponto:

— Pois eu falo o guarani, falo muito bem até — aliás, falo oito idiomas. E posso servir-te de intérprete. Que dizes? Aceitas?

A proposta, bruscamente formulada, deixou Nicolau surpreso. Ele deveria recebê-la como uma dádiva, como uma resposta dos céus às suas preces. Mas, de novo, havia qualquer coisa naquele homem que o deixava receoso.

— O que queres em troca? — perguntou, cauteloso.

O homem sorriu outra vez:

— É bem desconfiado, esse padrezinho... Não quero nada, Nicolau. Só casa e comida pelo tempo em que ficarei aqui. Te serve?

Nicolau resolveu aceitar. De todo jeito, aliás, teria de acolher o homem; tratava-se de um dever de hospitalidade cristã. E dispunha de lugar para um hóspede na pequena casa, agora vazia, do padre Manuel. Por outro lado, a oferta do homem representava uma oportunidade preciosa; finalmente conseguiria se entender com os indígenas. E, de imediato lhe ocorreu, poderia dirigir-se ao índio das imagens, explicar-lhe, com calma e moderação, que aquele comércio, ou o que quer que fosse, não era permitido na missão.

— Serve, claro. Vem comigo, vou te mostrar o lugar onde vais ficar.

O homem desmontou e, conduzindo o cavalo pela rédea, acompanhou Nicolau. No trajeto, não muito longo, não falaram. Chegaram ao aldeamento e o padre conduziu-o à casa que havia pertencido a Manuel. Entraram. Felipe olhou ao redor, aprovando: sim, era bom aquilo, muito melhor do que acampar ao ar livre:

— Faz muito tempo que não durmo debaixo de um teto — disse, estirando-se gostosamente no catre. Nicolau começou a explicar como era a rotina de vida na redução, mas interrompeu-se: o homem adormecera e roncava sonoramente. Suspirou, saiu sem ruído.

O viajante dormiu até a madrugada seguinte, quando Nicolau foi acordá-lo. Era domingo, dia de missa — e também o dia em que o índio e a filha estariam atrás da mesa das imagens. Ou seja, começaria ali o trabalho do intérprete: teria de advertir a ambos que aquela prática não mais seria tolerada. O padre começou a explicar as razões que o levavam a assim proceder e até mencionou o episódio dos vendilhões do Templo, mas Felipe, ainda estremunhado de sono, não parecia muito interessado. Disse apenas que traduziria o que fosse necessário.

Dirigiram-se para a pequena igreja, Nicolau possuído de incontrolável ansiedade: o momento crítico se aproximava, um momento que para ele seria decisivo em seu trabalho, o momento em que deveria afirmar sua autoridade, o momento em que, como Cristo no templo de Jerusalém, diria ao que tinha vindo.

Ao contrário do que esperava, porém, o bugre das esculturas e a moça não estavam ali. O que deixou o jovem padre surpreso — e contrariado: pretendia resolver logo aquela potencial pendência. O que teria acontecido? Por que não aparecera o homem? Talvez, de alguma maneira, tivesse se dado conta do problema que causara ao padre. Ou então procedera a uma espécie de retirada estratégica, ausentando-se naquele domingo para retornar num próximo. Imóvel, indeciso, Nicolau não sabia o que fazer.

— Não quero me intrometer — disse Felipe, no tom levemente zombeteiro que parecia caracterizá-lo —, mas... não está na hora da missa?

Sim, estava na hora da missa. Entraram na igreja, onde os índios já estavam reunidos. Para seu espanto e desgosto, Nicolau notou que muitos deles seguravam as tais imagens, as de pombos inclusive. Pelo jeito, o bugre e a filha tinham aparecido muito cedo, indo embora antes que o sacerdote chegasse.

A irritação se apossou do padre: não podia tolerar que aquilo se transformasse em competição, com manobras e negaceios. Algum comentário ele teria de fazer a respeito, alguma advertência, e logo, antes que o problema se agravasse. No sermão daquela manhã deixaria bem claro que imagens, no aldeamento, só as sagradas, só as autorizadas por ele. Avisou, pois, ao intérprete que se preparasse para traduzir com cuidado suas palavras:

— É muito importante — enfatizou. — Vou falar sobre esses bonecos que eles estão segurando. Não os quero em minha igreja.

Felipe sorriu: pode deixar.

Não sem certa dificuldade — estava muito contrariado —, o padre oficiou a missa. Chegou o momento do sermão. Certamente os índios sabiam que Felipe iria traduzir; o homem tinha trocado algumas palavras com um, com outro. Nicolau podia sentir no ar a expectativa. Que era a dele também. Ali estava o seu rebanho, aqueles homens, aquelas mulheres, aquelas crianças, esperando pelo que ele diria. Era fé, o que via nos olhos amendoados? Era uma confiante e devota expectativa? Talvez não. Mas também não havia descrença nos olhares, nem sarcasmo, nem ceticismo. Eram olhares atentos, e atenção muitas vezes é tudo o que um pregador pode solicitar aos que o ouvem. A atenção é o primeiro passo para a fé. E à fé ele apelaria. A verdadeira fé, a fé num Deus único, um Deus cuja presença era ofendida pelas grotescas imagens ali presentes. Que, contudo, seriam o ponto de partida para o processo de catequese. O padre as compararia às imagens sagradas que estavam sobre o altar, mostrando a superioridade da religião sobre o paganismo e a idolatria. E mostraria também o quanto Jesus desaprovava aquela prática.

Fechou os olhos, respirou fundo — e sentiu que dele se apossava o espírito dos grandes oradores religiosos. Ele era o papa convocando a cristandade para a Cruzada. Não: ele era são Paulo pregando aos gentios. Não: ele era Jesus trazendo a verdade e a vida, sobretudo a verdade. Arrebatado, transportado, começou:

— Meus filhos, hoje é domingo, dia consagrado ao Senhor...

De imediato o encanto se rompeu. Porque nem bem fizera uma pausa e já estava o intérprete a traduzir o que dissera. Ou seja: impondo uma sistemática. Ou seja: assumindo o comando. O que ele, obviamente, tinha de aceitar, afinal aquilo era inevitável, era mesmo o que ele pretendera. Dizia uma frase e se detinha, à espera de que o intérprete a vertesse para o guarani. Processo intrigante: às vezes uma longa sentença gerava apenas três ou quatro vocábulos guturais. Em compensação, a sua seca advertência — "Não, isto Deus não aceitará" — deu origem a um verdadeiro subdiscurso, uma estranha catilinária em que o homem, jugulares túrgidas, se prolongou por longo tempo, gesticulando agitado.

Aproximava-se o momento culminante, o momento em que o padre aludiria às imagens. Já sabia como fazê-lo: leria o trecho do Evangelho que falava dos vendilhões do Templo. Partindo do dramático episódio, mostraria a seus fiéis o desprezo de Jesus pelas coisas materiais, incluindo imagens, e sua devoção ao espiritual.

Abriu, pois, o livro sagrado e começou a leitura. Lia uma frase, esperava que Felipe a traduzisse, lia a frase seguinte.

De início os índios escutavam em silêncio. Chegou à passagem decisiva: "E entrou Jesus no Templo de Deus, e expulsou todos os que vendiam e compravam no Templo, e derribou as mesas dos cambistas e as cadeiras dos que vendiam pombos. E disse-lhes: 'Está escrito: a minha casa é casa de oração, mas vós fizestes dela um covil de ladrões'".

Felipe voltou-se para os índios, falou alguma coisa em guarani. O resultado foi surpreendente: os índios puseram-se a rir. Riam, riam que se matavam, cacarejando sem parar, às vezes rolando no chão de tanto rir. Nicolau olhava-os, perplexo: o que havia de tão engraçado no texto que acabara de ler? De quem riam? Dos vendilhões, pelo castigo que haviam recebido? De Jesus, pelo ataque de fúria? Foi o que perguntou a Felipe, que, no entanto, deu de ombros: essa gente é assim mesmo, disse, às vezes acham graça no que é trágico, outras vezes choram depois de ouvir uma anedota.

— Eles são muito diferentes de ti, padre. É preciso que te acostumes a isso.

Não, o padre Nicolau não se acostumaria. Não se acostumaria aos índios, como não se acostumaria àquele enigmático intérprete. Algo tinha acontecido, algo estranho, e ele não descansaria enquanto não descobrisse o que era. De momento, contudo, deu por encerrado o sermão e voltou ao serviço religioso.

Terminada a missa, os índios se retiraram. Os dois homens ficaram ali em silêncio, o padre de pé, o olhar perdido, Felipe sentado num dos toscos bancos, impassível.

— É um idioma complicado, o deles — disse o padre, por fim, num tom de mal disfarçada amargura.

— Muito complicado. — Felipe, casual.

O padre olhou-o, e agora sua ansiedade era mais que evidente:

— Tu achas que eu conseguiria aprendê-lo?

Felipe deu de ombros:

— Não sei. Uns aprendem, outros não. Não depende de boa cabeça ou de boa vontade, não depende de nada disso. Nunca se sabe quem vai aprender, quem não vai.

— Mas tu aprendeste.

— Aprendi. Eu sou daqueles que aprendem.

Críptica linguagem, que só fazia aumentar a insegurança de Nicolau.

— E como aprendeste? Quem te ensinou?

— Ninguém me ensinou. Aprendi com os índios.

— Onde?

— Aqui, ali.

Aqui, ali. Aqui, ali: decididamente era um homem misterioso, aquele Felipe ou pseudo-Felipe. Aqui, ficava onde? Ali, onde era? De que bandas vinha? Para onde se dirigia? O que fazia? Quais eram os seus planos? Não sei nada desse homem, concluiu o padre, desalentado, e no entanto dependo dele.

— E podes me ensinar?

— O quê?

— A língua dos índios.

— Se eu posso te ensinar a língua dos índios? — Felipe sorriu, irônico e condescendente a um só tempo. — Mas isso não estava em nosso acordo, estava?

— Não estava. Mas é um pedido que te faço: ensina-me a língua deles. Para que eu possa mostrar-lhes o caminho, a verdade, a fé.

O homem ficou em silêncio algum tempo.

— Não — disse por fim. — Não vou te ensinar a língua dessa gente. Em primeiro lugar, não gosto de ensinar. Mas, mesmo que gostasse, não te ensinaria. Porque então não precisarias mais de mim, não é? Eu teria de ir embora. E, por enquanto, não posso ir embora.

Brutal franqueza — mas o que esperar de um aventureiro?

O padre Nicolau tentou argumentar: mesmo que aprendesse o idioma dos índios, Felipe não precisaria partir, ficaria ali como hóspede, a hospitalidade sendo, afinal de contas, um dever cristão. Por outro lado — por que não podia ir embora, o tal Felipe? O que aguardava? Que planos tinha? Quem era, afinal? Não adiantava perguntar: só receberia repostas vagas, evasivas. Resolveu partir para questões práticas.

— Muito bem. Mas então tenho uma tarefa para ti.

— Que tarefa? — O homem, com certa má vontade: pelo jeito achava que já trabalhara demais naquela manhã, traduzindo o sermão. Mas o padre não estava disposto a pedir, a suplicar. Tinha a autoridade que lhe fora delegada pela religião e a usaria. Falou, pois, sobre o índio que colocara a mesa com imagens diante da igreja. E isso, concluiu, eu não posso permitir.

— Por que não? — Felipe, sorrindo. — No Rio de Janeiro, em Salvador, muita gente vende imagens diante das igrejas. O comércio é uma boa coisa, padre. Gera riqueza, e, neste país pobre, riqueza é uma coisa muito necessária.

Irritado com a ponderação, o padre tratou, porém, de se conter. O objetivo das reduções indígenas, disse, não era igualar os índios aos brancos, não raro vorazes e ambiciosos; não, tratava-se de conservar a sua pureza e inocência mediante uma vida comunitária que ao mesmo tempo os introduzisse à religião cristã. Para a qual, pobreza nunca fora problema; Cristo mesmo declarara os pobres bem-aventurados. Se o espírito comercial prevalecesse, breve os próprios índios estariam sendo vendidos como escravos.

Esse argumento não pareceu convencer Felipe, que continuava exibindo o mesmo cético sorriso. O padre seria capaz de jurar que ele não via mal algum na escravidão dos índios; talvez a achasse a melhor maneira de obter mão-de-obra para as plantações de cana, para os engenhos de açúcar — e de introduzir os indígenas à chamada civilização. Agora: se o homem expressasse essa opinião, se se atrevesse a isso, ele o expulsaria imediatamente. Melhor ficar sem intérprete do que ter um intérprete imoral. De alguma maneira, porém, Felipe percebeu que não poderia ir tão longe. Optou por encerrar a conversa:

— Está bem. Vamos até a casa do homem e eu transmitirei a ele a tua mensagem.

Foram até lá. A porta estava aberta; entraram. Ali estava o índio, sentado no chão, roendo uma espiga de milho. Ao lado, a mesa com as imagens. E madeira, e umas poucas ferramentas. Que talvez lhe tivessem sido dadas pelo próprio padre Manuel, interessado em desenvolver as habilidades dos indígenas. Só que dificilmente o padre teria tolerado a colocação da tal mesa diante da igreja.

Felipe dirigiu-se ao bugre, interpelou-o. Por alguns momentos mantiveram um diálogo naquele estranho idioma, ao cabo do qual o intérprete, cara amarrada, disse algumas frases secas, o homem ouvindo de cabeça baixa.

— E então? — perguntou Nicolau.

— Ele não vende as imagens. Troca-as por comida, por favores de outros índios.

Nicolau olhava o velho, que, de repente, lhe parecia fraco e desamparado. Vendilhão do Templo? Não, aquele não era um vendilhão do Templo. Era um pobre coitado; confeccionar aquelas precárias, primitivas imagens era talvez o seu único elo com a vida.

— Mas eu avisei a ele — prosseguiu Felipe — que não poderá mais instalar a mesa na frente da igreja, que tu não o permites.

— E ele?

— Não falou nada, mas certamente entendeu o recado.

Por um instante Nicolau pensou em voltar atrás, em dizer, através do intérprete, que aquilo não passava de uma brincadeira, que o índio poderia, sim, continuar a exibir as esculturas e trocá-las. Mas já não podia fazê-lo sem o risco de comprometer sua autoridade, e autoridade ali era essencial. Cometera um erro; paciência. Ao menos no momento, não tinha como corrigi-lo. Vamos, disse a Felipe.

À saída, encontraram a filha do velho que vinha chegando com um cacho de bananas e que sorriu para o padre de um modo que a Felipe não passou desapercebido: a moça gosta de ti, disse, num tom de inadequada intimidade. O padre ia replicar que dispensava tais comentários, mas naquele momento avistou a palhoça onde estava o grande pé. Lembrou-se do escultor e da promessa que fizera ao padre Manuel. Vem comigo, disse ao intérprete, quero te mostrar uma coisa.

Entraram na palhoça, o padre achando que Felipe ficaria assombrado diante da gigantesca peça escultórica. Mas o homem limitou-se a olhar o pé sem dizer nada.

— Isto aqui — explicou Nicolau — é obra de um índio. É parte de uma grande estátua de Cristo que o padre Manuel, meu antecessor, queria erigir aqui. O padre morreu, mas eu tenho de levar adiante o projeto. Agora: não conheço o escultor. Sumiu, não sei por onde anda.

— Não sabes? E por que não sabes?

A pergunta, que ao padre pareceu impertinente, deixou-o na dúvida: o homem queria uma resposta ou queria polemizar? Ou perguntava só por perguntar, só para passar o tempo, o tempo que ainda lhe restava antes da imprevisível partida? Aquilo não era um diálogo, era um exasperante jogo.

Deu-se conta de sua raiva, arrependeu-se. Pelo jeito, sentia hostilidade em relação a um forasteiro que afinal o ajudava. De modo que optou por responder da forma mais neutra possível:

— Porque não tenho como perguntar. Sei apenas que tem uma cicatriz como esta que aqui vês, no dorso do próprio pé.

Felipe continuava em silêncio.

— Então? — insistiu o padre. — Achas que podes encontrá-lo? Ele se chama Miguel.

— Vamos ver. Não te prometo nada. Vou perguntar aos índios, descobrir se sabem alguma coisa. Mas... posso te fazer uma pergunta?

— Faz.

— Por que o trabalho desse índio, do Miguel, merece tanta consideração tua e o trabalho do outro não? Qual a diferença?

Nicolau olhou-o. De repente sentiu-se cansado, mortalmente cansado. Dava-se conta do abismo existente entre eles, similar, parecia-lhe, ao abismo que separara Cristo dos vendilhões do Templo. Seguramente fora a consciência desse abismo que fizera com que Jesus virasse mesas e cadeiras: uma tentativa desesperada de chegar à alma pecadora. Mas tal resultara inútil, como o Salvador descobriria ao ser martirizado. E ele certamente não seria mais bem-sucedido na tentativa de estabelecer algum elo, algum vínculo com aquele homem estranho. Limitou-se, pois, a dizer que aquilo era tema para uma longa conversa.

— Muito bem — disse Felipe. — Fica para outra hora, então. Agora, se me dás licença, vou caçar um pouco. Não queres ir comigo?

O padre agradeceu: tinha coisas a fazer. Não disse, embora não lhe faltasse vontade para tanto, que não achava certo matar animais no dia consagrado ao Senhor. Não lhe convinha criar mais uma possível fonte de atrito.

Dirigiu-se para casa, sentou-se à mesa, diante da janela aberta. Tinha decidido começar um diário, um registro das experiências pelas quais passara; era o que faria naquela manhã. Abriu, pois, o caderno que destinara especialmente para esse fim, e que ainda não fora usado. Durante longo tempo ficou pensando no

183

que escreveria. Finalmente, tomou a pena e anotou: "De estranhos acontecimentos tenho sido testemunha". E aí se deteve. Pela janela aberta, alguém o olhava. Era a jovem índia, a filha do homem das imagens. Deveria estar zangada — afinal, o pai fora proibido de mostrar os produtos do seu trabalho diante da igreja —, mas não, ela sorria. E por que sorria? Estaria tentando ganhar a boa vontade do padre para com o pai, numa tentativa de reverter o interdito? O padre sentia-se perturbado. Jovem e casto religioso, não tinha muita prática em decodificar sorrisos femininos, sobretudo o sorriso de uma índia.

Tentou sorrir também, mas não conseguiu; em termos de simpatia, ou de cordialidade, ou mesmo de afeto, tudo o que conseguiria produzir, naquele embaraçoso momento, seria uma patética careta, que apenas contribuiria para solapar a sua já precária autoridade moral. Tão embaraçado estava que deixou cair a pena no chão; abaixou-se para apanhá-la, e, quando tornou a se erguer, a indiazinha já não estava ali. O que ele avistava agora através da janela aberta era Felipe, que acabava de regressar da caçada. Bem-sucedida: atravessado sobre a sela estava um veado morto.

— Um único tiro, e certeiro — disse o homem, ao apear. E completou, satisfeito: — Permite-me que hoje à noite te ofereça um banquete.

Quando o sol se escondeu, foram para junto da árvore onde tinha sido feito o churrasco. Ali já os esperavam alguns índios com uma fogueira acesa. O próprio Felipe tirou a pele do animal e carneou-o com perícia assombrosa. Assou a carne, ofereceu-a aos indígenas e a Nicolau, e comeu também, com apetite devorador. Terminada a refeição, voltou-se para o padre, palitando os dentes com uma lasca de osso, e perguntou se tinha gostado. Satisfeito com a resposta positiva (ainda que pouco convincente), acrescentou:

— A propósito, não me disseste ainda que outras tarefas tens para mim.

Surpreso com a súbita boa vontade, o padre não se fez de rogado:

— Foi bom falares nisso, porque temos várias coisas a fazer. Para começar, quero que me ajudes nas confissões. É importante, essa gente vive em pecado. Pecado que resulta da ignorância, mas pecado, de qualquer modo. É preciso que se confessem, que se penitenciem, e só posso conduzir essa tarefa com teu auxílio. Avisarás, pois, os índios que vou continuar o trabalho do padre Manuel recebendo-os amanhã de manhã no confessionário. E, claro, tu terás de estar presente para traduzir o que dizem.

— Mas não é segredo, isso? A confissão?

Dúvida ou provocação? Decididamente, era difícil o diálogo com aquele homem. Mas o padre já estava se acostumando. Com um sorriso meio forçado, respondeu:

— É segredo. Mas trata-se de uma situação excepcional. O importante é salvar essas almas.

— Está bem. Vou avisar os índios. E que mais?

Nicolau perguntou-lhe acerca do sumido índio escultor. Alguma pista, alguma indicação? Não, respondeu Felipe, no momento não havia nada.

Alegando cansaço, o padre recolheu-se. Dormiu mal, teve um sonho angustiante. Sonhou com o pai, na frente da igreja, mirando-o angustiado e estendendo-lhe uma imagem de Cristo crucificado. Ele quis apanhá-la, sabia que seria importante, mas de repente o solo cedeu sob seus pés: estava afundando num pantanal, o lodo rapidamente chegando-lhe à boca. Queria gritar, não podia.

Acordou sobressaltado; apesar do frio, suava, a camisola estava molhada. Lavou-se, vestiu-se e, sem comer, foi para a igreja sob uma chuva fina, incômoda. Os índios estavam todos lá, e Felipe também. Depois das orações, o padre Nicolau dirigiu-se ao confessionário e sentou-se. Felipe disse alguma coisa aos índios e sentou-se.

185

Todos queriam se confessar. E, como combinado, Felipe traduzia o que diziam.

Foi, para o jovem padre, uma experiência inusitada, grotesca, repulsiva até.

Os pecados que os índios confessavam, aparentemente não eram poucos. E todos os pecados envolviam, invariavelmente, sexo. Homens ou mulheres, jovens ou velhos: sexo que, expresso na linguagem do intérprete, adquiria contornos espantosamente grotescos. Ainda que em tom neutro, quase monótono, Felipe revelava-se verborrágico, explícito ao ponto da inconveniência, da pornografia pura e simples. Fazia questão de descer aos menores detalhes, de usar a linguagem mais crua, chula mesmo. E o que ele relatava constituía-se em verdadeiro catálogo de perversões, incluindo tudo o que o padre já ouvira a respeito e muito que ainda não ouvira. Onanismo, sodomia, felação, sexo grupal, bestialismo: "Eu peguei a égua Jacinta, levei-a para o mato...", "Eu abri um buraco no barranco, um buraco bem parecido com uma vagina, um buraco úmido...", "Eu agarrei a mulher do meu amigo...". Suando abundantemente, o padre Nicolau prescrevia penitência após penitência e rezava para que aquilo terminasse de uma vez. Quando o seu calvário parecia afinal ter chegado ao fim, viu diante de si a filha do homem das imagens.

Não foi muito o que ela disse: aparentemente duas ou três frases que, na tradução de Felipe, revelaram-se um apelo à pornografia:

— Ela diz que sonha contigo todas as noites. Ela diz que fará tudo o que quiseres na cama. Ela pode, por exemplo, te lamber o corpo todo. Ela pode te chupar. Ela pode te oferecer o traseiro, e garante que isso será para ti uma experiência inesquecível.

Pára, gritou Nicolau, pára com isso. A súbita reação assustou a indiazinha, fez com que desse um pulo, os olhos arregalados. Felipe, porém, continuou sentado em seu tamborete, o mesmo ar levemente entediado de antes.

— Não é possível — protestou Nicolau — que essa moça tenha dito tudo isso.

— Foi o que ela disse — replicou Felipe, impassível. — Se quiseres, posso pedir-lhe que repita. Acho que fará isso com prazer. Nicolau, horrorizado, calou-se. Era-lhe difícil aceitar as medonhas práticas e fantasias dos índios. Por outro lado — não seria aquilo prova de inocência? Talvez no caso daquela gente fossem, pecado e pureza, apenas faces da mesma moeda. Como os primeiros colonizadores tinham constatado, os indígenas exibiam, com a maior naturalidade, as suas vergonhas; e, não fosse a insistência do padre Manuel, os guaranis continuariam andando nus, ao menos no verão.

Numa voz ainda trêmula, o padre deu à moça uma penitência. Felipe ia chamar o próximo, um homem muito velho e quase cego, mas o padre, alegando cansaço, disse que continuariam outro dia. Com uma frase curta, seca, Felipe dispensou os índios. Ainda precisas de mim?, perguntou. Nicolau disse que não, e ele se foi.

O padre ficou sentado no confessionário, imóvel. Sentia que agora tinha chegado ao fundo do abismo. E aí a dúvida de novo lhe ocorreu: seria um bom intérprete, o Felipe? Aquilo que dizia em português corresponderia exatamente ao que haviam dito os índios em guarani? Talvez o homem se tivesse deixado levar por sua própria e suja mente, inventando coisas das quais os pobres bugres não haviam sequer cogitado. Por que, por exemplo, precisaria um índio derramar sua semente sobre a terra? Quando os selvagens tinham vontade de fazer sexo, simplesmente o faziam, ao modo mais natural e espontâneo possível, sem cometer o pecado da masturbação. E como explicar as chamativas diferenças entre o tamanho das frases em guarani e em português?

Pensou em usar os próprios índios como indicadores da fidelidade da tradução. Contaria algo engraçado, algo capaz de fazê-los rir — uma historieta cômica qualquer, como a do menino que foi roubar mel e teve de fugir, perseguido por abelhas. Se, repetida, a narrativa continuasse a provocar risos, tudo bem — o intérprete estava sendo fiel, caso contrário, não. Mas e se os índios não rissem na segunda vez? Seria isso o resultado de uma tradução distorcida ou o cansaço diante da piada já ouvida, essa é velha, conta outra, somos índios mas não somos idiotas? Durante horas ficou remoendo dúvidas sem chegar a conclusão alguma. Ah, se pudesse, como no seminário, recorrer a alguém que lhe servisse de guia espiritual, que o aconselhasse! Mas era impossível. A única pessoa com quem podia falar era o Felipe. E falar com ele era pior do que ficar em silêncio. Esse homem vai acabar por me enlouquecer, concluiu, amargo, e não há nada que eu possa fazer. Foi para casa dormir.

De manhã acordou sobressaltado, com a sensação de que havia alguém no quarto.

E havia alguém no quarto: um índio.

Um índio de certa idade ali estava, de pé, sorridente. Sobressaltado, o padre pulou da cama. Mas claramente não havia perigo; a expressão do bugre era amável, amistosa. Agora: o que estaria fazendo ali?

A resposta lhe veio quando mirou os pés nus do homem. Ali estava, no dorso do pé direito, a cicatriz deixada por um ferimento. Uma cicatriz que identificava o seu portador mais do que qualquer documento.

Era o escultor.

Num impulso, Nicolau abraçou, jubiloso, o velho. O escultor retornara! Deus, o escultor retornara! Aquilo era mais auspicioso do que a volta do filho pródigo. Aquilo era um sinal de que as coisas iriam enfim melhorar. O sonho do padre Manuel se realizaria. E a presença da grande estátua de Cristo no lugar seria para ele, Nicolau, uma fonte de inspiração. Arrebatado pelo entusiasmo, tratou, no entanto, de conter-se. Já aprendera que podia cometer erros; era preciso, pois, evitá-los. A primeira providência para isso seria certificar-se de que o homem era mesmo o escultor de quem lhe falara Manuel. Claro, a cicatriz era um indício muito forte, mas não seria impossível que outro índio tivesse uma cicatriz igual, no mesmo lugar: coincidência, ou recurso de algum impostor ansioso por ganhar a simpatia do padre. Para resolver a questão, Nicolau levou o índio à palhoça onde estava o grande pé em granito. De imediato, o homem abriu a sacola de palha que trazia consigo, extraiu dali um cinzel e um martelo e habilmente retocou algum detalhe que, na peça, não lhe parecera bem.

Com o quê todas as dúvidas do padre se dissiparam. Só faltava agora combinar com o bugre o que seria feito, as próximas etapas do trabalho. Para isso, precisaria do Felipe.

Que, como se tivesse sido chamado, entrou naquele exato instante.

Ao vê-lo, o índio, ferramentas ainda na mão, transformou-se. Trêmulo de fúria, os olhos arregalados, prorrompeu no que parecia uma torrente de impropérios. Felipe respondia-lhe, igualmente aos berros. De repente o homem ergueu o martelo, no que poderia ser um gesto ameaçador. Felipe não hesitou: tirou a pistola do cinto e disparou um tiro à queima-roupa. O índio tombou sem um gemido, o sangue jorrando do peito aberto pelo balaço.

Nicolau precipitou-se sobre ele. Não havia o que fazer: o homem já não respirava, seu coração não batia. Estava morto, bem morto.

As mãos tintas de sangue, o padre olhou Felipe estarrecido, horrorizado:

— Que fizeste, Felipe? Que fizeste?

— Não viste? — Felipe, com uma calma que a Nicolau pareceu afrontosa, criminosa mesmo. — Matei um homem que estava me ameaçando. Matei-o em legítima defesa.

— Ele estava te ameaçando? Por quê? Por que ele te ameaçaria?

— Porque eu transmiti a ele — replicou o homem calmamente — aquilo que tu me disseste quando cheguei aqui: que o querias de volta ao trabalho. O bugre ficou furioso. Disse que tu não mandavas nele, que só devia obediência ao padre Manuel; para ti trabalharia, mas mediante muito dinheiro. Eu então tomei a liberdade de dizer que és pobre, que não disporias da grande soma que ele mencionava. Ficou furioso, avançou — e o resto tu viste.

O padre ficou um instante em silêncio.

— Ele mencionou o padre Manuel?

— Mencionou. Várias vezes.

Estranho. Manuel era um nome que Nicolau reconheceria, mesmo pronunciado por um indígena enfurecido; e ele não o ouvira. A não ser que a pronúncia guarani ou a voz alterada tivessem tornado incompreensível essa palavra. Por outro lado, parecia-lhe claro que a fúria do índio não resultara de algo que o intérprete lhe dissera; ele se exaltara no momento em que vira Felipe, como se tivesse alguma coisa contra o homem. Poderia ele ter conhecido previamente Felipe? E quem era, afinal, esse Felipe, esse homem que matava alguém sem vacilar, sem nem mesmo se perturbar? Prova disso, naquele momento estava empenhado em providências para livrar-se do cadáver. Deu uma ordem seca para os índios que tinham acorrido à porta da palhoça; de imediato, os bugres pegaram o cadáver do escultor e levaram-no para o pequeno cemitério, onde foi rapidamente enterrado. Nicolau ainda quis encomendar o corpo, mas simplesmente não teve forças para tal. O acontecimento, brutal, abalara-o por completo.

Estava agora convencido de que aquele Felipe era um ser maligno, um foragido. Continuava sem saber nada sobre ele, a não ser que viajara por muitos lugares. Como o judeu errante, o Ahasverus a quem Jesus havia dito: "Tu não descansarás, vaguearás pela Terra até que eu volte".

Talvez não fosse o judeu errante, mas um cristão-novo certamente poderia ser. Havia razões para suspeitar disso. Por exemplo: nas poucas vezes em que tinham saído juntos a andar pela planície, Felipe sempre se afastava quando tinha de urinar. Por quê? Pejo? Pouco provável, num sujeito tão arrogante. Não estaria ele ocultando da vista do padre um pênis circunciso? Outra evidência: Felipe sempre se banhava às sextas-feiras. Não seria isso uma forma de manter o Shabat judaico? Cristãos-novos não eram raros na colônia; muitos tinham vindo da Europa para um lugar onde poderiam escapar à perseguição e acumular riquezas. Hipótese que Nicolau não estava disposto a investigar; não era um inquisidor, e, aliás, não gostava muito das atividades do Santo Ofício.

De todo modo já não podia confiar no intérprete, que agora se revelava violento e imprevisível. Dominar o idioma guarani passava a ser uma necessidade premente. Mas como fazê-lo? Precisava de alguém que o acompanhasse durante o dia e que o introduzisse ao cotidiano do idioma. Quem?

De súbito, a idéia lhe ocorreu.

A índia. A jovem índia que continuava a olhá-lo de maneira insistente. O pai já não colocava a mesa com imagens diante da igreja; andava pela aldeia como os outros índios, trabalhava como os outros índios, ia à missa como os outros índios — e não se mostrava ressentido: ao contrário, saudava o padre amavelmente. O que só fazia aumentar a culpa de Nicolau. Ansiava por mostrar ao homem sua simpatia, sua solidariedade. E poderia fazer isso por intermédio da filha, com o quê estaria resolvendo um duplo problema. De um lado, ter a moça trabalhando em sua casa — e trabalhar na casa de um sacerdote era, afinal de contas, uma distinção: a empregada do padre Manuel era encarada com respeito — representaria, para o pai, uma espécie de compensação. De outro lado, se tivesse a índia junto de si durante o dia poderia iniciar seu aprendizado com as palavras referentes ao cotidiano (como fizera com o Macaquinho), passando depois para uma linguagem mais complexa.

Havia um detalhe paradoxal naquilo, paradoxal e irônico. Só podia ordenar que a índia trabalhasse em sua casa através do intérprete. Ou seja, para livrar-se do Felipe, precisava do próprio Felipe. Que certamente estranharia a súbita decisão. Pior: poderia ver naquilo um precário disfarce para um rompante de luxúria. Empregada, a indiazinha? Empregada ou amante, quem sabe as duas coisas?

Não havia alternativa, porém. Era aquilo, ou ir embora de vez. E Nicolau não pretendia deixar os índios. Era uma obrigação que devia à Igreja, a si próprio, à memória do padre Manuel. A morte de Miguel sepultava o sonho de seu antecessor; mas o trabalho de evangelização, de catequese, teria de prosseguir — em guarani. Falado por ele, padre Nicolau.

No dia seguinte chamou Felipe e lhe disse que precisava de alguém para cuidar da casa e também para manter a igreja limpa e arrumada. Felipe respondeu que falaria com os índios, mas o padre acrescentou, no tom mais neutro e casual possível, que já tinha alguém em vista: a filha do homem das imagens.

— Aquela me serve. É diligente, é vigorosa...

O sorriso que se desenhou no rosto do outro não deixava dúvidas; era um cínico, aquele Felipe, um homem intrinsecamente mau. Obviamente estava pensando que o padre queria mesmo era uma mulher para satisfazê-lo. Mas contentou-se em dizer que transmitiria à jovem e ao pai a vontade do padre. E naquela mesma tarde apareceu, conduzindo a sorridente índia pela mão:

— Aqui está a moça, padre Nicolau. O nome dela em guarani é Aracê, que quer dizer aurora, e que ela prefere; mas o padre Manuel batizou-a como Inês e eu sugiro que a chames de Inês para que ela se acostume de vez com seu novo nome. Já lhe expliquei que ela tem de limpar e arrumar a casa e a igreja, fazer a comida do padre, lavar suas roupas. Para outras ordens é só me chamar. Estarei sempre por perto.

Agora: o que estava por trás daquele aparentemente solícito "estarei sempre por perto"? Desejava mesmo o tal Felipe ajudar — ou queria espionar, verificar o que estava se passando? O padre preferia não se entregar a especulações dessa ordem; acabaria enlouquecendo, se o fizesse. O importante é que agora teria a índia perto de si.

Felipe pediu licença, dizendo que ia caçar. Mas ia mesmo caçar? Ou apenas queria deixar os dois a sós, com a esperança de que aquilo se transformasse numa orgia, de que o padre caísse em pecado? O fato é que saiu, e ali estavam os dois, na pequena casa, sozinhos, a bela indiazinha e o padre. Que de imediato decidiu começar o seu aprendizado. Apontou para a flor que estava num vaso sobre a mesa e disse:

— Flor.

A princípio ela mirou-o, perplexa. Flor, ele repetiu, bem devagar. E uma segunda vez, e uma terceira: flor, flor. Finalmente ela pareceu entender o que o padre queria. Apontou para a flor:

— *Ivoti*.

Ivoti, ele repetiu, e ela riu, mostrando os dentes pequenos e perfeitos. Ele apontou a cama: cama, disse. *Tupa*, disse ela. O baú: *karameguá*. O padre pegou a pena, tinta e papel e febrilmente anotou: flor, *ivoti*; cama, *tupa*; baú, *karameguá*. Pronto: já sabia três palavras. E ela agora prosseguia no jogo. Mostrou a cabeça dele:

— Aká.

Aká, ele repetiu. A mão: *po. Po*, ele disse. O cabelo: *akaragué.*
Mas aí chegou a vez da barriga, *tyé*, e ela quis botar a mão no ventre dele: *tyé, tyé*. Delicada mas firmemente, ele a repeliu.
Aprendizado, sim; contato físico não. *Tyé?* Só a distância. *Po* na *tyé*,
não. *Po* para lá, *tyé* para cá. Nada de *po* acariciando a *tyé*. Porque,
se a *po* acariciasse a *tyé*, nada impediria a *po* de descer mais abaixo:
pecado, pecado. Agora: como dizer "pecado" em guarani? Problema a ser resolvido no devido tempo.

No fim daquele dia ele já havia anotado cerca de cinqüenta
palavras. Que teria de estudar e memorizar. Faltava muito, mas de
qualquer modo era um começo. Breve, Deus querendo, ele falaria guarani. Breve poderia mandar embora o sinistro intérprete.

Felipe, o astuto Felipe, não tardou a perceber o que estava
acontecendo. E tomou a iniciativa de interpelar o padre: pelo
visto estás aprendendo guarani. Coisa que Nicolau não negou:

— Achei uma pessoa que, diferentemente de ti, tem prazer
em me ensinar.

Felipe nada disse, mas o seu silêncio era uma evidência do
surdo conflito que crescia entre os dois homens. Brancos no meio
de índios, cristãos (seria mesmo cristão, o Felipe?) entre recémconvertidos; mas, aliados? Como num tenso jogo de xadrez, o
padre Nicolau aguardava o próximo movimento do contendor.
Enquanto isso, e consciente de que lutava contra o tempo, tratava de aprender o maior número possível de palavras em guarani;
já eram cerca de trezentas, e a lista continuava crescendo.

Paralelamente, enfrentava outro problema: conter as investidas cada vez mais ousadas da indiazinha. Ela realmente não
tinha noção de pecado; queria sexo, e para isso voltava à carga
constantemente, tentando tocá-lo ou mesmo abraçá-lo. Era com
crescente esforço que o padre resistia, lutando contra as tentações
de sua própria carne. Mais de uma vez, à noite, ela aparecera de

194

súbito, tentando, em meio a risadinhas, introduzir-se no leito dele. O padre fora forçado a colocar uma tranca na porta, coisa que até então não fizera. Com isso conseguia manter Inês de fora; mas ficava a revolver-se na cama, abrasado de desejo. Pensou em flagelar-se e chegou a confeccionar um chicote, mas decidiu usá-lo somente em último caso. Orava, orava muito, e lia a Bíblia.

Aos poucos, Inês foi ficando irritada com as sistemáticas recusas. Amuada, falava pouco, e com má vontade dizia em guarani os nomes das coisas que o padre lhe mostrava. Nicolau ficou preocupado. Em matéria de idioma, ainda estava restrito ao terreno das coisas concretas, do mundo material; precisava adentrar-se no universo das emoções, dos sentimentos. Precisava descobrir que palavras os guaranis usariam para "virtude" ou "fé". Seria um passo gigantesco, impossível sem a absoluta boa vontade (para não falar em inteligência, em sensibilidade, em sabedoria até) da indiazinha. Sentia, porém, que estava perdendo o apoio dela.

Coisa que Felipe também descobriu. E tratou de tirar proveito disso. Começou a se engraçar com a rapariga. Mais de uma vez o padre o vira transportando-a na garupa de seu cavalo, a galopar na direção de uns matos próximos. E ali, sem precisar de *tupa*, certamente praticavam um tórrido sexo, a *po* dela mergulhando na *akaragué* dele, depois descendo para a *tyé* e seguindo para baixo, para aquela coisa cujo nome em guarani ele não sabia e na qual não queria nem pensar.

Os índios pelo jeito não se interessavam pelo que poderia estar ocorrendo entre Felipe e Inês, nem mesmo o pai dela, mas o padre estava cada vez mais alarmado. Dedicou o sermão de domingo a uma verdadeira catilinária contra a luxúria, contra os pecados da carne. Felipe traduzia, imperturbável, mas sorrindo às vezes. Quanto aos índios, como sempre, riam que se matavam.

No dia seguinte, Felipe o procurou:

— Quero que celebres um casamento — disse.

Nicolau sentiu um baque no coração.

— Casamento? — perguntou, numa voz francamente insegura. — Casamento de quem?

— O meu casamento. Vou desposar Inês.

— Mas eu não sei se deves -

— Não estou te perguntando. — O homem, sempre sorrindo. — Estou te avisando que vou viver com ela. Preferia fazer isso com as bênçãos da Santa Madre Igreja. Mas, se não tiver essas bênçãos, eu me unirei àquela mulher de qualquer maneira. Portanto, pergunto: vais ou não abençoar nosso matrimônio?

Não havia alternativa. Simplesmente não havia alternativa. O padre disse que sim, que celebraria o casamento.

— Mais uma coisa — continuou Felipe. — Esse trabalho que ela faz para ti... Arrumar tua casa, lavar tua roupa, preparar tua comida... Isso ela não fará mais. Não posso permitir que minha mulher trabalhe para outro homem, mesmo que seja um padre, um representante de Deus aqui na Terra. Portanto, trata de arranjar alguém para ficar no lugar de Inês.

Nicolau não respondeu. Mas agora tinha certeza: uma tragédia estava por ocorrer, e em breve. Isso era absolutamente inevitável.

O casamento foi celebrado no domingo seguinte. Depois, houve uma festa que Nicolau observou a distância. Felipe e os índios cantavam, dançavam e tomavam uma bebida desconhecida de Nicolau, mas que sem dúvida continha álcool; ao cabo de poucas horas estavam todos bêbados. Menos Felipe. Ele conservava sua implacável lucidez.

O padre Nicolau não conseguiu uma substituta para Inês. Três índias trabalharam para ele nas semanas que se seguiram; mas cumpriam a tarefa de má vontade e recusavam-se a ajudá-lo

196

no seu aprendizado do guarani. Pior, o padre esquecia rapidamente o que aprendera. Cada vez mais, dependia de Felipe, e não sabia o que fazer.

E se fosse embora?

A idéia ocorria-lhe agora repetidamente. A estranha situação em que vivia humilhava-o cada vez mais. Poderia encilhar o cavalo e partir. Quando chegasse ao Rio de Janeiro (*se* chegasse ao Rio de Janeiro), pediria a seus superiores que o designassem para outro posto; eles certamente compreenderiam.

Deixar a redução, naquele momento, porém, seria uma derrota. Ele queria cumprir sua missão. Mais, queria descobrir quem era, afinal, aquele misterioso Felipe que continuava a servir-lhe de intérprete, mas que se mostrava cada vez mais estranho, nervoso inclusive. Volta e meia Nicolau surpreendia-o sondando o horizonte com o auxílio de uma luneta. Era como se estivesse esperando alguém. Quando o padre o interrogava a respeito, respondia com evasivas: dizia que estava em busca de uma rês perdida ou de um veado para caçar.

Àquela altura Inês estava grávida e a custo caminhava pela aldeia com o barrigão. Uma cena que a Nicolau fascinava e perturbava. Ele via aquele ventre como uma caixa de segredos. O que se gestava ali? Que tipo de criatura nasceria daquela união? Era o primeiro mestiço da aldeia, a primeira cruza de branco com índia. E como seria a criatura? Ingênua e afoita como a mãe, ou perversa como o pai? De todo modo, representava um triunfo de Felipe, que já estava deixando sua marca entre aquelas pessoas enquanto ele, o padre, o suposto guia espiritual, nem sequer conseguia falar o idioma dos indígenas.

Mas a perspectiva da paternidade não mudara Felipe. Ao contrário, ela só contribuíra para revelar o seu tenebroso caráter. Ele agora maltratava a índia, batia nela — de sua casa, o padre muitas vezes ouvia os gritos da coitada. Terminara por expulsá-la de casa. A infeliz Inês voltara a morar com o pai, tendo de suportar o desprezo dos outros índios.

Agora: por que Felipe rejeitava a esposa e a sua própria cria? Tédio? Não parecia. Aquele homem era astuto demais para tomar uma decisão movido exclusivamente por uma coisa tão primária, tão medíocre como o tédio. Não, aquilo fazia parte de um desígnio maior. Qual era, afinal, o plano daquele homem? O que estava pretendendo? Por que perscrutava o horizonte com sua luneta — esperava alguém? Quem? De uma coisa o padre tinha certeza: mais cedo ou mais tarde, mais cedo, possivelmente, Felipe iria embora, abandonando definitivamente Inês. Se tal acontecesse, ele, Nicolau, tomaria conta dos dois, da mulher e do bebê. Era o mínimo que podia fazer para ajudar a pobre bugra.

Antes disso, porém, tinha uma tarefa pela frente. Precisava chamar às falas o Felipe. Afinal, ele, padre, era o guia espiritual daquela aldeia, tinha responsabilidades para com os paroquianos; não ficaria aguardando, inerme, que desastres acontecessem. Não podia brigar com o intérprete, não agora, mas seria firme com ele. Na primeira oportunidade manifestou ao homem sua insatisfação pelo que estava acontecendo.

O resultado não podia ter sido pior. Felipe não se sensibilizou com suas palavras; nem irado se mostrou. Simplesmente pôs-se a rir. Ria, ria que se matava; às vezes se interrompia para tomar fôlego, mas logo em seguida recomeçava a rir. Riu tanto que, por fim, teve de sentar-se num banco da casa do padre, onde estavam. Nicolau olhava-o, perplexo, sombrio. Não achava graça naquilo, pelo contrário, o assunto parecia-lhe muito sério.

— Peço-te perdão — disse Felipe por fim, enxugando os olhos. — É que... faz-me rir a tua ingenuidade, padrezinho. Tu és uma boa pessoa, mas não sabes nada, nada.

— Explica-me, então — comandou o padre, francamente irritado. — Tu que és tão esperto, tão inteligente, tão sábio, explica-me.

198

— Não. — Felipe, subitamente sério. — Não tenho como te explicar. Não agora, pelo menos. No devido tempo, saberás do que estou falando.

Pediu licença e se retirou.

Naquela mesma noite o padre Nicolau acordou com uma estranha sensação: jurava ter ouvido vozes sussurrando em português. Levantou-se, espiou pela janela. Uma luz mortiça de lamparina iluminava debilmente a casa que Felipe ocupava, e, à luz dessa luz, o padre julgou ver um vulto sair furtivamente pela porta, sumindo em seguida nas trevas. Um visitante? Um visitante falando português? Mas quem seria?

Não conseguiu mais dormir. Mal o dia clareou, bateu à porta de Felipe. O intérprete abriu a porta com uma expressão mal-humorada no rosto de grandes olheiras. O padre foi direto ao assunto: perguntou-lhe se tinha recebido algum visitante naquela noite.

— Visitante? — Felipe riu, debochado. — De onde eu receberia um visitante? Sonhaste, padre. Sem dúvida, sonhaste.

A explicação não satisfez Nicolau. Ele tinha certeza de que algo estava por acontecer. Naquele mesmo dia suas suspeitas se confirmaram.

Por volta das onze horas, Nicolau trabalhava sozinho na pequena horta que mantinha nos fundos da casa quando sua atenção foi atraída por um alvoroço vindo do pequeno pomar de árvores frutíferas ao lado da aldeia. Correu até lá e deparou com um grupo de índias nervosas, agitadas. No meio delas, deitada no chão, Inês, que gemia e gritava, obviamente com as dores do parto.

Nicolau sabia que não deveria se aproximar: aquele era um assunto de mulheres. A velha parteira da aldeia já estava ali, ajoelhada junto de Inês, gritando qualquer coisa em guarani. Habitualmente os partos transcorriam sem problemas; em poucas horas as índias, carregando as crianças, estavam de volta às ocupações habituais. Agora, no entanto, as coisas pareciam não estar correndo tão bem. O padre resolveu chamar Felipe. Afinal, ele era marido e futuro pai, deveria ser informado de possíveis problemas.

Foi atrás dele. Encontrou-o no alto de uma colina entregue à agora habitual ocupação de sondar a distância com a luneta. Nicolau contou-lhe o que estava sucedendo, pediu que andasse rápido. Agora não posso, foi a brusca resposta.

— Parto é coisa de mulher, tu sabes, padre. Além disso, não tenho mais nada a ver com essa tal de Inês. Cansei dela. Para mim, o casamento está encerrado.

— Mas é teu filho que está nascendo!

— É o filho dela. Ela que tome conta.

A declaração, tão arrogante como cruel, deixou o padre indignado.

— Em nome do nosso Salvador, eu te intimo: deves vir comigo. Agora.

Com evidente má vontade, Felipe guardou a luneta e seguiu o padre ao pomar, onde as coisas estavam mais calmas: Inês acabara de dar à luz um menino e agora, sentada no chão, embalava o bebê, todo enrolado em panos. Por um momento, pareceu ao padre que Felipe se comovia, que um fugidio clarão iluminava-lhe o rosto; por um momento achou até que o homem iria chorar. Mas se estava emocionado, o Felipe, ele soube se conter. Porque no instante seguinte mostrava-se absolutamente impassível. Segurou o bebê, claro, por alguns minutos, e até o embalou desajeitadamente, mas claramente fazia-o *pro forma*, porque devia fazê-lo: afinal de contas era o pai, e pais embalam seus filhos.

Nesse momento nova agitação começava, dessa vez na

aldeia ali perto, e com os homens. Os índios corriam a reunir-se em torno do velho cacique, que falava alto e com veemência, sacudindo no ar um punho cerrado. Felipe devolveu o bebê à mãe e, sem falar com ela, dirigiu-se à aldeia, seguido pelo padre. Juntaram-se ao grupo. Os indígenas estavam absolutamente transtornados; falavam todos ao mesmo tempo, aos berros. O padre quis saber o que se passava.

— Um grupo de brancos vem vindo em direção à aldeia — disse Felipe, em voz baixa, contida. Fez uma pausa e acrescentou: — São os bandeirantes. Estão a menos de um dia de viagem.

Bandeirantes. Sim, o padre sabia o que aquilo significava. Por muito anos expedições tinham partido de São Paulo em busca de índios para escravizar. Ele sabia de reduções inteiras destruídas, de índios aprisionados às centenas. Sempre tivera a esperança de que, por pequena, a aldeia não atraísse a atenção dos aventureiros. Estava enganado. Nada era pequeno demais para eles, nem mesmo um grupamento com pouco mais de cem pessoas.

De imediato, disse a Felipe que reunisse os homens na igreja. Ali estavam eles, cerca de trinta, moços e velhos, aguardando, tensos, o que o padre tinha a dizer. Nicolau nunca se sentira tão responsável pelo destino daquela gente; afinal, era dos brancos que vinha a ameaça. Não era do demônio, não era do pecado. O que tinha ele a dizer a respeito?

Em voz vacilante, explicou que os bandeirantes agiam por conta própria quando atacavam as missões jesuíticas, que vinham em busca de mão-de-obra para as fazendas do Nordeste. Infelizmente, estavam bem armados, de modo que enfrentá-los seria praticamente impossível. Teriam de pensar em outra solução, até mesmo na fuga.

Nesse momento o cacique interrompeu-o; levantou-se e desatou a falar sem interrupção, e aos berros. Por fim deteve-se e, ainda ofegante, sentou-se. O que foi que ele disse?, perguntou Nicolau a Felipe.

— Ele disse — Felipe, impassível — que tu não sabes do que estás falando, que não passas de um covarde e que eles, índios, terão de organizar sua própria defesa.

Nicolau olhou para o intérprete. Pela primeira vez naqueles meses todos, teve certeza de que Felipe estava traduzindo de maneira exata o que fora dito. Porque de fato, aos olhos dos índios, ele devia parecer um covarde.

— Eles querem resistir?

— Querem.

— De que jeito?

— De qualquer jeito. Com as armas que estão ao alcance deles. Arco e flecha, tacape, armadilhas... Usarão o que for possível usar.

— E tu? O que achas? — As coisas tinham mesmo mudado; ele agora estava tentando obter ajuda daquele em quem nunca confiara, o que dava uma medida de seu desespero. Felipe deu de ombros:

— Eu acho que é loucura. Como disseste, os paulistas têm pistolas, têm arcabuzes... Podem até ter trazido um pequeno canhão. Será um massacre. Melhor que se rendam. Serão escravizados, mas ficarão vivos.

Mirou o padre:

— E tu? O que farás?

— Não sei — disse Nicolau, com voz surda. — Lutar não posso, minha condição de sacerdote não o permite. Além disso, não sei, como tu, disparar uma pistola. Não sei matar alguém a sangue-frio... Mas ficarei ao lado dos índios até o fim. Peço que transmitas a eles essa mensagem.

Felipe voltou-se para os bugres, que continuavam sentados, e disse algumas frases em guarani. Os índios ouviram em silêncio.

202

Depois, como se tivesse sido combinado, levantaram-se e saíram. Felipe perguntou se o padre ainda precisava de algo.

— Quando achas que atacarão?

— Amanhã de manhã. Já devem estar acampados aí por perto. Só esperarão o dia clarear para invadir a redução.

Despediu-se e saiu.

Anoitecia. Nicolau ia para casa, mas estava agitado demais para isso. Caminhou pela aldeia, espiando pelas janelas. Em algumas delas viu, à luz de lamparinas, índios preparando seus arcos, suas flechas. Continuou a caminhar, chegou a uma pequena elevação, galgou-a. Lá de cima, sondou o horizonte. Felipe estava certo: luzinhas bruxuleantes brilhavam ao longe. O acampamento dos paulistas, sem dúvida.

E se fosse até lá? Procuraria o chefe da expedição: meu senhor, eu vos suplico, em nome de Deus Todo-Poderoso, que poupeis os meus índios. Eles são gente boa, gente mansa, gente que estamos trazendo para o rebanho de Jesus. Se vós os atacardes, será uma carnificina. E tão poucos sobrarão, que o esforço não terá valido a pena.

Mas seria aquela retórica suficiente para convencer gente determinada, inflexível, gente que ganhava dinheiro com a escravidão indígena? Provavelmente não. O ataque seria inevitável. Muitos pereceriam, ele próprio, inclusive. Não tinha medo de morrer; bom católico, via na morte a oportunidade de encontrar o seu Redentor. Na infância, muitas vezes se imaginara no Céu, cercado de anjos, rindo, brincando... Adulto, substituíra essa visão fantasiosa pela noção de êxtase, de beatitude. Mas isso depois da morte. Que faria agora, enquanto estava vivo? Como empregaria suas últimas horas, seus últimos minutos?

Decidiu escrever uma carta para a família. Uma carta de despedida.

Voltou, pois, apanhou papel, pena e tinteiro. Mas a verdade

é que não conseguia escrever; palavras, naquele momento, pareciam-lhe totalmente convencionais, incapazes de descrever o que estava acontecendo ou as emoções que estava sentindo. E não conseguia deixar de pensar nos índios, que em poucas horas seriam assassinados. Levantou-se e saiu de casa.

Era Felipe que buscava. Iluminado por uma pálida lua, lá estava ele, no topo da colina, no exato lugar de onde pouco antes avistara o acampamento dos paulistas.

Nicolau correu até ele. Ao ouvir-lhe os passos e a respiração ofegante, Felipe voltou-se. Por alguns instantes os dois homens ficaram a se olhar, imóveis. Por fim, o padre falou, numa voz embargada pela emoção:

— Tu os trouxeste até aqui. Tu os chamaste. Como o fizeste, não sei. Mas tu os chamaste.

Felipe olhava-o, imóvel, impassível.

— Quanto eles vão te pagar? — bradou o padre. — Trinta moedas, é isso que eles vão te pagar?

Luneta na mão, o outro continuava em silêncio.

— Ainda podes voltar atrás — exclamou o padre. — Podes dizer a eles que os homens se foram, que aqui só restam velhos, mulheres e crianças, que não vale a pena atacar a aldeia. Ou podes dizer que todos se suicidaram, que preferiram a morte a cair nas mãos dos brancos. Se quiseres, vou contigo e confirmo o que disseres. Não duvidarão da palavra de um sacerdote. Por favor, Felipe. Por favor. Eu te peço, em nome de tudo quanto é mais precioso: salva esses índios. Salva teu filho, Felipe. Por favor.

Sem uma palavra, Felipe deu-lhe as costas. Através da luneta, voltou a olhar o acampamento dos bandeirantes.

— Judas! — gritou o padre. — Anda, corre para junto dos teus cúmplices. Pensas que não sei do teu segredo? Pensas que não sei que és um cristão-novo, um descendente do judeu errante, talvez o próprio judeu errante?

204

Desceu a colina às carreiras, correu para a aldeia, entrou em casa, atirou-se sobre o catre. Chorou, chorou muito. Depois sentou-se na cama e ficou imóvel, olhando para a janela. Mal o dia clareou, levantou-se, correu até a pequena igreja. Ajoelhou-se diante do altar, rezou com fervor. Depois, fez soar o sino: o sinal para que os índios se reunissem. E, de fato, pouco depois eles começavam a aparecer. Ao vê-los, o padre estremeceu: não vestiam roupas de branco, estavam nus; os homens pintados para a guerra, segurando arcos e tacapes.

O padre olhou para eles. Queria falar-lhes, queria dizer-lhes que fugissem, que salvassem suas vidas enquanto era tempo; mas como fazê-lo? O intérprete já não estava ali. Àquela hora certamente o maldito já se reunira aos bandeirantes e já vinha marchando com eles em direção à aldeia.

Por alguns minutos fez-se o silêncio, tenso silêncio quebrado ocasionalmente pelo cantar de algum galo. E então, como que obedecendo a um sinal, os índios foram saindo. O padre ficou ali, cabeça baixa, as lágrimas correndo. Finalmente suspirou, enxugou os olhos e saiu também.

A aldeia parecia deserta. Teriam os índios, como ele esperava, fugido? Não. Ele sabia que continuavam ali, escondidos em algum lugar, talvez nos matos próximos, dispostos a defender o que era deles.

Mas havia, sim, alguém ali.

O velho índio das imagens. Instalara sua mesa diante da igreja; sobre ela, as modestas esculturas — a mulher com o menino no colo, os pombos e tudo o mais. E aí Nicolau se deu conta: era domingo. Aproximou-se do bugre, sorriu para ele. O homem sorriu-lhe também e estendeu-lhe uma pequena cruz talhada em madeira, que ele ergueu no ar: venceste, guarani. Em seguida deu meia-volta e em passos rápidos galgou a colina. Não tinha luneta, mas não seria preciso. Logo avistou os bandeirantes aproximando-se da aldeia, alguns a cavalo, outros a pé, todos armados. Aparentemente, não tinham pressa. Aparentemente, antecipavam uma tarefa fácil.

De repente, saindo de algum lugar, Felipe apareceu, montado a cavalo. Galopou em direção aos recém-chegados, que agora se haviam detido. Juntou-se a eles. Por alguns minutos ficaram ali, confabulando. E então, diante do olhar incrédulo do padre, o grupo deu meia-volta e em pouco tempo desapareceu no horizonte.

Um observador que, lá do alto, contemplasse a região, veria, sobre uma colina, um jovem padre imóvel, os cabelos agitados pelo vento. Chamar-lhe-ia a atenção a expressão do rosto do sacerdote, uma expressão na qual se misturavam júbilo, surpresa e emoção. Em doses variáveis — três quintos de júbilo, um quinto de surpresa, um quinto de emoção? Dois quintos de júbilo, um quinto de surpresa, dois quintos de emoção? Um quinto de júbilo, dois quintos de surpresa, dois quintos de emoção — e difíceis, até mesmo para um observador situado no alto, especialmente para um observador no alto, de quantificar.

Quanto ao padre Nicolau, ele descobria, como o vendilhão do Templo, que na vida há mais perguntas do que respostas.

SÃO NICOLAU DO OESTE, 1997

— Alô? Você está me ouvindo? Alô? Aqui quem fala é o vendilhão do Templo. Alô? Alô? Está me ouvindo? O vendilhão do Templo, aqui. Lembra? O vendilhão do Templo. Mentira. Não é o vendilhão do Templo. É Jesus Cristo. Ou seja: o Félix. E eu estou ouvindo, sim. Custo a responder — lucidez não é coisa com que eu possa contar às sete e meia da manhã, sobretudo depois de uma noite de porre —, mas estou ouvindo. Muito tempo se passou desde que nos falamos pela última vez, contudo é inconfundível o debochado tom de voz. E quem mais aludiria, com um risinho irônico, ao vendilhão do Templo, quem mais evocaria, em tom de brincadeira, a encenação que fizemos no colégio? Só Félix. Félix é único. Na safadeza, Félix é único.

Não me diga que acordei você, exclama, à guisa de desculpa, porém com mal disfarçada satisfação: sempre gostou de sacanagem, mesmo que se trate de uma pequena sacanagem como essa, de tirar alguém da cama. Mas não vou, obviamente, lhe dar esse prazer: que é isso, Félix, eu já estou de pé há horas, e mesmo que você tivesse me acordado, não teria importância, sendo você, qualquer hora é hora. Ainda tonto, sento na cama e me preparo: agora que começou a falar não vai parar. Falar sem interrupção era uma de suas características. A outra era a cara-de-pau, a insolência, que deixava assombrados e indignados os professores. Também nisso continua o mesmo: está claro que me alugará por uma boa meia hora. Começa com nostálgicas recordações. Longo preâmbulo, em que evoca o colégio, lembra os colegas ("E o Pintinho? Não era um bolaço, o Pintinho?"), fala do padre Alfonso, que encontrou outro dia e que está igual, apesar de bem mais velho. Nota: não menciona Matias. Mencionou o vendilhão do Templo, mas não menciona Matias. Não menciona aquele que viveu o papel de vendilhão do Templo na encenação que marcou a nossa vida, a minha vida, pelo menos, e que terminou em tragédia. Mas ambos sabemos que a lembrança de Matias está presente, muito presente. E, de fato, no momentâneo silêncio que se faz, esgotado o repertório dos casos engraçados, é a débil voz dele que ouvimos, desde o longínquo passado, apregoando: "Pombos, pombos gordinhos para o sacrifício".

Triste história, à qual Félix nem sequer alude. Matias, que o adorava, que, por assim dizer, imolou-se por ele, é carta fora do baralho. Félix quer, como sempre, falar de si próprio, e é de si próprio que fala. Fico sabendo que se formou em direito, mas não exerce; tem negócios. Que negócios são, não diz, nem eu pergunto. Mas só pode ser vigarice, que ele deve maquiar de alguma maneira: estou dando consultoria, estou na área de investimentos, coisas assim. Não quero saber muito a seu respeito: não há necessidade de prolongar uma conversa que não será curta nem agradável. Finalmente, e depois de uma pequena mas significativa pausa, chega ao ponto:

— Vi sua foto com o prefeito. E fiquei muito orgulhoso de saber que você é assessor de comunicação social dele...

Aí está, então: não é com o antigo colega de aula que quer falar, ou talvez até seja, porque nem mesmo os safados são imunes à nostalgia; mas o que quer, principalmente, é falar com o assessor do prefeito. Evidentemente não tem cacife para ligar para o próprio prefeito, ou para um secretário municipal, ou para um vereador. Até mesmo um assessor deve ser muito para ele, a menos que esse assessor seja um ex-colega de escola: meu caso, segundo imagina. Imagina mal, como sempre. Imagina mal, calcula mal, planeja mal — em suma, trata-se de um fracassado. Não sem certo prazer, esclareço: não, Félix, não sou o assessor de comunicação social, eu apenas trabalho como jornalista no gabinete de imprensa da prefeitura.

Silêncio, surpreso e decepcionado silêncio: por essa ele não esperava. Aturdiu-o a revelação, e, num primeiro momento, opta pela incredulidade:

— Mas a legenda da foto -

— A legenda da foto estava errada.

— Errada? — Ele, ainda incrédulo e até meio ofendido: talvez eu esteja de gozação, suspeita que tem fundamento.

— É, Félix. A legenda estava errada. Infelizmente. Bem que eu gostaria de ser assessor de comunicação social. Ganharia bem mais. Mas o fato é que o pessoal do jornal se enganou. Não passo de um funcionário igual aos outros.

Ele faz um comentário qualquer, precipitado, sobre a incompetência dos jornalistas; dá-se conta da gafe (certamente me inclui entre os jornalistas incompetentes) e tenta amenizá-la com uma historinha bem-humorada, mas é tática diversionista: está ganhando tempo, está reavaliando a situação, está refazendo planos, está revisando a estratégia, está redefinindo objetivos; está me colocando — eu agora despido do título a que dava certo valor — na balança em que avalia a importância de pessoas. E acha que meu peso político pode ser suficiente, ao menos para o que quer. Vale a pena ir em frente comigo, mesmo porque não tem nada a perder.

— Negócio seguinte: preciso de um favor.

Claro: precisa de um favor. Não por outra razão telefonou. Por que se lembraria de mim, senão para pedir um favor? Vontade tenho eu de mandá-lo à merda, mas não posso. Não se faz isso com um antigo colega, mesmo que se trate de um cretino.

— Estou às suas ordens — digo, num tom tão amistoso quanto possível. — Você sabe que amigo é para essas coisas.

(Se outra razão não tivesse para detestá-lo, essa seria suficiente: ele consegue extrair de mim — a esta hora da manhã — um lugar-comum. Deus.)

Para minha surpresa, mostra-se relutante:

— Não, por telefone não dá. É coisa particular... Temos de falar pessoalmente.

O que confirma minha suspeita inicial: é de sacanagem que se trata. Não pode falar ao telefone? Sacanagem na certa.

Sugere um encontro, perspectiva que está longe de alegrar minha manhã. De novo, porém, não tenho como escapar. Falta-me cabeça para arranjar uma boa desculpa e, pior, estou com a bexiga estourando, preciso urinar.

— Um momentinho, Félix. Vou consultar minha agenda.

Não há agenda alguma, claro; gente insignificante como eu não usa tais recursos organizacionais. Mas ganhei tempo e também criei, espero, uma certa imagem (qual a finalidade, mesmo?). Com esforço, levanto-me, vou ao banheiro e — toda aquela cerveja, mais o uísque — urino abundantemente, molhando o assento do vaso, coisa que, no passado, contribuiu substancialmente para o meu divórcio, confirmando minha imagem de marido irresponsável e sem consideração.

Minimamente reconfortado, volto ao telefone.

— Pode ser às cinco horas?

— Ótimo. Onde?

— Na prefeitura. Você entra, pergunta onde é a assessoria de imprensa...

— Na prefeitura?

Não é bem o que pretendia: a prefeitura não lhe agrada, possivelmente não quer ser visto lá, como não pode falar ao telefone — Deus, não só é sacanagem, é *muita* sacanagem. Arranja uma desculpa qualquer (é ruim chegar à prefeitura, o trânsito lá é confuso, não tem lugar para estacionar), pergunta se não poderíamos nos encontrar em outro lugar. Proponho a Gruta do Miro. A sugestão tem efeito mágico, deixa-o eufórico: então vamos voltar ao ninho antigo, ao velho bar onde nos iniciamos na cerveja. Com a consciência mais leve — já fiz a boa ação do dia, aliás é uma boa ação para vários dias —, desligo.

Antes que possa sequer suspirar, o telefone toca de novo. Uma desgraça nunca vem só: é Isabel, minha ex-mulher. Com as queixas de costume: você atrasou o dinheiro da pensão, não pude nem comprar os remédios que o médico receitou, você é um insensível, um imoral. Etc. etc. Enquanto fala, vigio as baratas, que por aqui se movem com grande diligência. Diligência que, Isabel observaria amarga, deveria me servir de exemplo: sou um relapso, não cumpro minhas obrigações, nem mesmo as legais. Termina com uma ameaça: se eu não fizer o depósito no banco dentro de vinte e quatro horas, mandará uma carta ao prefeito.

— Uma carta, ouviu? Uma carta contando tudo sobre você, as suas bebedeiras, as suas farras com mulher, as suas sacanagens todas, tintim por tintim, preto no branco.

Pobre Isabel. É até comovente sua fé na palavra escrita; uma fé que eu já perdi. Acredita que pode me liquidar com uma carta. Não perca seu tempo, Isabel. Liquidado já estou, completamen-

213

te liquidado, mais que isso é impossível. Mas não vale a pena ironizar: procuro acalmá-la, prometo que sim, que tão logo o banco abra, farei o depósito. Ela começa a soluçar e então, abruptamente, como é de seu feitio, bate o telefone. De minha parte, descarrego a irritação na comunidade dos insetos, esmagando três baratas em rápida sucessão. Um pequeno triunfo, não suficiente para neutralizar meu azedume. Que dia, este que começa. Não sou supersticioso, mas não posso evitar a idéia: Félix é uma fonte de maus eflúvios.

O apartamento onde moro desde a separação é pequeno e é uma bagunça — livros, roupas, garrafas espalhados por toda parte. Depois de muito procurar, acabo achando o que queria: a caixa de papelão em que guardo, junto com os dois textos de ficção nos quais venho trabalhando há anos (um sobre o vendilhão do Templo, outro sobre o padre Nicolau, fundador da cidade), as recordações do colégio. Ali está a foto, colorida mas meio desfocada: Félix, Armando, Matias, eu. Nós quatro de túnica, sandálias, barba postiça — a de Matias (que ainda por cima está com uma horrenda maquiagem) ridiculamente torta. O flash pôs em suas pupilas um espectral brilho vermelho; sim, eu sei que é a cor do fundo de seu olho, do sangue que ali circula, mas não é também o vermelho do fogo interior, da fornalha interna em que o pobre se consumia? Não são as chamas do inferno que carregava dentro de si, com todos aqueles demônios a atormentá-lo, demônios que nem suas devotas preces espantavam? Talvez, mas nessa foto o Matias está sorrindo. O fugidio, patético sorriso que me chamou a atenção quando o conheci, quando comecei a freqüentar o colégio São Vicente.

De imediato vem-me à lembrança o velho prédio cinzento na rua das Acácias, a fachada em estilo neoclássico, a grande porta de madeira esculpida, os longos corredores, o pátio com suas frondosas árvores, as salas de aula com pé-direito altíssimo, as carteiras em cujos tampos gerações e gerações de alunos haviam deixado inscrições agora ilegíveis. Eu não gostava do São Vicente, um estabelecimento de ensino religioso, tradicional e caro; preferia a escola pública perto de casa, onde estudavam meus amigos. Mamãe, porém, acreditava firmemente que um colégio daquele tipo seria o trampolim que permitiria ao filho subir na vida, ter uma boa profissão, ficar rico. Jovens das melhores famílias estudam lá, argumentava, citando como exemplo — quem? — justamente o Félix, filho de um grande fazendeiro.

Enganava-se, a pobre. Enganava-se em geral: modesta funcionária pública, pretendia-se, contudo, aristocrata, porque sua família descenderia de algum obscuro e arruinado barão português — uma ascendência nunca confirmada, nem mesmo pelo genealogista que certa vez consultou e que lhe levou o salário de um mês inteiro. Verdade, tinha fazendeiros ricos entre seus numerosos parentes; verdade, o pai era médico. Médico de subúrbio, sem grande clientela, mas médico, pessoa culta, letrada. Mamãe sempre valorizou a cultura: lia muito, julgava-se poeta: enchia cadernos e cadernos com sonetos que esperavam o milagroso editor, o homem que um dia invadiria a nossa casa gritando, eu sei que há um tesouro poético aqui, me entreguem, quero publicá-lo. Mas não seria eu quem desfaria suas ilusões: já bastava o sofrimento que a vida tinha lhe causado, a pobreza, o casamento infeliz. Futuro algoz de Isabel e potencial assassino de baratas, eu tinha, contudo, sentimentos filiais. Prometi que seria um bom aluno e que ela se orgulharia de minhas notas.

Lembro o primeiro dia de aula no São Vicente, a excitação, a correria na sala de aula. Apesar de contrariado, fiz, de imediato, meia dúzia de amigos, entre eles aquele que viria a ser um grande companheiro, o Armando.

Soou a campainha, e — disciplina era regra básica no São Vicente — entramos imediatamente na sala de aula, escolhemos os nossos lugares e ficamos de pé aguardando. Pouco depois entrou o rechonchudo e sorridente padre Alfonso. Fez-nos sentar com um gesto, apresentou-se, disse que nos daria aulas de religião e matemática:

— E serei exigente em ambas. Porque ambas são vi-tais. — E repetiu, separando as sílabas: — Vi-tais. Completam-se, aliás. A matemática ensina a pensar. E a religião dá sentido ao pensamento. Estava escrevendo no quadro o nome dos livros que iríamos usar, quando a porta se abriu, e era o Félix. Por um instante ficou ali parado, um rapazinho elegante, cabelos escuros cuidadosamente penteados, porte altivo e sorriso debochado. Usava uns enormes óculos escuros, espelhados. Sem nenhuma palavra, e com um ar de enfado que, depois descobriríamos, era uma característica dele, sentou-se, ou, antes, deixou-se cair numa cadeira da última fila. O padre, que já o conhecia de anos anteriores, fez uma azeda observação sobre o seu atraso. Culpa do meu motorista, retrucou Félix, ele sempre se atrasa quando a primeira aula é religião, acho que é ateu. Foi uma gargalhada geral, e até o padre teve de rir. Retomou as explicações, mas de novo foi interrompido: mais um aluno chegava.

Era o Matias. Esse está fodido, observou Armando a meu lado, e eu tive de concordar. Nunca tinha visto um garoto tão desamparado — os grandes olhos azuis pareciam pedir socorro. E franzino, e magrinho, enquanto nós aos doze, treze anos, já éramos altos, robustos. Cumprimentou timidamente o padre e ali ficou, sem saber o que fazer. Tinha os olhos ainda vermelhos de pranto. Depois ficamos sabendo que a mãe o trouxera à força para o colégio. Ele resistira até o último momento, agarrando-se às barras de ferro do portão da escola e pedindo para voltar para casa. Tão desoladora era sua aparência que o padre não teve coragem de repreendê-lo pelo atraso; ao contrário, sorriu, amistoso:

bem-vindo seja, disse, daqui em diante procure observar o horário, é para seu bem. Murmurando um pedido de desculpas, Matias procurou um lugar e sentou. Como eu, tinha mudado de colégio naquele ano. Um ano que mais tarde eu me esforçaria por esquecer — e que o telefonema de Félix agora me trazia à lembrança. Sim, tudo isso está na foto, essas recordações todas. Alguém mais cordial do que eu a levaria para mostrar ao antigo colega de aula. Mas cordialidade não é coisa que esteja a meu alcance, não nesta manhã, pelo menos; mostrar o instantâneo ao Félix só serviria para prolongar um papo que pretendo seja o mais curto possível. A rigor eu deveria rasgar a foto, queimá-la, jogá-la fora, como faço, ou tento fazer, com outros resíduos do passado; mas onde está a coragem para isso? Decido por fim levá-la comigo, coloco-a na pasta. Feito o quê, tomo banho, visto-me (terno e gravata; respeitabilidade no meu caso é condição de sobrevivência), tomo uma xícara de café (instantâneo; quem vive sozinho não se permite grandes refeições matinais) e saio. Percorro os escuros e sujos corredores do prédio, chego à porta, recuo. O sol que brilha fere-me os olhos, o calor é sufocante. Estamos muito ao sul do Equador, onde, segundo a tradição, não existe pecado. Mas existe calor: trinta e dois graus, indica um mostrador em frente. Ou seja: trópicos, tristes trópicos. Hesito, e projeto-me para fora. Aqui estou, na movimentada avenida central de São Nicolau do Oeste, cidade que cresceu muito nos últimos anos, graças ao parque industrial e à soja. O tráfego é relativamente grande a esta hora, ronco de motores e buzinas atordoam-me e, atordoado, sigo o fluxo de pessoas, como um galho seco na correnteza. Felizmente vou na direção certa: em poucos minutos estou na porta do prédio de minha mãe. Visitá-la diariamente é parte de minha rotina há alguns meses, desde que ficou parcialmente imobilizada por um acidente vascular cerebral. É penoso, mas tem de ser feito; meu irmão mora numa cidade distante, a tarefa ficou reservada para mim.

O elevador, como de costume, está estragado. Subo com dificuldade as escadas e chego ofegante à porta do pequeno apartamento. Tenho a chave mas, revirando os bolsos, constato que não a trouxe: não há dúvida, este é o dia. Toco a campainha. A atendente que contratei (e cujo salário não pago há dois meses; Isabel não é a única espoliada) abre-me a porta com compreensível má vontade. Essa má vontade também se reflete na desarrumação do lugar. Faço uma observação qualquer e ela me responde, brusca, que não é faxineira e que não tem obrigação de fazer a limpeza, sobretudo quando está com o salário atrasado. Não há o que retrucar. Tem razão.

Minha mãe recebe-me com seu triste sorriso. Como está, pergunto. Tudo bem, ela diz. É sua resposta habitual: tudo bem, meu filho, tudo bem. Queixar-se é a última coisa que lhe ocorreria. Resignação foi a marca da vida dessa mulher. Viúva desde cedo, batalhou para educar os dois filhos, dos quais se orgulha. Meu irmão, mesmo sem curso superior, é gerente de uma malharia, verdade que no momento passando por dificuldades financeiras; quanto a mim, ela pensa, como Félix, que sou um importante assessor do prefeito. Ilusão que não tento desfazer. Mães têm direito à fantasia.

Sento-me, digo que está calor, e ela — meteorologia é um dos seus temas prediletos; melhor dizendo, é dos poucos temas que lhe restam — fala um pouco sobre o tempo, que, segundo ela, ficou maluco, calorões e depois chuvas torrenciais e depois calorões de novo, antigamente não era assim, as estações eram mais definidas, inverno era inverno, verão era verão, hoje não, é tudo uma confusão só. Articula com dificuldade as palavras, mas é preciso manter as suas tênues conexões com a realidade, de modo que continuo o diálogo: das condições atmosféricas passamos para a novela de tevê (em breve o último capítulo — será que ela estará aqui para vê-lo? — Deus, é frágil a existência, muito frágil), para o último escândalo político. Aparentemente me escuta, mas aos poucos seu olhar vai ficando vago: ela está longe (onde?). O que me deixa angustiado, porque antecipa a orfandade. Mas a mim também nada mais ocorre para contar, e o silêncio agora pesa sobre nós, sobre mim, ameaça esmagar-nos. Esmagar-me.

Olho ao redor. Nas paredes manchadas, nas prateleiras, sobre a cômoda — fotos, dezenas de fotos, coloridas e em preto-e-branco, grandes e pequenas, de todo tipo. O mundo de minha mãe é feito de fotos, ela vai de uma para outra como se vivesse num arquipélago formado por ilhas de recordações que emergem de um mar frio, escuro, nevoento, insondável. Ali está, por exemplo, o meu pai. Nessa foto, ele é um homem bonito, simpático, sorridente. O sorriso que era, aliás, a sua marca registrada e do qual ele dependia para ganhar a vida.

Meu pai era doleiro. O que deixava mamãe envergonhada, mortificada mesmo. A família dela era de gente fina, mas o marido era doleiro. O primeiro da cidade, um pioneiro no câmbio paralelo, coisa de que se orgulhava, mas que para minha mãe era motivo de vergonha. Tentava remediar a situação dizendo que o marido operava na área de finanças. Mas não, era dólar mesmo que papai vendia. Tinha um pequeno escritório e atendia uma clientela relativamente selecionada — o pai de Félix, por exemplo. O negócio rendia bem e, para aumentar o desgosto de mamãe, papai gostava de negociar com a moeda americana. Não era só disso que gostava, naturalmente: também de mulher, e de um joguinho de pôquer, e de uísque — foi dele que herdei o gosto pelo álcool. Boa-vida, sim, mas brincalhão, tolerante. O último ano de sua existência foi sombrio: primeiro, viu-se envolvido num inquérito sobre dólares falsos; depois, foi o câncer de pulmão, que rapidamente acabou com ele. Era uma coisa triste vê-lo no hospital, o corpo antes vigoroso devastado pela doença. Mamãe fez bem em escolher um instantâneo que o preserva em seu melhor: sorridente, ele ergue um copo, brindando a qualquer coisa. Abaixo da foto, numa moldura, está uma nota de dólar. Foi das primeiras que chegaram às mãos de papai; guardava-a como orgulhosa recordação, uma espécie de diploma. Avessa a dólares, mamãe gostava, contudo, de olhar a cédula. Eu pensava que ela o fazia para lembrar-se de papai. Depois me dei conta: era George Washington que atraía seu olhar. Fascinava-a aquele rosto aristocrático, aquele olhar severo, os lábios finos. Um homem como aquele quisera ter tido como marido, não um doleiro. Para ela o dólar, aquele dólar, não era dinheiro, muito menos mercadoria a ser trocada. Era uma senha, objeto mágico que a transportava para um mundo deslumbrante, afastado no tempo e no espaço: ali estava ela, numa grande casa colonial, vivendo um lindo romance com George Washington. Tal era, no caso de mamãe, o poder paralelo do dólar. Poder que independia das cotações de mercado, ou melhor, que era regulado pelas cotações de um outro mercado, o mercado da paixão. Pudico segredo que minha mãe guardava só para si e que descobri por acaso, ao encontrar na gaveta de sua mesa de cabeceira um soneto dedicado a George Washington ("Vem, glorioso George, vamos proclamar juntos a independência"). De início essa estranha fixação me perturbou muito, mas com a idade — minha barba já começa a ficar grisalha — e com o aumento da cota diária de cervejas pude entender e aceitar essas fantasias.

Por associação de idéias, talvez, lembro-me da foto. Abro a pasta, extraio dali esse momentâneo equivalente da varinha de condão, da poção mágica, do amuleto poderoso, esse instantâneo que terá o poder de abrir uma nova vereda de conversação:

— Olha só, mamãe. Você se lembra?

Ela olha a foto, a princípio indiferente. Mas então seu rosto se ilumina; sim, ela se lembra. E se lembra como mãe: que bonito você está, diz, com essa barba postiça. Tão bonito quanto hoje, acrescenta, acariciando-me o rosto com a mão trêmula. Dá-me um nó na garganta, tenho de fazer força para conter as lágrimas.

Ela examina de novo a foto, reconhece o Félix — aquele malandro — e o Armando; e então a sua testa se franze, e eu sei que ela está olhando para Matias.

Que fim levou, pergunta. Sabe que morreu, mas esqueceu ou quer esquecer.

— Morreu, mamãe. O Matias morreu. Há muitos anos. Ficou doente e morreu, você não se lembra?

Ela murmura qualquer coisa que não entendo, torna a olhar para a foto, nota que a barba do Matias está torta. Fica um instante em silêncio e acrescenta, mirando-me fixamente:

— Ele estava condenado, isso eu sempre soube.

No passado, mamãe era dada a premonições. Não falava muito no assunto porque tinha medo de que a tomassem por maluca, mas acreditava firmemente que podia prever o futuro.

— Vocês não tiveram culpa do que aconteceu. Era o destino. Aqueles pombos esvoaçando no palco, aquilo não eram pombos, eram almas penadas. Não podia escapar, o pobre garoto.

Está agitada, agora; começo a me arrepender de ter mostrado a foto.

— Ele não vai deixar vocês em paz — brada. — Você deve rezar, meu filho, deve rezar muito para se ver livre da maldição.

Alarmada, a atendente entra no quarto, corre para mamãe, trata de acalmá-la. Depois se volta para mim, irritada:

— O senhor só serve para atrapalhar. Ande, me ajude a levá-la para a cama.

Complexa operação que exige o nosso esforço conjunto —

a atendente resmungando sem cessar. Finjo não ouvir suas reclamações e até faço alguns comentários bem-humorados. A tarefa concluída, deixo-me cair na poltrona e ali fico, ofegante pelo esforço: estou fora de forma, barrigudo, muita comida de lanchonete, muita cerveja. Acabo adormecendo.

Acordo sobressaltado, olho o grande relógio de pêndulo: quase meio-dia. Estou atrasadíssimo, tenho de ir. Mamãe agora está adormecida; beijo-a na testa e, antes que a atendente me interpele sobre o salário, precipito-me escada abaixo. De novo na rua, de novo arrastado, mas de novo na direção certa: ao cabo de alguns minutos estou no centro, perto dali.

Para chegar à prefeitura tenho de atravessar a antiga praça, que fica no lugar ocupado pelo aldeamento indígena aqui criado pelos jesuítas no século dezessete. E do qual pouco sobrou; não temos ruínas impressionantes como as das Missões. Só um enorme pé em granito, que, supõe-se, seria parte de uma gigantesca estátua de Cristo: a marca do cravo, aliás muito bem-feita, aponta para isso. Agora, colocado num pedestal e tendo ao lado uma placa explicativa, é a principal atração turística da cidade. Um vereador propôs completar a estátua, erigir o Cristo de São Nicolau do Oeste, mas seria um empreendimento grande demais, custoso demais; de modo que, por injunções orçamentárias, ficamos restritos ao pé.

Durante muito tempo a praça foi um lugar bucólico: namorados, vendedores ambulantes, velhos jogando damas ou dominó. Ultimamente, porém, o lugar serve de cenário para comícios e manifestações. Por toda parte bandeiras vermelhas: a esquerda — coisa que há alguns anos seria inconcebível — conquistou a prefeitura nas últimas eleições. As coisas vão mudar, anunciou o prefeito na posse, vamos devolver a cidade ao povo. E de imediato começaram as modificações, sobretudo no centro. A praça foi ampliada, recebeu calçamento novo e, doação de artistas solidários, um conjunto de esculturas (modestas; não é o Cristo de São Nicolau do Oeste) que homenageiam não generais ou políticos, mas trabalhadores: ali está "O Ferreiro" erguendo no ar um grande malho e "O Pescador" lançando sua rede. "O Pedreiro" já concluiu metade de uma parede, "O Metalúrgico" está diante de uma forja um pouco antiquada. As feições de "O Lavrador" lembram os guaranis que um dia foram donos destas terras, hoje reduzidos a umas poucas famílias. Para elas, aliás, a prefeitura tem um programa de ajuda e de recuperação cultural: há até cursos em idioma indígena. As formas surrealistas da escultura suscitam discussão. Numerosas mãos saem do corpo, cada mão segurando um instrumento de trabalho: pá, enxada, foice. No ombro da figura está pousada uma coruja, que, segundo o artista, é símbolo de sabedoria, mas que para muitas pessoas é coisa de bruxaria. A oposição já está até fazendo circular um abaixo-assinado para a retirada da obra.

Alheios à controvérsia, os pombos da praça fazem das esculturas os seus poleiros. Há milhares deles esvoaçando por ali e pelos arredores. Têm seus ninhos nos beirais dos casarões próximos. Faz parte do folclore da cidade uma história sombria sobre o velho morador de uma dessas casas, um homem esquisito e solitário que costumava manter a janela aberta para receber os pombos. Morreu e, como às vezes acontece, ninguém notou sua falta. Finalmente vizinhos resolveram entrar na casa e ali estava o cadáver, sepultado por uma espessa camada de fezes de pombos. Quer dizer: em vez de pegar o cadáver com seus bicos, transportando-o num belo esforço conjunto para o além, as aves simplesmente evacuaram na mão que as alimentara, na mão e no resto. Há uma moral nessa história, como costumava dizer o padre Alfonso, mas eu não sei qual é, nem me atrevo a adivinhar: a Sociedade de Columbofilia, cujo presidente vem periodicamente à praça ver como estão os pombos, já redigiu uma carta à população denunciando o preconceito contra as aves.

A praça está cheia de gente. Tipos esquisitos não faltam: o homem de olhos esbugalhados anuncia (verdade que sem despertar muito interesse) o fim dos tempos, a derradeira batalha entre o Mal e o Bem; a mulher gorda, vestida de trapos coloridos, ensaia um curioso passo de balé; o velho de sobretudo rasgado resmunga um enraivecido monólogo contra o imperador — qual deles, não diz. Passa correndo um garoto maltrapilho; decerto assaltou alguém, os assaltos aqui agora são comuns. Mas há um animado grupo de escolares, e os olhos da professorinha que os trouxe para ver as esculturas brilham de entusiasmo enquanto, diante de "O Lavrador", ela explica:

— Isto é arte, gente. Sabem por que isto é arte?

É bonita, e constatar que é bonita me anima, tanto mais que ela devolve o meu sorriso: a primeira, e talvez única, boa surpresa do dia. Dentro da praça o espaço, grande, que o prefeito, enfrentando feroz oposição, destinou aos camelôs. Dezenas deles, vendendo rádios de pilha e bonecas Barbie, brinquedos eletrônicos e aspirina americana, canetas japonesas e bronzeadores, tudo bem ordenado sobre as mesas portáteis. E ali está, sorridente, o meu antigo companheiro de colégio — agora barrigudo e meio calvo, mas sempre afável, o amigo Armando. Faz meses, aliás, que ele ocupa o mesmo lugar.

Confesso que fiquei chocado ao vê-lo pela primeira vez junto à mesa de bugigangas; afinal, não é comum um professor de história tornar-se camelô. Sobretudo em se tratando de um bom professor de história, autor de vários trabalhos de peso, incluindo uma pesquisa sobre a fundação de São Nicolau do Oeste que lhe tomou anos. Armando estudou a trajetória do padre Nicolau, que durante algum tempo conviveu com os índios sem falar a língua deles, situação que, aliás, aproveitei no meu cronicamente inédito texto de ficção. Detém-se particularmente no intrigante personagem que se apresentava como Felipe e que durante algum tempo serviu de intérprete ao jovem sacerdote. Esclareceu parte do mistério ao mostrar que Felipe, aventureiro atolado em dívidas de jogo, oferecera seus serviços ao bandeirante Bartolomeu Silva: conhecendo bem o idioma indígena, poderia localizar aldeamentos, neles se infiltrando e informando ao caçador de índios se o ataque valeria a pena. Proposta aceita, Felipe dirigira-se para o sul e aqui, onde hoje está a cidade, encontrara a missão chefiada pelo jesuíta Nicolau. O sacerdote estava desesperado: o padre com quem trabalhava morrera e ele não falava guarani.

Vendo ali uma boa oportunidade, Felipe se propôs como intérprete, sendo acolhido por Nicolau. Seu plano era desestabilizar o sacerdote distorcendo o que ele dizia aos índios, e vice-versa. Enviou, por um pombo-correio que trouxera consigo, uma mensagem a Bartolomeu Silva: o bandeirante poderia vir de imediato com seus homens. Ocupado em atacar outras missões, Bartolomeu Silva não apareceu; nem sequer respondeu à mensagem. Felipe agora estava em apuros, inclusive porque o padre começava a desconfiar dele. Reconhecido por um escultor indígena, um andarilho que já o vira com os bandeirantes, não hesitou em matá-lo.

Ao perceber que alguma coisa estava errada, o padre decidiu aprender o idioma dos indígenas; para isso escolheu uma índia chamada Inês. Mas Felipe agiu rápido e matou dois coelhos de uma cajadada: seduziu a moça, passando a dispor de mulher e impedindo que Nicolau aprendesse guarani. Chegou a casar com Inês, mas rejeitou-a quando a índia engravidou. Ela estava prestes a dar à luz quando surgiram Bartolomeu Silva e seus homens. O temido ataque nunca aconteceu: sabe-se que Felipe cavalgou até onde estavam os bandeirantes e pouco depois o grupo todo partia. Armando não tem explicação para esse inesperado e estranho desfecho, mas acha que o aventureiro, talvez para poupar o filho recém-nascido (mesmo aventureiros têm instintos paternos), conseguiu convencer Bartolomeu Silva a desistir do ataque — quem sabe argumentando que, ao contrário do que pensara, o número de índios era ínfimo. Poucos dias depois chegava à missão um jesuíta familiarizado com o idioma guarani, e daí por diante o pequeno aldeamento teve uma existência tranqüila sob a administração do padre Nicolau, que aqui morreu e aqui está enterrado. Depois dele, os índios foram se dispersando; as terras férteis atraíram gente de outras regiões, mais tarde vieram os imigrantes, a cidade começou a crescer até chegar ao que é hoje.

Tudo isso ficou registrado no trabalho de Armando, que lhe valeu prestígio, mas não mais do que isso. Ganhava muito pouco no colégio público em que lecionava; mal conseguia sustentar a família, mulher e quatro filhos, um deles doente. Depois de relutar muito, decidiu mudar de profissão. E, assim, lá pelas tantas estava ele na praça, ao lado de outros vendedores, apregoando suas mercadorias.

De início queixava-se: imagine só, eu, um professor com livro publicado, vendendo estas merdas. Depois uma surpreendente transformação se operou nele; não apenas parecia menos contrariado, como até passou a falar com entusiasmo da nova ocupação: vendo, sim, vendo muamba, vendo porque preciso, mas vendo também porque gosto, essas coisas são úteis, mudam a vida das pessoas. Citava como exemplo os relógios: são bons e são baratos, qualquer operário pode comprar, e isso é importante, nossa gente não tem a noção do tempo, você chama um encanador e ele responde, amanhã às nove vou à sua casa, e não vem coisa nenhuma, não é uma informação exata, é só algo que ele diz para se ver livre de você, aparecerá quando puder ou quiser. Mas o relógio no pulso serve para conectar esse homem ao mundo da realidade, da objetividade, da seriedade.

E concluía, triunfante:

— Se é verdade que a introdução do relógio mecânico foi uma das coisas que marcaram a transição do feudalismo para a modernidade, então temos de concluir que estávamos quinhentos anos atrasados e que só agora começamos a progredir. E progredir graças à democratização da tecnologia. Quando eu vendo um relógio, quando explico como funciona, estou ensinando, como ensinava história aos meus alunos. Só que agora ensino para gente que quer aprender, e não para garotos indiferentes que bocejavam e olhavam pela janela enquanto eu me esgoelava por um salário de merda. Meu livro sobre a fundação da cidade, que aliás não vendeu nada, custava mais que um Casio com calculadora. E com esse relógio o cara vê a hora, o dia, e pode fazer cálculos, pode descobrir que percentagem de seu salário vai para comida, para vestuário, vai para aluguel. Uma nova consciência está nascendo da eletrônica, acredite.

Muitas pessoas se admiram dessa mudança, e ele foi inclusive entrevistado pela tevê local ("A seguir: o professor de história que virou camelô. Logo depois dos comerciais, não perca"). Apesar da incredulidade geral, repete sempre que vender na praça não é apenas um ganha-pão, é um novo estilo de vida:

— Não quero me tornar um grande empresário, não quero ser dono de uma cadeia de lojas, quero ficar na praça — porque vender significa participar da vida das pessoas, significa compartilhar de seus desejos, de suas aspirações, de seus segredos.

Armando tem um sonho: um grande conclave reunindo camelôs de todo o mundo. Virão de diferentes países, trajando diferentes roupas e falando diferentes idiomas, todos porém animados de um propósito comum: mostrar que o comércio, sobretudo o pequeno comércio, pode ser uma forma de aproximação entre as pessoas. O evento durará três dias e constará de conferências, de discussões em grupo, de debates. Pontos importantes figurarão na agenda. É o mercado uma instituição intrinsecamente capitalista ou pode ser compatibilizado com um regime de maior justiça social? Até que ponto vai a competição, onde começa a cooperação? Prêmios serão conferidos aos melhores trabalhos apresentados sobre esses temas, sem falar no troféu "Comércio humanizado", destinado ao vendedor que mais se destacar na função social de seu trabalho.

O aperfeiçoamento de recursos humanos, prevê Armando, será um objetivo importante da reunião. Como professor, ele já se deu conta de que o despreparo na área é evidente, chegando a situações grotescas e constrangedoras: vendedores ofendendo, maltratando os clientes. Vender, diz a quem quiser ouvi-lo (e não são poucos os que querem ouvi-lo, sobretudo depois que apareceu na tevê), exige um processo de transformação pessoal. É preciso renunciar à voracidade, à ânsia de ganho imediato que só endurece o coração e que acaba resultando em prejuízo. É preciso incorporar à técnica de venda a estratégia da auto-renúncia.

Os camelôs terão de formar uma associação com sede própria, diretoria, estatutos. Um código de ética... Uma publicação, editada por um bom jornalista (ele diz que sempre cogita meu nome)...

A instituição classista necessitará de um presidente, cargo para o qual Armando, apesar de sua modéstia, considera-se candidato natural. Sente que tem a capacidade de assumir o diálogo com o poder constituído, negociando redução ou mesmo isenção de impostos.

Nunca descobri se acredita realmente no que diz, se não está se auto-enganando. Mas gosto do cara, é meu amigo, talvez o único que me restou. Conversar com ele é sempre um consolo. De modo que, mesmo atrasado, vou até onde está. Recebe-me com efusão, abraça-me, aponta com orgulho para o garoto magro e de olhos tristes que está atrás da mesa:

— Este é o meu filho mais velho, o Júlio. Está me ajudando: começou hoje.

— Quer dizer: o negócio está tão bom que já tem herdeiro, é isso?

O garoto sorri, embaraçado, põe-se a arrumar os rádios de pilha e as bonecas Barbie — imitações, mas boas imitações, algumas parecem até mais sensuais que a autêntica, se fossem em tamanho natural muitos adultos se habilitariam. Armando convida-me para uma cerveja. Estou atrasado, mas a proposta é irrecusável. Entramos num bar, sentamos, ele pergunta como vão as coisas. Conversamos um pouco e inevitavelmente caímos no assunto do colégio, falamos de um, de outro.

Mostro-lhe a foto. E é o Félix, claro, quem primeiro lhe chama a atenção: olha só a cara do filho-da-puta, diz. Lembra a peça que apresentamos:

— Ele nos usou para fazer média com aquele padre... Como era mesmo o nome dele?

— Alfonso.

— Isso. Alfonso. Enrolou o velho direitinho — graças a nós. Um safado, aquele Félix. Ainda bem que quebrou a cara: merecia. Porque foi uma tragédia, aquilo.

Hesita. Penso que vai falar no Matias, mas não, essa é uma lembrança que evita: traz-lhe, como a mim, más recordações, estivemos juntos no enterro. Faz-se um silêncio incômodo, que me encarrego de romper:

— Falando em Félix, ele me ligou hoje de manhã.

— É mesmo? — Armando me olha, surpreso. — Mas faz anos que ele não fala com você. O que é que ele queria?

— Não sei. Disse que não podia falar por telefone. Temos um encontro às cinco.

— Hum. — Franze a testa. — Tome cuidado. Alguma ele está aprontando. Você conhece o Félix. O cara não vale nada. É um grande salafrário, isso é o que ele é.

— Será que não mudou? — Estou provocando um pouco.

Com Armando, com o ingênuo e emotivo Armando, é fácil, sei disso desde os tempos de colégio. — As pessoas evoluem, como você mesmo diz.

Ele se exalta:

— O Félix? O Félix, mudar? Você está me gozando. O Félix? Nunca. Aquele cara não tem jeito, é mau-caráter de nascença. O Félix? Pilantra, tremendo pilantra. Você é tolerante, perdoa sempre. Eu não. Cala-se. Por um instante fica ruminando a raiva. Depois me olha, e há dureza em seu olhar:

— É que você só lembra as brincadeiras de colégio. Mas eu -

Vacila um instante; por fim, desabafa, conta a história que tem atravessada na garganta. Há tempos se encontraram, por acaso, na rua. Conversa vai, conversa vem, Félix, amável, convidou-o, a ele e à mulher, para um jantar em sua casa. Foram. Eram só os dois casais, coisa que deixou Armando surpreso e embaraçado. Mas depois do vinho o ambiente se desanuviou, o papo fluía, as anedotas se sucediam, cada vez mais picantes. Félix resolveu mostrar o gigantesco apartamento e foi guiando os convidados: aqui é a suíte do casal, aqui é o nosso banheiro, aqui é a sauna, aqui é o solário. Chegaram ao salão de jogos, onde havia uma mesa de sinuca. A mulher de Armando disse que nunca tinha jogado aquilo, Félix se ofereceu para ensinar e — olhe, o taco você segura assim — começou descaradamente a se esfregar nela. Armando puxou-o para um canto, ameaçou: pára de cantar minha mulher, senão te quebro a cara. Félix não apenas ignorou sua fúria como até fez uma proposta: acho que minha mulher está a fim de você, podíamos ir os quatro para a cama.

— E aí, o que houve? — A verdade é que a história é excitante. É safadeza, é safadeza grossa, mas é excitante e eu não consigo me conter, mesmo correndo o risco de ofender um amigo. Armando, incomodado, e com razão, por essa fescenina curiosi-

230

dade, corta o papo: não houve nada, arremata, brusco, peguei a minha mulher e fui embora. Fica um instante remoendo a indignação, conclui:

— Foi uma lição. Com aquele canalha não quero mais nada.

Cala-se, e calados permanecemos algum tempo. Já não é no Félix que estamos pensando, não é no grande filho-da-puta; é no Matias. Mesmo que não falemos nele, e estamos fazendo força para não falar nele, é impossível esquecê-lo. Ao longo destes anos, quantas vezes pensei vê-lo atravessando a rua ou mirando-me de um ônibus? E com Armando deve acontecer a mesma coisa. Por isso nos é tão difícil ficar em silêncio; tão logo nos calamos, a lembrança do Matias se faz presente, os grandes olhos a nos fitar enquanto murmura, pombos, pombos gordinhos para o sacrifício. Mas em silêncio estamos e esse silêncio pesa sobre nós, já não conseguimos falar, Armando brinca com o guardanapo de papel, eu olho as garrafas nas prateleiras do bar. Por fim, apanho a pasta: bem, o papo foi bom mas tenho de ir, já estou atrasado — anúncio que Armando recebe com evidente alívio.

O garçom traz a conta. Faço menção de pagar — só menção, porque estou duro — mas Armando, seja pela natural generosidade, seja para me poupar o vexame, não deixa: foi ele quem convidou e além disso precisa celebrar, neste mês faturou como nunca. Num impulso, tira o relógio do pulso: tome, é um presente para você. Tento protestar, mas a verdade é que o presente vem bem, estou há tempos sem relógio, como ele deve ter notado.

Despedimo-nos, sigo para a prefeitura. Trata-se do antigo prédio da municipalidade, construído no final do século dezenove, e que ficou reservado ao gabinete do prefeito, à assessoria de imprensa e a algumas outras repartições. No amplo saguão, um grande busto de Getulio Vargas, que no passado visitou a cidade algumas vezes e que atualmente é causa de discussão: muitos, no

Partido, não concordam com essa homenagem ao caudilho, ao ditador. Mas outros lembram que ele foi um benfeitor dos trabalhadores, um pioneiro do nacionalismo, um mártir. Por enquanto a controvérsia é teórica; e por enquanto o busto ainda está ali, Getulio mirando impassível o saguão, do qual uma grande escadaria leva para o andar superior, onde funcionam as assessorias do prefeito. No corredor, mais bustos de bronze e brasões, esses porém praticamente ocultos pelas bandeiras vermelhas, pelos cartazes, por improvisados murais. O lugar fervilha de gente: grupos de jovens militantes ali estão reunidos; decerto foram convocados para uma manifestação qualquer. Alguns me conhecem, e os olhares hostis que me dirigem — porra, mas ainda não se livraram desse cara! — fazem-me apressar o passo. Subo mais uma escada, esta menor, chego ao segundo andar, dirijo-me à pequena sala que divido com dois outros jornalistas, mais jovens e mais ativos: estão sempre nas vilas populares ou nos centros de comunidade entrevistando e fotografando. É um refúgio, precário refúgio, mas antes dele há terreno minado: a primeira sala no corredor é a do Morais, cuja porta está sempre aberta. Em geral consigo passar despercebido porque ele está sempre muito atarefado; mas hoje — claro, hoje é o dia — não tenho essa sorte. Avista-me, chama-me: quero falar com você.

Não há como escapar. Passos vacilantes, entro, cumprimento-o.

É um homem de certa idade, o Morais, bela cabeleira branca, rosto magro, severo, de monge. Filho de um comunista famoso, comunista ele próprio na juventude, foi preso durante a repressão e torturado. Não fala nisso, mas uma certa angústia em seu olhar lembra os maus momentos que passou. Conhecemo-nos há muito tempo, ele gosta de mim, mas fica puto da cara com os problemas que lhe crio, como esse, de chegar sistematicamente atrasado. Você está cheirando a cerveja, declara, azedo. Por experiência, sei que o mote anuncia o sermão habitual (as coisas aqui mudaram, acabou a sacanagem, acabou a corrupção, você tem de se acostumar), mas então nota o relógio em meu pulso e sua expressão muda; encantado, toma aquilo por um sinal animador: decerto agora serei pontual, cumprirei com minhas obrigações. Pergunta onde comprei, informo que foi presente de Armando. Bom cara, diz Morais:

— Um sujeito direito, muito popular entre os camelôs da praça. E mais, apóia o prefeito.

Aproveitando a conjuntura inesperadamente favorável, decido reverter a minha imagem de vagabundo e pergunto se há algum release para ser feito. É o clímax: eu, pedindo trabalho? Mal pode acreditar no que ouve: não há dúvida, alguma coisa mudou, quem sabe possa até alimentar esperanças a meu respeito. Não, por enquanto não há nada para fazer, mas devo ficar atento: no final da tarde o prefeito vai assinar um decreto que terá repercussão, ele precisará de um bom release:

— Coisa para jornalista competente. Como você.

O pior é que está sendo sincero. O pior é que não quer me engambelar, como o Félix. Porque se quisesse simplesmente me engambelar, se o elogio fosse só para constar, para provar sua habilidade, sua magnanimidade, sua capacidade de tratar bem até quem não é do Partido — eu não me abalaria, estou suficientemente curtido. Mas, e isso é doloroso, sei que ele sinceramente me admira. E sua admiração é pior que o desprezo, porque nada posso fazer com ela, não posso rejeitá-la com um sorriso superior, não posso aceitá-la com grata efusão. Limito-me, portanto, a dizer que estou às ordens. Eu aviso você, diz, e se precipita para atender o velho telefone vermelho que toca: o prefeito o chama.

Saio, vou para a minha sala — "minha", agora, é força de expressão, mas houve um tempo em que eu tinha a minha sala, sim, e secretária: mais uma evidência de que meu status desabou, assim como o salário. De todo modo, eu tenho uma mesa, um computador, um telefone — e não preciso ficar ao ar livre, como o Armando.

Para meu alívio, não há ninguém ali; os outros jornalistas ainda não voltaram, e assim não preciso dizer coisas inócuas ("Calorzinho, né?") nem ouvir comentários irônicos. Deixo-me cair na cadeira, que range em protesto, e por uns instantes fico ali, imóvel, de olhos fechados — mas então ouço, do corredor, uma risada, uma risada que instantaneamente me deixa excitado.

Márcia.

Conheci-a na outra gestão: eu era o chefe da assessoria de imprensa, ela uma funcionária de baixo escalão, encostada num órgão qualquer. Encontrávamo-nos nos corredores, nos cumprimentávamos, trocávamos as frases convencionais. Mas já então alguma coisa havia, certos olhares, certos sorrisos. O que não era de admirar: afinal, eu ocupava um cargo importante; de outra parte, ela tinha fama de grande fodedora. Mas eu não estava a fim: a vida conjugal andava difícil, eu bebia demais. Um caso àquela altura só iria me complicar. Isso era o que me dizia o bom senso. Que, no entanto, não prevaleceu. Infelizmente não prevaleceu.

Um fim de tarde apareceu na minha sala. O expediente já se encerrara, mas nós dois ainda estávamos ali, ela por causa de alguma (rara) tarefa extra, eu porque estava sem coragem de voltar para casa. Entrou, sentou, cruzou as pernas mostrando coxas fenomenais; começamos um papo com risinhos e insinuações e, quando dei por mim, ela estava sentada no meu colo, eu — a tesão de muitos meses subitamente despertada —, a beijá-la furiosamente. Vamos para um motel, sugeri, e ela, os olhos brilhando:

— Não precisa. Tenho um lugar melhor, aqui mesmo.

— Que lugar? — perguntei, surpreso e apreensivo: não queria confusão.

— Vem comigo — ela disse, e me arrastou pelo corredor. E aí mostrou-me o lugar em que, evidentemente, já fizera sexo mais de uma vez: o salão nobre. Antes que eu pudesse dizer alguma coisa, tranqüilizou-me:

— Não se preocupe — disse, com um riso maroto —, dos funcionários, eu sou a única que tem a chave deste lugar. Aliás, uma de minhas funções é cuidar dele. E tenho cuidado muito bem.

Recinto lúgubre, aquele, cheirando a mofo. Quase não era usado; as cerimônias importantes realizavam-se num novo e moderno auditório. O centenário salão fora conservado mais como curiosidade, como relíquia histórica. Não era muito grande: umas dez fileiras de poltronas, todas estofadas em veludo vermelho (agora já desbotado), colocadas diante de um estrado sobre o qual estava a grande mesa de jacarandá, com algumas cadeiras — estas de espaldar alto e madeira caprichosamente esculpida. Nas paredes manchadas, quadros a óleo: antigos prefeitos e intendentes, figuras ilustres da cidade, barões, comendadores. Faces severas a advertir: aqui não se brinca, e muito menos se fode, vá trepar em outro lugar, seu jornalista de meia-tigela, não neste augusto recinto, reduto da austeridade e da autoridade.

Acho que vou brochar, eu disse, meio sério, meio brincando, mas ela já me arrastava para baixo da mesa (pelo visto, não era a primeira vez que usava o lugar). Naquele momento dei-me conta de que um dos retratados, um homem de bastas costeletas e bigodes, me olhava de maneira diferente; olhar irônico e safado, o dele, olhar que parecia dizer, vai em frente, rapaz, não dá bola pro cenário, não é a primeira sacanagem que este salão testemunha, eu mesmo ganhei muito dinheiro com os contratos que aqui firmei, come logo tua franguinha, vai ser uma grande foda.

Grande foda é pouco. Foi uma trepada monumental, a trepada do século, nós dois rolando no chão, ela me beijando e me mordendo, e depois aquele grito conjunto e nós dois jazendo lado a lado, ofegantes.

De repente, o ruído da chave na fechadura. Sentei-me, sobressaltado, mas ela me acalmou: decerto era a faxineira. De fato, pouco depois entrou a mulher, vassoura e balde na mão. Eu, nu, quis me esconder atrás dos cortinados, mas Márcia me segurou, calma, rapaz, a mulher não está nem aí, fica frio. De fato, a faxineira não parecia ligar muito para a cena que estava vendo; limitou-se a perguntar se era para voltar mais tarde. Que nada, Antônia, disse Márcia, pode varrer, já estamos de saída. Enquanto falava, agarrava-me de novo: e eu, com uma tesão que a mim próprio surpreendeu, fiquei de pau duro diante da velha faxineira. Que, no entanto, prosseguia com sua tarefa, o rascar da vassoura confundindo-se com o ruído de nossa ofegante respiração de tal maneira que eu logo estava trepando sintonizado com o ritmo da varrição, insólita sintonia com a classe trabalhadora. Vassoura mágica, aquela. Meu palpite é que Antônia a levou para casa e que, naquela noite, como bruxa a cavalgou, percorrendo fogosa o melhor dos caminhos, o caminho de sua tesão longamente reprimida e por fim liberada. Isso é o que eu acho, mas não posso garantir. Antônia nunca me falou a respeito; logo depois deixaria o emprego e, certamente inspirada no que tinha presenciado, arranjaria trabalho em um dos melhores bordéis da cidade.

Aquele furtivo e memorável encontro não se repetiu. O mandato do prefeito chegava ao fim e, fosse por isso ou por outra razão qualquer, Márcia recusava todos os meus convites, resistia a todas as minhas investidas. Tão transtornado fiquei que comecei a fazer bobagens; telefonava, insistente, mandava bilhetes e presentes, e uma vez tentei agarrá-la em pleno saguão, na frente de uns cinqüenta espantados munícipes. Foi um escândalo. Ela me chamou de tarado, de incompetente e de sem-vergonha; eu respondia tratando-a de cadela, vagabunda e bagaceira. Enfim, não foi

236

uma cena edificante em termos de moral administrativa ou em quaisquer outros termos. Pior: uma tia de Isabel, que ali estava para pagar imposto atrasado (é nisso que dá, cidadãos ou cidadãs não cumprirem suas obrigações em dia), viu tudo e foi correndo contar à sobrinha. Com o quê o nosso casamento, que já vinha mal, afundou de vez. Fiquei sem uma e sem outra, e o riso de Márcia, que agora ouço, amargurado, soa-me como deboche. Com um suspiro, sento-me, abro a pasta. Tiro de lá a foto; com ela, voltam as lembranças.

Armando estava certo. O tímido, medroso Matias logo se transformou no bode expiatório, no alvo de todas as brincadeiras. Empurravam-no no corredor, grudavam goma de mascar em seu cabelo e até uma barata meteram em sua pasta. O grito de terror que soltou em plena aula foi motivo de deliciados comentários durante muitos dias. Todos se divertiam à custa dele.

Todos, não. Félix, Armando e eu — a essa altura já éramos um grupo — não o maltratávamos. Armando e eu tínhamos pena do coitado; Félix simplesmente o ignorava.

Como não o hostilizávamos, Matias tentou aproximar-se de nós. Sem muito êxito, devo dizer. Para nós, adolescentes, e àquela altura já de olho nas meninas do colégio Santa Eulália (onde conheci Isabel, excelente aluna, muito recatada — pobre Isabel), ele, miúdo e pouco desenvolvido para a idade, era um pirralho. Sabia disso e tentava, das formas mais canhestras, comprar nossa amizade: oferecia-se para fazer trabalhos para nós, trazia chocolates. Armando e eu aceitávamos, sobretudo para não melindrá-lo. Matias então criou coragem e resolveu aproveitar uma oportunidade que acreditava decisiva: convidou-nos para o seu aniversário.

Félix achou aquilo uma afronta — quem ele pensa que é, acha que vou a uma festinha de pobretão? —, mas Armando e eu decidimos prestigiar o garoto. Armando, que tinha alguma ascendência sobre o Félix, exigiu que ele fosse também. Acabou por nos acompanhar, ainda que de má vontade.

Matias morava numa casinha de porta e janela num bairro distante; como minha mãe, os pais dele faziam sacrifícios para manter o filho num colégio caro. A festa, sem dúvida, era parte desse esforço, porque ninguém, nenhum parente, nenhum vizinho, tinha sido convidado, só nós três. Quando entramos na sala, pateticamente decorada com uns poucos balões e umas absurdas bandeirinhas, Félix recuou: isto aqui vai ser um saco, resmungou, vou me mandar. Nós o seguramos e o obrigamos a sentar-se à mesa, onde estavam pratinhos de papelão com uns pasteizinhos gordurosos, uns docinhos enrolados em papel crepom. Matias estava radiante, não sabia o que fazer para nos agradar. A mãe, mulher baixinha, obesa, espalhafatosamente vestida, convidou-nos a sentar, serviu-nos chá e refrigerantes. Conversou um pouco conosco e depois, com ar misterioso, pediu licença e saiu — para voltar com o bolo de aniversário. Matias soprou as velinhas e nós cantamos — Félix contendo-se para não rir — o parabéns pra você, ajudados pela irmã do aniversariante, uma garotinha de voz esganiçada que usava uma enorme fita no cabelo.

Fez-se um silêncio embaraçoso; tudo indicava que teríamos de suportar um tédio mortal até a hora de ir embora, quando de repente o pai de Matias, um homenzinho quase tão franzino quanto o filho, materializou-se na sala, vindo não se sabia de onde — e anunciou que faria um discurso. Tirou do bolso uma folha de papel almaço manuscrita, desdobrou-a e começou a ler: "Querido filho Matias, nesta data de tantas gratificações para você, meu coração se enche de júbilo...". Armando e Félix, este com cara de gozador, escutavam. Eu não. Eu olhava o Matias.

Uma espantosa transformação operara-se nele. O menino tímido, retraído, agora tinha no rosto uma expressão de ferocidade como eu jamais vira. Tive a impressão de que, se ele pudesse, mataria o pai; se pudesse, cravaria a faca — com a qual cortara o bolo e que ainda segurava — no coração do homem; se pudesse, ele o estrangularia com as mãozinhas delicadas.

Apossou-se de mim a certeza de que Matias estava condenado. Não por sua fragilidade; ao contrário, pela insuspeitada e maligna energia que agora se manifestava nele. Estava possesso; e o demônio que o invadira, e que transformava seu rosto numa máscara grotesca, não mais o deixaria. Sabendo disso, não deveria eu ter feito alguma coisa? Não deveria eu ter levantado e gritado ao pai e ao filho, parem imediatamente com isso, nada de discurso idiota, nada de ódio reprimido, abracem-se, amem-se um ao outro antes que seja tarde demais?

Talvez. De todo modo era, sim, tarde demais: naquele momento, as velas já apagadas, o bolo já cortado, o chá já frio, a irmãzinha já adormecida na poltrona adornada com paninhos de renda — o destino de Matias estava traçado. Ali estávamos nós, numa festinha aparentemente inocente; mas dali em diante a inocência não seria mais possível, o mal estava à solta, e com ele a morte: em algum lugar distante o véu do Templo havia se rasgado, os sepulcros tinham se aberto, expondo obscenamente os ossos que guardavam.

Matias sabia disso, claro que sabia. E estava pronto a assumir sua culpa, pronto a oferecer a cabeça ao verdugo sentado a seu lado: o Félix.

O pai ia concluindo; e encerrou com uma rima: ao filho, seu tesouro, augurava um futuro de ouro.

— Futuro de quê? — perguntou Félix. Tinha ouvido muito bem, mas queria que o homem repetisse, queria que Matias sofresse ainda mais. Estava exercitando os músculos de sua crueldade, estava praticando o seu ofício de carrasco. Matias pôs-se de pé, pálido — a palidez da morte que acordara dentro dele —, e berrou, inteiramente fora de si:

— De ouro! Futuro de ouro! Foi o que ele disse: futuro de ouro!

A irmãzinha acordou com o berro, pôs-se a chorar. Matias correu para dentro, deixando o pai e a mãe perplexos e confusos. Armando, que já havia percebido o que acontecia, fez-me um sinal: hora de ir embora. Saímos em silêncio. Até Félix, o loquaz Félix, estava quieto. Fomos caminhando devagar pela rua. Conosco ia — mas isso ainda não sabíamos — o vendilhão do Templo.

Vou à janela. Observador colocado no alto (não muito no alto, nem em termos metafóricos, nem em termos reais), tenho daqui uma visão abrangente do centro da cidade, uma visão que, diz Morais, deveria inspirar-nos a pensar no futuro de São Nicolau do Oeste. Contudo, não estou em busca de inspiração, mas de alívio para o calor: o ar-condicionado não está funcionando, o austero Morais não manda arrumar porque é contra esses luxos, há outras prioridades.

Fora também está abafado, mas ao menos a vista me distrai. Ali está a praça, cheia de gente, ali estão as esculturas e o grande pé, ali estão os camelôs, entre eles Armando. Oferece a uma mulher uma boneca Barbie, gesticulando, sorridente. Quisera eu ter essa disposição.

Pela janela aberta um insolente pombo entra voando, pousa em minha mesa e ali fica, bicando as migalhas do sanduíche de ontem (a limpeza deixa a desejar; já não se fazem mais serventes como Antônia, a enérgica varredora do salão nobre). Tento enxotá-lo, nem se abala; cônscio dos direitos que lhe garante a proteção ecológica, apenas se afasta um pouco e continua a mirar-me com seu pequeno, duro, inexpressivo olho.

Por alguma razão inquieta-me, esse pombo. Parece estranho, diferente dos outros que habitualmente transitam pelo peitoril e que são meus velhos conhecidos: olhar pombos é uma coisa que faço com freqüência. Não me movem a curiosidade e a paixão dos observadores de pássaros; não, é o tédio mesmo. Conheço, portanto, as aves que aqui arrulham, e posso garantir que esse pombo, imaculadamente branco, tem jeito de estrangeiro. Qual a sua origem? Descenderá por acaso das aves que eram postas à venda no templo de Jerusalém? Pertencerá a uma linhagem para cá trazida por desconhecidos navegadores? E nesse caso — terá um de seus antepassados mirado o vendilhão do Templo?

Idéia perturbadora, essa. Pombo olha vendilhão do Templo; ao fazê-lo, passa por uma sutil transformação biológica. A imagem tendo-se fixado, ainda que momentaneamente, em sua retina, a criatura já não é a mesma; alterou-se a disposição das elementares partículas que a compõem. Tal alteração nada mais é que um registro codificado, indireto, da passagem do vendilhão do Templo pela Terra. Incorporada ao patrimônio genético da ave, transmite-se de geração em geração, chega ao pombo de nossos dias que ali está, sobre a mesa, a me mirar. No fundo, bem no fundo do seu olho há um resquício, um embrião de imagem, que, processada, mostraria, a quem quisesse ver — e eu quero ver; não me agrada, mas quero ver — um homem de média estatura, tez morena, olhos escuros, sobrancelhas cerradas, barba e cabelos pretos, apregoando sua mercadoria no pátio do templo de Jerusalém.

Esta imagem se tornaria bem mais nítida se eu aumentasse minha percepção extra-sensorial com uma boa dose de álcool, o que não é possível: Morais me mata, se me pega bêbado nesta casa do povo. Qual é, Morais? O povo não bebe? Esses bebuns que andam por aí, isso não é povo, Morais? Nada disso, rapaz, o povo, quando bebe, é para confraternizar, o povo não é como você, que bebe sozinho para afogar as mágoas, para ter visões, você bebe para enxergar no olho de um pombo o vendilhão do Templo, uma figura de cuja existência não há prova histórica e na qual você está fixado porque um dia, lá na sua remota juventude -

Um dia, na minha remota juventude, participei de uma peça de teatro em que havia um vendilhão do Templo. Não, eu não fazia o personagem. Quem representava o papel agora está morto e enterrado, daquele vendilhão de palco restam apenas ossos secos, uma caveira de expressão angustiada que Hamlet interrogaria sem êxito: foi-se, o pobre Matias, sem entender nada. À irmã até pediu, pouco antes de morrer, que fosse inscrita em sua lápide a frase "Não entendeu nada". Pedido que ela, claro, não atendeu: preferiu achar que aquilo era um sinistro, amargurado gracejo, produto de uma mente alterada pela doença. Optou pelo convencional "Saudades eternas".

Não, Morais, eu não estou só lembrando Matias e o papel que ele desempenhou. É mais do que isso, e é pior do que isso. O que ocorre comigo em relação à lembrança do Matias é algo que eu chamaria de possessão, um termo que a você, descrente e materialista, sem dúvida indignará, mas que uso à falta de outro melhor. Note: não é a alma penada do Matias que se apossa de mim, ou antes, é sim, a alma penada dele, mas travestida — como na peça — de vendilhão do Templo. E é também o próprio vendilhão, a misteriosa figura que eu acabei por, digamos assim, incorporar, ao longo desses anos. O vendilhão está dentro de mim, Morais. No meu vazio interior há um pátio, como o do Templo. Ali, em meio à névoa do tempo (ou em meio a vapores alcoólicos, escolha), ele apregoa pombos e moedas. Você vai perguntar: mas que espécie de raios X revela essa presença em seu íntimo? Não preciso desses recursos tecnológicos, Morais. Mirando-me no espelho, noto em meu olhar tênues mas perturbadores sinais de sua presença: um pouco de arrogância, um pouco de humildade, um pouco de indiferença, e vários outros componentes que não consigo identificar, mas que estão lá.

O vendilhão do Templo atravessou os séculos, Morais, ele triunfa, e não só em mim — olha lá o Armando vendendo um rádio de pilha para um proletário. O vendilhão do Templo chegará ao Juízo Final: a batalha entre os Filhos da Luz e os Filhos das Trevas será de início uma escaramuça mercadológica: "Aproveitem! As virtudes estão em liquidação. Adquira seu kit e não peque mais!". Depois, esgotados os recursos do mercado, teremos a guerra santa propriamente dita, entre vendilhões de vários templos coligados e polarizados em duas facções rivais, Bem e Mal (quem é o Bem e quem é o Mal, isso será objeto da polêmica que se prolongará para além da eternidade). Vendilhões do Templo lutarão nas cidades e nos campos, nas praias e nos mares, nas florestas e nos ares, nos shoppings e nas favelas. Vendilhões do Templo erigirão barricadas e bradarão ao inimigo: não passarão! Vendilhões do Templo metralharão, apunhalarão, queimarão outros vendilhões do Templo; bombas explodindo, pedaços de vendilhões do Templo voarão por toda parte. Ao final, nós, vendilhões do Templo, triunfaremos e cantaremos o nosso hino, "Avante, vendilhões do Templo", ou algo no estilo. No fim nós, vendilhões do Templo, seremos aprisionados e executados; morreremos, não como Matias, sem entender nada, mas como você, Morais, sonhando com um mundo melhor. Nós, vendilhões do Templo, viraremos pó e nossas partículas se misturarão à poeira dos tempos, pelos séculos dos séculos, amém.

Estou ironizando. Mas posso fazê-lo; é uma das poucas coisas que posso fazer sem gastar o dinheiro que não tenho. Ironia é a barata diversão a que tenho acesso: diversão solitária. Não posso partilhá-la com ninguém, muito menos com Morais, que rejeita com indignação tudo o que se afasta um milímetro de seus rígidos padrões de seriedade. Para mim, é a culpa que o impede de recorrer à ironia, a culpa e o dever do ofício. Afinal, digo-lhe (com ironia, claro; trata-se, para nós, irônicos, de irresistível tentação), você também tem idéias para vender, idéias que precisam convencer a massa, daí sua opção pela seriedade, vendedor sério convence melhor o consumidor. Fica furioso: não preciso vender nada, grita, a História trabalha a nosso favor, coisa que você sabia e já esqueceu. A ironia, respondo, é o ópio dos que esquecem. É um cara puro, o Morais; um ingênuo. Mas parece feliz, ao menos mais feliz do que eu, o que faz questão de salientar: eu pelo menos sou feliz, durmo em paz, enquanto você só vai para a cama bêbado — você jogou fora sua vida, sua carreira.

No que tem boa dose de razão. É verdade: joguei fora a minha carreira. Todo mundo admirava meu talento, minha capacidade para o jornalismo investigativo; amigos previam que breve eu estaria em algum grande jornal do centro do país. Mas então cometi um erro. Aceitei o convite de um político de quem não gostava e em quem não confiava, assumi um cargo que só me deu problemas e, o que é pior, nenhuma grana. Vi os caras ao meu redor se encherem de dinheiro, mas eu não queria nada com aquilo. Não por honestidade, devo dizer; por preguiça. Corrupção é uma coisa que dá trabalho, exige contatos, longas conversas, demanda aquele mínimo de organização que eu nunca tive. É suado, o dinheiro que ganham os corruptos, e eu não queria suar, a não ser trepando em noites de verão. Envolvi-me com uma mulher, depois com outra, e mais outra, tive a primeira briga com Isabel, em seguida veio a bebida, e aí a descida foi rápida. Quando dei por mim estava sem dinheiro, morando sozinho numa espelunca. A única coisa que ainda me mantém à tona é este emprego. E alguma esperança. Em suas pregações, Morais deixa-se levar pelo entusiasmo regenerador, mas a verdade é que às vezes quase me convence.

Um riso no corredor: Márcia? Num impulso, me levanto, corro à porta: é ela, sim. E está linda, essa mulher; as calças justas realçam ainda mais o corpo perfeito. Que tesão, Santo Deus.

244

Sorrio para ela: você está ótima. Agradece com um discreto aceno de cabeça, recusa, com certo desprezo, o café que lhe ofereço e vai-se, rebolando. Alguém a espera no salão nobre? Decerto.Volto para a sala, sento-me, enxugo o suor da testa. Olho o relógio: três da tarde. Encosto a cabeça no espaldar alto da cadeira — o único sinal de importância que me restou, esta cadeira — e sinto que as pálpebras me pesam, me pesam demais, é o calor e é o peso da vida, é muito sono. Acabo adormecendo.

Não sonho com massas — não há necessidade, elas estão perto, enchem a praça, o saguão do prédio — e, diferentemente do que aconteceu pela manhã, o telefone não toca; mas acordo sobressaltado. Olho o relógio: cinco e dez. O Félix já deve estar me esperando. Entro no banheiro, lavo o rosto, esperando que a água fria me dê um pouco de lucidez. Olho-me: estou com péssimo aspecto, olhos injetados, cara amassada. Mas não há nada que eu possa fazer para melhorar minha aparência. Não neste momento.

Volto, apanho o casaco, digo à secretária que vou dar uma saída.

— Retorna? — Dúvida e gozação na pergunta, por boas razões; em termos de expediente não sou muito confiável.

— Claro que retorno. Daqui a uma meia hora.

Saio, caminho por uma ruela da cidade velha, atrás da prefeitura, um lugar de botecos e velhas casas de comércio que vendem tecidos, roupas baratas, quinquilharias. Uma prostituta passa por mim, murmura qualquer coisa, percebe que para freguês não sirvo, mas mesmo assim sorri, amistosa.

A Gruta do Miro fica no fim da rua. É um antigo casarão reformado incontáveis vezes, com resultados sempre piores. A atual decoração pretende ser moderninha; é apenas de mau gosto, sobretudo pelas cores berrantes. Mas o chope é bom.

Entro, levo algum tempo até me acostumar com o interior

sombrio. De uma mesa ao fundo, alguém acena para mim. É Félix. Como eu antecipava, não mudou muito com a idade; a expressão de salafra continua a mesma; novo é o bigode, um denso e um pouco grisalho bigode que lhe cai pelos cantos da boca. Está elegantemente trajado; de terno, como eu, mas impecável — os vigaristas são imunes ao calor. Levanta-se, saúda-me com efusão: como você está bem, não mudou nada. Deixo passar essa mentira, que no fundo até me consola um pouco, peço desculpas pelo atraso (ora, o que é isso, eu sei que você é muito ocupado), sento-me. Por um momento nos olhamos, balançando a cabeça e sorrindo como dois idiotas. A verdade é que sinto a sua emoção como ele deve sentir a minha: somos comuns depositários de gratas — ou nem tão gratas — recordações, o que nos causa embaraço. Embaraço que ele, naturalmente, encarrega-se de neutralizar, primeiro com a frase habitual sobre o calor, depois perguntando o que tomo (cerveja; ele já tem uma garrafa diante de si) e, por último, desculpando-se pelo telefonema da manhã: não devia ter ligado tão cedo. De maneira alguma, garanto, sou madrugador, já estava até de saída.

Entre mentiras e gentilezas continuamos por alguns minutos, até que chegamos inevitavelmente à sessão nostalgia: saca do bolso a foto — esqueci que ele tinha uma cópia —, pergunta se lembro da peça que apresentamos. Que noite aquela, hein? É verdade, Félix, que noite, aquela.

— Olha aqui o Armando. — Ele sorri, mal disfarçando o prazer: — Você sabe que ele agora é camelô? Camelô: quem diria, hein? Formou-se em história e tornou-se camelô. Mas eu vou te dizer uma coisa: a mim ele nunca enganou, sempre achei que não era de nada, um esquerdinha frustrado.

Mal termina de falar, arrepende-se: não sabe qual é o meu posicionamento ideológico, pode ter cometido um erro. Que

246

neutraliza oferecendo-me cerveja. De Matias, não fala: os mortos não têm lugar à sua mesa.

Mas têm lugar em outras mesas: lá está, nas sombras do fundo, o espectro do Matias. Não toma cerveja (a única vez que tentou, passou mal, vomitou), e sim chá ou guaraná. Olha-nos, súplice, aquele ar de cachorrinho perdido não o abandona nem no além-túmulo: ah, se por um instante o Félix o evocasse, se ao menos em imaginação o trouxesse de volta.

Não, Matias, Félix não fará isso. A você ele já esqueceu. Está noutra. E, no momento, prepara o bote que desferirá e que eu resignadamente aguardo.

Mas ele não atacará de imediato. É preciso que muitas garrafas se enfileirem sobre a mesa — conhece a minha força — para que se atreva a testar-me as defesas. Eu podia facilitar-lhe um pouco as coisas — então, Félix, o que você queria falar comigo? —, mas não tenho por que fazê-lo. Ao contrário, vou complicar um pouco a vida dele:

— A propósito, encontrei o Armando. Ele trabalha ali na praça.

— Na praça? Isso eu não sabia. Sabia que era camelô, mas não que trabalhava na praça. Foi bom você me dizer. Vou dar uma passada lá para abraçá-lo.

— Eu não faria isso. — Agora é minha vez: vou me divertir um pouco. — Ele anda meio puto com você.

— O Armando? Puto comigo? — Franze a testa, incrédulo. — Essa não, cara. Puto comigo? Por quê?

Sorri, mas está evidentemente abalado: Armando puto com ele não é uma boa, não pode ter sua imagem prejudicada, não tão cedo, ainda estamos na primeira cerveja.

— O que foi que eu fiz?

Sem pressa, conto a história dos dois casais. Ele, evidentemente aliviado — é só sacanagem com mulher, nada de

247

sério ——, dá-me sua versão da história: foi a esposa do Armando quem se engraçou, ele nem estava a fim:

— O que é que eu vou fazer, se a mulher é insatisfeita, se o Armando não dá conta do recado? Até tentei uma brincadeira: vamos os quatro para a cama, eu disse. O Armando não entendeu. Esses tipos metidos a intelectual não entendem brincadeira. Entra em longas considerações sobre o assunto e acaba por me esgotar a paciência. Além disso, meu novo e preciso relógio mostra que está na hora de voltar.

— Mas diga, Félix: em que posso ser útil?

Apruma-se na cadeira, pigarreia: chegou a hora.

— É um problema que surgiu, acho que você pode resolver. Você se lembra do meu avô, o Inácio, aquele que era médico? Ele morreu, não sei se você ficou sabendo.

— Não sabia.

— Deu nos jornais, você não leu? — Percebe que pode estar cometendo mais uma gafe: é possível que eu interprete sua pergunta como uma insinuação de que não leio jornais, de que sou um jornalista de araque. Corrige-se rapidamente: — Era uma notinha pequena, e de qualquer modo não vem ao caso. Morreu, eu herdei a casa dele. A casa, você lembra: já era uma ruína à época em que fomos lá ensaiar a nossa apresentação, agora está muito pior. Aí me surgiu uma oportunidade de ouro. Mais cerveja?

Recuso: a essa altura, todo o cuidado é pouco. Ele se inclina em minha direção, os olhos brilhando, repete:

— Uma oportunidade de ouro, cara. Um grande negócio. Você nem imagina o que é.

Pequeno suspense, e desfere a palavra mágica:

— McDonald's. Isso mesmo, McDonald's. Um amigo me garantiu que dá para arranjar uma franquia. Já pensou? É uma chance dessas que só acontecem uma vez na vida. Para começar,

248

não tem nenhum McDonald's aqui em São Nicolau do Oeste, parece mentira, uma cidade desse tamanho sem McDonald's. Eu pegaria uma clientela imensa. Mole, mole. Claro, eu teria de mexer na casa, demoli-la, até; mas isso é o de menos, aquilo está caindo aos pedaços.

— E qual é o problema?

Sorri, com ar de mártir:

— O problema são os nossos amigos da prefeitura. Querem desapropriar a casa. Alegam que é uma mansão histórica, que foi tombada. Vão construir lá um centro cultural. Quer dizer: vão trazer a ralé para o bairro, com festinhas populares, peças de teatro com veados pelados, aquela coisa que você sabe. E para quê? Para aporrinhar os ricos, só para isso.

Dá-se conta de que se exaltou, de que talvez esteja indo longe demais:

— Não digo que esteja errado. Os caras podem até ter suas razões, mas para mim vão fazer bobagem. Um McDonald's representa emprego, representa imposto; esse centro cultural só vai dar despesa. Claro, tem muita gente na prefeitura que é contra a iniciativa privada. Mas você há de convir que é uma atitude totalmente defasada. Porra, todo mundo está vendo que comunismo, socialismo, seja lá o que for, essa coisa acabou, já era. Quem realizou o sonho do internacionalismo foi o McDonald's. Tem em toda parte, todo mundo sabe o que é. Os jovens já esqueceram quem foi o Lenin, mas hambúrguer com Coca e fritas, isso eles não esquecem. E você sabe por quê? Porque os caras são competentes. Estive lendo a respeito, fiquei maravilhado. Você não imagina a tecnologia, a organização que está por trás de um hambúrguer, de um Big Mac. Aquilo tudo é estudado, é testado cientificamente. Os caras estão na era espacial, enquanto nós aqui estamos andando de carroça. Você não acha?

Pode ser, respondo, cauteloso — uma cautela que ele detecta:

— Claro, você não pode se comprometer. Mas quero lhe dizer que a idéia me entusiasma, me entusiasma muito, será uma realização para mim. Eu podia ter vendido a casa para um empreiteiro, vários me telefonaram, mas que sentido teria isso: construir mais um espigão nesta cidade que já tem tantos, é uma coisa até desumana, mil vezes um McDonald's, que é um centro de convivência, até aniversário de criança eles fazem, não sei se você sabe disso.

— Sei.

Ele sabe que eu sei, mas sabe que não adianta eu saber, precisa ir mais fundo, precisa me sensibilizar. A casa não é dele só por herança, é também por direito moral, afinal quem tomou conta do avô Inácio foi ele:

— Cuidei do velho com o maior carinho. Quando estava doente, era eu quem chamava o médico, eu quem ia comprar os remédios. E no final, como ele morava sozinho, levei-o para minha casa. Eu atendia a todos os pedidos dele, mesmo os mais absurdos. Você sabe que até morcegos eu levei para ele? Ele estava completamente caduco, queria ver os seus morcegos, então fui até o casarão recolher aqueles bichos nojentos. Por incrível que pareça, fiz isso pelo homem. E manter morcego vivo, cara, é a maior mão-de-obra. Morcego não é passarinho, que você mete na gaiola, dá alpiste e estamos conversados. Morcego é morcego. Tive de esvaziar uma peça no apartamento, manter aquilo sempre no escuro para os bichos sobreviverem. E só comiam fruta. Todo dia era banana, maçã e não sei mais o quê.

Matias emerge das sombras para olhá-lo, condoído. Mau vendedor, esse Félix. Acena com morcegos, imagine só. Se fossem pombos, aves graciosas — mas morcegos! Matias abana a cabeça, desolado: tem pés de barro, o seu ídolo, não demora, desaba. Félix também já percebeu que com aquela fraca retórica não conseguirá nada. Vai, portanto, queimar o último cartucho. O suor lhe perola a testa, a ansiedade transparece na voz esganiçada:

— Tem mais uma coisa que preciso lhe dizer, e desta vez falo de coração aberto, como se fala a um amigo, um companheiro, um irmão. Eu preciso conseguir essa franquia. Preciso mesmo. Você pensa que eu sou rico, mas está enganado: fui rico, não sou mais. Andei me metendo nuns negócios muito ruins, a fortuna da família se foi. Para dizer a verdade, estou vivendo da grana da minha mulher. E isso é uma humilhação muito grande. Porque ela cobra, me chama de vagabundo, de cafajeste. Eu preciso da franquia para recuperar minha dignidade. Eu -

Começa a chorar. Oh, Deus, tudo menos isso, tudo menos Félix chorando. Tento acalmá-lo: não há motivo para desespero, a coisa não pode estar tão ruim assim.

Ele tira o lenço do bolso, enxuga os olhos:

— Mas está ruim, cara, está muito ruim. A coisa está ruim, você não imagina como está ruim.

Olha-me, suplicante:

— Você vai me ajudar? Você pode, sei que você pode. Você fala com o pessoal da prefeitura, com o prefeito, você mostra a eles a bobagem que vão fazer.

Detém-se um momento, e boas razões tem para isso, precisa tomar impulso para a arremetida final. Torna a se inclinar em minha direção, baixa a voz:

— Escuta: se for questão de alguma grana, eu posso dar um jeito. Para isso eu até pediria dinheiro à minha mulher. Talvez uma doação para o Partido... Ou mesmo para você. Sei que você anda mal de vida, passei na frente do seu prédio e honestamente lhe digo: é uma vergonha uma pessoa da sua categoria, da sua importância, morar num lugar daqueles. Também fiquei sabendo que você está às voltas com um problema de pensão alimentícia...

Que merda: até o Félix já sabe dos meus rolos com a Isabel. Ele finge que não percebe a minha contrariedade; agora que tomou impulso, não vai parar:

— Você deve estar se perguntando como sei dessas coisas todas. Tenho minhas fontes. Bem, vou lhe dizer, para você não guardo segredos. Essa Márcia, que trabalha na prefeitura... Tivemos um casinho, não foi só pra você que ela deu. Pois a Márcia me falou a seu respeito e me falou do decreto de desapropriação, disse que é uma coisa urgente. Preciso que você me resolva esse problema.

— Vamos ver, Félix. — Consulto o relógio, agora felizmente tenho um: — Desculpe, mas preciso voltar. Ainda tenho coisas a fazer.

Levanto-me, ele me segura pelo braço:

— Você não respondeu. Posso contar com você? Posso?

Seria melhor acabar com aquilo, mas a verdade é que não tenho coragem para um rotundo não.

— Não sei, Félix. Vai ser difícil. A situação mudou, esses caras que estão na prefeitura têm outro jeito de ver as coisas. Não sei.

— Mas posso ter esperança? — É tão grande o seu desamparo que chego a sentir pena. — Posso lhe telefonar?

— Telefone.

— Quando? Amanhã?

— Não. Amanhã não. Me dá um tempo.

— Mas é urgente. O prefeito está para assinar a coisa de uma hora para outra, a Márcia -

— Está bom. Telefone amanhã, então. Mas olhe, não prometo nada.

Levanto-me, ele se levanta também; num impulso, puxa-me para si, abraça-me. Depois — horror! — tenta beijar-me a mão, que retiro:

— Que é isso, Félix? Deixe de bobagem, você me constrange.

— É que eu gosto de você. Eu gosto muito de você. E sei que você vai ser o meu anjo salvador.

Faço menção de pagar, ele diz que não, que ainda vai ficar tomando cerveja:

— Tenho tempo — acrescenta, patético. — Todo o tempo do mundo. Até você resolver meu problema, claro. Com o quê, me vou. Emergindo da obscuridade para a luz, sinto-me como Jonas saindo do ventre da baleia: desnorteado, sem saber o que fazer, esperando as instruções de Jeová. Que não virão, óbvio. O jeito é voltar para a prefeitura. Seguem-me, de longe, o vendilhão do Templo — e suas fantasias.

Durante aquele ano todo, Matias tentou se aproximar de nós. Já não havia aniversário a celebrar, mas ele inventava outros pretextos: vamos fazer um piquenique, vamos estudar juntos. Armando e eu recusávamos esses convites, cuidando para não feri-lo. Já Félix não tinha dessas sutilezas. Mal o garoto se aproximava, repelia-o: cai fora, pentelho, não enche o saco.

Sua irritação tinha outra causa. Ao contrário de Armando, que era considerado gênio, ia mal nos estudos. Nas provas, colava como ninguém; usava todos os recursos, do clássico rolinho de papel com anotações em letra microscópica até um minúsculo transmissor; mesmo assim, estava a ponto de ser reprovado em matemática. O padre Alfonso já avisara: pode trazer o pai, a mãe e toda a família, desta vez não tem colher de chá. Félix chegou à conclusão de que só passaria se conquistasse a simpatia do velho religioso. E foi então que surgiu a história do vendilhão do Templo.

Foi na última aula de religião. O padre Alfonso entrou na sala com a fisionomia carregada. Estranhamos: habitualmente era um homem risonho, bem-humorado. Cumprimentou-nos secamente, fez a chamada; num gesto brusco abriu a Bíblia, anunciou:

— Mateus, capítulo vinte e um, versículos doze e treze.

Olhou-nos por cima dos óculos de lentes grossas — era um homem imponente, aquele, ainda forte apesar da idade, a cabeleira branca contrastando com a tez morena de andaluz. Ficou um instante em silêncio, depois leu:

— "E entrou Jesus no Templo de Deus, e expulsou todos os que vendiam e compravam no Templo, e derribou as mesas dos cambistas e as cadeiras dos que vendiam pombos. E disse-lhes: 'Está escrito: a minha casa é casa de oração, mas vós fizestes dela um covil de ladrões'".

Respirou fundo e bradou, na sua voz tonitruante:

— Os vendilhões do Templo! Eles estão entre nós, os vendilhões do Templo!

Nós nos olhávamos, surpresos: do que estava falando, o padre Alfonso? Quem eram os tais vendilhões do Templo? Pintinho, o palhaço da turma (depois viria a fazer um programa cômico no rádio), encarregou-se de fazer a pergunta, com o ar mais inocente possível. O padre mirou-o, furioso — não estava para brincadeiras —, mas se conteve; afinal, éramos alunos, não tínhamos obrigação de saber.

— Vendilhões do Templo. Você quer saber quem são os vendilhões do Templo. Muito bem, vou explicar. Em primeiro lugar: por que vendilhão, e não vendedor? Porque, meu caro, não é a mesma coisa. O vendilhão é um aproveitador, um imoral. Instalados diante da casa de Deus, os vendilhões do Templo entregavam-se a um comércio mesquinho, vil. Trocavam moedas para que os peregrinos pudessem pagar seus tributos aos sacerdotes, vendiam pombos para o sacrifício.

— E o que há de mal nisso? — perguntou Armando. — Não era o costume, naquela época?

O padre se deteve, espantado e magoado. Não esperava do Armando, do brilhante e esforçado Armando, uma pergunta que até certo ponto equivalia a uma contestação. Mas de novo: usou a indagação como ponto de partida e, nos cinqüenta minutos que durou a aula, fez um verdadeiro sermão condenando os que colocam os interesses materiais acima da vontade divina.

(Semanas depois descobriríamos a causa de sua indignação: no dia anterior, um sobrinho, filho único de sua irmã, fora preso durante uma manifestação sindical contra a ditadura, no centro do Rio de Janeiro. A prisão resultara de uma denúncia feita pelo patrão do rapaz, um comerciante ganancioso que não queria ver o empregado reivindicador prejudicando seu negócio.)

Félix imediatamente percebeu que poderia tirar algum proveito daquilo. Qualquer que fosse a razão, a história do vendilhão do Templo mexera com o padre Alfonso, mobilizara nele insuspeitas emoções — tornara-o, portanto, vulnerável. Aquele era um ponto fraco na armadura do padre; ali estava, talvez, a chance para concessões na nota de matemática. O problema era como aproveitar-se daquela inesperada e favorável conjuntura, daquela súbita raiva contra os vendilhões do Templo e contra o que representavam. Esperto como era, não tardou em encontrar a resposta.

Aproximava-se a época da festa que encerrava o ano letivo. Nela, pequenas peças de teatro eram apresentadas pelos alunos; tratava-se de uma antiga tradição do colégio, uma tradição da qual o padre Alfonso se orgulhava: é a nossa versão dos autos medievais, dizia. Uma idéia então ocorreu a Félix, uma idéia que ele depois não hesitaria em classificar de brilhante e que, de fato, mostrava sua astúcia, sua inteligência: por que não adaptar a passagem bíblica, transformando-a numa apresentação teatral?

De imediato foi falar com o padre, que apoiou a idéia — você sabe que sempre valorizei as iniciativas dos meus alunos —, mas, experiente professor, advertiu:

255

— Não se iluda, Félix. Se você acha que com uma peça de teatro vai conseguir sua aprovação, está enganado.

Félix protestou: jamais cogitaria tal coisa, movia-o pura e simplesmente a paixão pelo teatro — e a indignação contra os vendilhões do Templo, contra vendilhões em geral. Aproveitando a deixa, foi adiante: pediu autorização para fazer constar no programa que a apresentação da peça seria uma homenagem ao querido professor Alfonso, mestre inspirador. O padre não pôde deixar de se comover: você é malandro, Félix, mas no fundo você é um bom rapaz, nunca tive dúvida sobre isso. Félix saiu dali, foi procurar-nos triunfante: já estou aprovado, enrolei direitinho aquele velho.

— E a peça? — Armando, irritado com aquela fanfarronice: decididamente ele não ia com a cara do Félix. — Como é que você vai fazer a tal peça?

— A peça? — Félix riu, superior. — Não tem problema, a gente tira de letra.

— A gente, quem? — Armando, pé atrás.

— A gente. Nós três.

— O quê! — Armando, furioso. — Você disse ao padre Alfonso que nós participaríamos dessa idiotice?

— Claro que sim. — Félix sabia, como ninguém, criar um fato consumado. — E ele achou o máximo, amigos formando um conjunto de teatro.

Armando estava indignado; em primeiro lugar não gostava daquelas apresentações, achava frescura. Eu também não estava disposto a decorar papéis e a me fantasiar para ajudar um malandro a passar de ano.

Diante de nossa reação, Félix, o camaleão de sempre, mudou de estratégia: partiu para a chantagem emocional. Fazendo uma cara triste, disse que o pai estava farto de seus fracassos no colégio: se fosse reprovado, iria trabalhar na estância junto com o irmão mais velho. E isso, concluiu, lamurioso, seria o meu fim, prefiro morrer.

— Vocês não sabem o que é aquela estância — choramingou. — Fica no cu do mundo, tão longe, que meu pai nunca vai lá. Não tem nada naquele lugar, nada. Se eu tiver de ir para a tal fazenda, viro bicho-do-mato, vocês podem ficar certos. Falando sozinho, fodendo égua. É o que fazem os peões lá: fodem égua, fodem ovelha. Ou então cavam um buraco num barranco qualquer e ficam ali, fuque-fuque, fuque. É isso que vocês querem para mim?

Armando achava que aquilo tudo era invenção dele, mas acabamos cedendo. Sim, participaríamos da peça. Com uma condição: não seríamos os vendilhões do Templo.

Por aquela Félix não esperava. Era exatamente o papel que tinha reservado para nós. Aliás, não só para nós: queria muitos vendilhões do Templo em cena. Cena gloriosa seria aquela em que ele correria de um extremo a outro do palco virando mesas, jogando punhados de moedas para o ar (quem sabe para a platéia, ao estilo de programas de auditório), e os tais vendilhões recuando diante da fúria de Jesus, precipitando-se do palco escada abaixo, fugindo pelos corredores em meio à vaia geral, enquanto ele, ofegante, iluminado pelos focos de luz, saborearia seu triunfo. Sim, era o que queria; e para isso precisaria de muita gente. Mas se nós não aceitássemos o papel, perguntou, quem aceitaria?

Armando ficou firme: aquilo se transformaria num estigma, logo viraríamos alvo de brincadeiras: estão vendendo muito, vendilhões? Vocês têm dólar para trocar, vendilhões? De jeito nenhum, disse Armando, e eu estava de acordo com ele.

Félix argumentou, choramingou, tentou até nos subornar (um rádio de pilha para cada um, que tal?), mas Armando e eu nos mantivemos irredutíveis. Félix teve de aceitar a derrota, ele que detestava perder. Nós faríamos os discípulos de Jesus; para os vendilhões do Templo, teria de arranjar outros colegas.

Tentou. Bem que tentou. Falou com um, falou com outro, ofereceu até dinheiro — e nada. Não era só a nós que o papel desagradava, era a todo mundo; e, de outra parte, Félix estava longe de ser popular. Para seu desespero, ninguém queria ser vendilhão do Templo. Ninguém, não. Um candidato havia, um candidato que, tão logo ouviu falar da história, imediatamente se apresentou. Matias. Alvoroçado, foi procurar Félix. Faria, sim, o papel de vendilhão do Templo, faria qualquer papel, até o de diabo (uma idéia que ele próprio sugeriu: no fim, o vendilhão podia se transformar em diabo e ser exorcizado por Jesus). A princípio Félix reagiu com incredulidade, logo com impaciência: a última coisa de que precisava era daquele trapalhão fazendo besteira no palco. Isso não é para um babaca que nem você, disse, impaciente.

Desarvorado, Matias foi falar conosco. Pediu — pediu não, implorou — que convencêssemos o Félix a lhe dar o papel. Nós quatro na peça, disse, com um fervor que nos impressionou, isso é o que eu mais quero, é o meu sonho.

Nós quatro. Era nisso que ele pensava: nós quatro. Nós quatro no palco, nós quatro na rua, nós quatro num bordel, nós quatro numa grande empresa como executivos. Ele queria fazer parte dos quatro; que fosse o quarto, e muito distante dos outros três, não lhe importava, o que importava era o número, mágico. Quatro eram, por exemplo, os mocinhos que, naquele filme, *OK Corral*, enfrentam os bandidos no duelo final. Quem se atreveria a darlhe cascudos, estando ele entre os quatro? Quem se atreveria a debochar, a escarnecer?

Pobre Matias. Dava-se conta de que, quando caminhávamos na rua, nós quatro, ele sempre vinha atrás, esforçando-se por nos acompanhar? Não, não se dava conta. Ou, se se dava, provavelmente atribuía o fato à escassa largura das calçadas, projetadas para pedestres medíocres, não para quatro guerreiros.

A Félix esse exercício de numerologia não interessava. Matias não dava para o papel, ponto. Vendilhão do Templo, o Matias? Não. Era baixinho demais, magro demais, assustado demais — e gaguejava. Para ele, Jesus tinha de enfrentar, no palco, um adversário à altura: um vendedor gritão, insolente. A humilhação do vendilhão teria de ser proporcional à sua arrogância e desfaçatez. Sem um castigo assim, não haveria clímax, não haveria aplausos — e a aprovação em matemática ficava a perigo. Ele estava disposto a queimar todos os cartuchos para arranjar alguém; pensou até num ator profissional. Armando e eu o dissuadimos: o padre Alfonso jamais o permitiria. Mas mesmo nós vacilávamos quanto à participação de Matias. De um lado, comovia-nos a aflição do guri; de outro, como Félix, estávamos quase certos de um fiasco. Limitávamo-nos, portanto, a aguardar.

Uma manhã, Félix chegou ao colégio atrasado, como de costume, e puto da cara. Contou-nos, a mim e a Armando, que os pais de Matias tinham ido procurar o pai dele para pedir que o filho participasse na peça. A mãe se oferecera para fazer as túnicas que deveríamos usar; o pai implorara, aos prantos: meu filho já não come, já não dorme, por favor, doutor, ajude-nos. Interpelado a respeito pelo pai, Félix respondera de maus modos — a peça é minha, coloco quem eu quiser —, brigara, e acabara ficando sem a mesada.

— Ele não vai fazer o papel — disse, irritado. — Agora mesmo é que esse veado não vai fazer o papel.

Mas naquele mesmo dia constatou que sua obstinação poderia ser contraproducente. O padre Alfonso chamou-o para mostrar-lhe o programa, já impresso, da festa. Ali estava em grandes letras: "O *vendilhão do Templo* — dramatização a cargo dos alunos". Perguntou como estavam indo os ensaios. Bem, apressou-se Félix a dizer, muito bem. O padre mirou-o, suspeitoso: veja bem o que você vai fazer, disse, estou confiando em você.

Félix saiu dali preocupado. E concluiu que não tinha alternativa: Matias seria o vendilhão do Templo. Renunciava de imediato ao personagem que tinha imaginado — o vendilhão arrogante, fanfarrão —, desfazia-se dele, jogava-o na lata de lixo da história; um outro vendilhão surgia em sua cabeça, um vendilhão humilde, abjeto, repelente. O que até poderia ser uma vantagem, a transformação do limão em limonada: diante de um vendilhão assim, a figura de Jesus só cresceria. Seu triunfo seria uma apoteose.

Estávamos no pátio da escola quando ele apareceu. Chamou Matias e, sem maiores delongas, anunciou: você vai ser o vendilhão do Templo. A princípio o pobre não quis acreditar, achou que era gozação, mais uma brincadeira do Félix:

— Mas você disse que -

— Disse, mas não digo mais. — Félix, impaciente. — Você vai fazer o papel e pronto.

Impossível descrever a reação de Matias: louco de alegria, gritava e saltava como um possesso. Nós quatro na peça: era a glória, a felicidade. Félix jogou água fria na fervura: se não se saísse bem nos ensaios seria eliminado. O garoto teria de se esforçar, e muito, para manter o papel.

— Eu faço tudo o que você mandar — disse Matias, com fervor. — Tudo.

Félix decidiu que começaríamos os ensaios imediatamente. Mas não no colégio; não queria abelhudos nos espionando. Onde, então? Ele tinha um bom lugar. Seu avô Inácio, que morava sozinho, de bom grado nos cederia a casa.

Fomos até lá. Era um antigo e majestoso palacete situado num bairro de velhas mansões, quase todas transformadas em lojas e restaurantes. Apesar de muito dilapidado — a pintura descascada, o grande portão comido pela ferrugem —, ainda guardava algo do antigo esplendor: Getulio Vargas, amigo da família, hospedara-se ali.

Félix teve de tocar várias vezes a campainha: o velho é surdo, explicou. Finalmente Inácio abriu a porta; era um velhinho risonho, de longos cabelos brancos. Saudou-nos com entusiasmo, fez-nos entrar, mostrou-nos a casa: salas e mais salas atulhadas de quadros, estatuetas, móveis quebrados. Parece desarrumada, mas não está, explicou, eu aqui me acho, é por isso que despedi os empregados, mexiam em tudo. Levou-nos à biblioteca: uma espécie de torre guarnecida de altíssimas prateleiras onde estavam os livros, milhares, cobertos de pó. No escuro forro, lá em cima, algo se mexia.

— Morcegos — explicou o ancião. — Milhares deles. Estão aqui há décadas, desde que eu era criança. Todas as noites é aquela revoada, uma coisa fantástica. Os vizinhos reclamam, mas eu não dou importância, já me acostumei com os bichos, até gosto deles. Querem ver uma coisa?

Subiu, com uma agilidade surpreendente, por uma escada em caracol, e voltou, segundos depois, com uma coisa peluda na mão. Um morcego, que agitava sem cessar as patas:

— Não é engraçadinho?

Nós ríamos, divertidos. De repente me dei conta de que Matias tinha recuado para um canto; ali estava, encolhido, pálido. Tenho medo de bichos, sussurrou. Você é um cagão, disse Félix com desprezo, fica apavorado com a própria sombra. No fundo, agradava-lhe que Matias fosse medroso; era assim que queria o vendilhão do Templo, tímido, acovardado — isso só valorizaria o triunfo de Jesus, o seu triunfo. Um erro de cálculo, como depois se veria.

Inácio indicou-nos um aposento amplo, uma espécie de salão, onde poderíamos ensaiar a peça. Mas qual peça? Roteiro, não tínhamos; pior, nem sabíamos por onde começar. Armando — a vocação do historiador — argumentava que antes de mais nada deveríamos fazer uma boa pesquisa sobre os tais vendilhões do Templo: quem eram, o que representavam no contexto histórico, onde tinha se originado tal categoria. Para isso poderíamos recorrer à monumental biblioteca do dono da casa. Pesquisa? Félix vetou de imediato a idéia: não era muito chegado a essas coisas. Além disso, tinha uma suspeita: achava que Armando queria se apossar do projeto. Não, pesquisa não, nem mesmo na biblioteca do avô. O vendilhão do Templo não emergiria das páginas mofadas de um alfarrábio qualquer. O vendilhão do Templo surgiria da nossa cabeça, da nossa imaginação. Já tinha bolado algo nesse sentido:

— Abre-se a cortina e lá está o vendilhão, apregoando sua mercadoria, gritando, pombos, pombinhos gordos para o sacrifício, e oferecendo desconto, essa coisa de negociante ganancioso, o pessoal vai rir. Aí entram os discípulos, conversam um pouco para encher lingüiça — e eu apareço, com luzes, música, o escambau. Falo com os discípulos, vejo o vendilhão, fico possesso: porra, camelôs na frente do Templo, é uma tremenda sacanagem. Eu avanço. Eu, Cristo, avanço. "A minha casa", coisa e tal. Você, Matias, tenta me deter. Você tenta deter o Divino Mestre! Porra, é um puta atrevimento da sua parte! Um merda como você, um cagalhão, um verme, querendo deter Jesus! Os discípulos perdem a cabeça, querem bater em você. Mas eu não deixo. E por que não deixo? Porque tenho coisa melhor reservada para o vendilhão. Primeiro, eu viro a mesa. Rapaz, essa cena vai ser do caralho, eu virando a mesa. E aí eu pego o chicote e cago você a pau; chicoteio pra valer. Você a princípio recua. Aí fica furioso, puxa o punhal.

— Que punhal? — Armando, escandalizado. — Como é que ele poderia usar um punhal no Templo?

— O punhal estava escondido na túnica, ninguém sabia disso. Se era permitido ou não, não vem ao caso. Nesta peça o vendilhão usa punhal e estamos conversados. Continuando: você, Matias, avança para mim, você quer me matar. Só que você não sabe que eu sou o Filho de Deus, que tenho poderes especiais. Faço um gesto, você fica imóvel, paralisado. Porra, essa também vai ser do peru. A luz do palco diminui, um projetor foca em mim, eu faço outro gesto e você cai de joelhos.

Armando indignava-se: não era aquilo que estava escrito no Evangelho, era tudo invenção. A Félix tais argumentos não impressionavam:

— E qual é o problema? Teatro é teatro, a gente tem direito de inventar. Continuando: o vendilhão cai de joelhos. Eu então recito o Sermão da Montanha...

— Nada a ver! — protestei. — O Sermão da Montanha foi antes disso! Nada a ver!

— Tudo a ver. Na minha peça, tudo a ver. O padre Alfonso adora o Sermão da Montanha, você acha que eu vou perder essa oportunidade de agradar o velho? Vai o Sermão da Montanha, sim, de cabo a rabo. E aí vem um puta final, o Matias de joelhos gritando, eu vi a luz, eu vi a luz, eu de braços abertos, e a música, o "Queremos Deus", a todo volume — porra, vai ser do cacete, chego até a ficar arrepiado, olha aqui o meu braço. Os caras vão levantar e aplaudir de pé. E aí o padre Alfonso me aprova em matemática — e pronto, estou passado.

Armando não se conformava. Isso é uma besteira, uma idiotice sem tamanho. Discutiam muito, os dois, mas o astuto Félix sempre levava a melhor. Armando queria que, de algum modo, mostrássemos também o ponto de vista do vendilhão do Templo: afinal, dizia, ele é um ser humano, não é só um vilão. Claro que é só um vilão, retrucava Félix:

— É isso que as pessoas querem ver: o vilão castigado. Ou você acha que eu vou mostrar um vendilhão do Templo bonzinho? Ele é o vilão da peça, e vilão é vilão, qual o problema?

263

O problema era exatamente esse, o vilão. Matias não dava para a coisa, ficou claro desde o início. Recitava suas falas em voz baixa, olhando para o chão, sempre com aquela expressão de desamparo. Félix se desesperava: escute, Matias, você tem de se compenetrar, porque eu estou dando tudo de mim para essa porra sair direito. Verdade seja dita, esforçava-se mesmo. Erros históricos à parte, queria a coisa bem-feita; queria trabalhar o personagem como um ourives trabalha uma jóia: cinzelando-a delicadamente, polindo arestas, caprichando nos detalhes. Logo se deu conta de que não conseguiria. Cinzel coisa nenhuma, o vendilhão do Templo teria de ser talhado a facão, em traços grosseiros — porque Matias não entendia o que tinha de fazer, não sintonizava com uma figura para ele distante, misteriosa, envolta nas brumas do passado. Félix via-se obrigado a descrições exaustivas: esse vendilhão do Templo, Matias, esse cara é um grande sacana, ele vende pombos porque pombos é o que compram no Templo, mas se fosse o caso vendia a mãe, ele faz qualquer coisa por dinheiro; quando o cara vai pagar e tira do bolso as moedas, os olhos dele brilham, ele parece um urubu diante de carniça, um urubu não, ele parece um morcego, não desses morcegos que têm aqui nesta casa, morcegos mansos, ele é daqueles morcegos de filme de terror, daqueles que chupam sangue, isso é o que ele é, entendeu?

Matias balançava a cabeça afirmativamente. Mas não estava entendendo, via-se, de nada adiantavam as explicações do Félix. Que por fim acabava cansando: vamos fazer essa coisa de qualquer jeito:

— Começa, Matias.

Nada: o garoto permanecia imóvel, uma expressão de obtusa ansiedade no rosto. Félix perdia a paciência:

— Faz cara de ganancioso, porra! Cara de filho-da-puta, de safado! E grita! Pombos, pombos gordinhos! Grita!

Não havia jeito. Matias tentava inutilmente seguir as instruções. Tentava fazer cara de ganancioso, mas o resultado era uma cômica, lamentável careta. Félix perdia a paciência, o garoto acabava em prantos. Félix não sabia mais o que fazer. Lançava mão de tudo o que pudesse ajudar em suas explicações. Pediu ao avô livros com gravuras do Novo Testamento, mostrava-as: este aqui é Cristo, estes são os vendilhões do Templo:

— Não parecem bandidos? Hein? Não parecem bandidos?

Parecem, murmurava Matias, mas olhar as gravuras — e olhava-as por horas a fio — em nada melhorava seu desempenho. Félix concluiu que precisava de um modelo mais concreto. Se houvesse, por exemplo, um filme mostrando aquela passagem bíblica... Chegou a falar com o dono de um dos cinemas locais. Sim, o homem sabia de uma película francesa com a cena, mas não tinha como localizá-la.

De repente, Félix deu-se conta de que havia, sim, um modelo bem acessível: o pai do próprio Matias, dono de uma pequena loja:

— Vai até a loja do teu pai, Matias. Observa como ele fala com o freguês. Ele ri? Ele fica sério? Quando faz uma venda, esfrega as mãos de contente? Como é que ele conta o dinheiro?

À simples menção do pai, o rosto de Matias ficava sombrio. Mas pela peça faria qualquer sacrifício. Todos os dias, depois da aula, ia até a loja observar o pai — que de nada desconfiava: ao contrário, estava feliz de ver o filho ali, quem sabe aquilo era o despertar de uma vocação. Fingindo que estava fazendo os deveres de casa, Matias anotava num caderno tudo o que se passava no lugar: "Um freguês entra. Pede boné azul. Pai diz que não tem boné azul, oferece boné cinza, diz que cinza é mais bonito. Pai ri, mas está nervoso, balança a perna sem parar. Freguês experimenta boné, gosta, mas acha caro. Pede desconto, vinte por cento. Pai oferece dez por cento. Freguês insiste, vinte por cento. Pai cede: está bem, vinte por cento, mas é só porque você é freguês antigo".

Félix ouvia o relatório, aprovava: muito bem, agora você faz exatamente como o seu pai. E aí era o desastre. Félix não percebia, ou fingia não perceber, mas, para Matias, imitar o pai, de quem ele não gostava, era, mais que uma humilhação, um ato repulsivo. Félix não queria saber desses conflitos interiores. Queria resultados; queria produzir, a curto prazo e sem muito esforço, um vendilhão do Templo. Nós ajudávamos como podíamos; Félix, Armando, eu, todos nós sabíamos como falava um vendilhão do Templo, como se movia um vendilhão do Templo, como contava dinheiro um vendilhão do Templo. Todos nós éramos vendilhões do Templo. O único que não era vendilhão do Templo era aquele que tinha de ser vendilhão do Templo, o Matias. Que se mostrava cada vez mais desesperado. Uma vez, nós dois no banheiro do colégio, ele se olhou no espelho: você acha, perguntou com voz de quem implora, que eu tenho o tipo do tal vendilhão?

A resposta só podia ser negativa, claro, e, mesmo tendo todo o cuidado para não desanimar Matias, tive de admitir: ele jamais se transformaria no personagem bolado pelo Félix. Os dedos jamais se encurvariam em garra, os olhos jamais brilhariam à simples idéia do lucro, o nariz não se tornaria adunco. E, para cúmulo dos azares, ele não sabia colocar a barba postiça, que ficava sempre torta.

— Mas ninguém é obrigado a ser ator — afirmei, à guisa de consolo. — Você faz o que estiver a seu alcance, é tudo o que a gente quer.

Félix também já estava resignado: teria de se contentar com o medíocre desempenho de Matias. Mas nos garantiu que daria um jeito. O vendilhão não era o bicho? Ele compensaria a má atuação do garoto caprichando nos efeitos especiais, no cenário. Os pombos, por exemplo, seriam de verdade.

O anúncio, feito em tom casual, deixou Matias em pânico.

266

Pombos de verdade não, implorava, eu tenho medo, Félix, pombos de verdade não. Não fode, respondeu Félix, irritado. Não abriria mão da idéia; sua única concessão foi prometer que as gaiolas ficariam num canto do palco, longe do vendilhão.

Os pombos representavam apenas um detalhe. Félix não poupou esforços — nem dinheiro — para fazer de nossa apresentação um sucesso. Mandou confeccionar cartazes nos quais o nome do homenageado, o padre Alfonso, figurava em garrafais letras góticas (até esse detalhe tinha sido estudado: gótico era o estilo de letra preferido do padre). Encomendou o cenário da peça a um profissional; o fundo mostrava o Templo de Jerusalém em perspectiva, de acordo com gravuras antigas. À esquerda ficaria o portão de entrada, no centro estariam as mesas. No momento em que Cristo entrasse, anjos de papelão dourado baixariam por meio de roldanas. As vestimentas de época, túnicas, sandálias, foram alugadas, com exceção da roupa de Matias, confeccionada pela mãe do próprio. Não era uma maravilha, mas Félix aceitou-a: tratava-se de uma pequena concessão ao amor materno.

Nos detalhes, Félix era verdadeiramente obsessivo, o que acarretava não poucos problemas. Com a mesa, por exemplo: para ele aquela mesa era importante, já que o clímax da peça ocorreria quando Cristo a virasse. Para que esse gesto dramático fosse perfeito, a mesa teria de ser bem estudada. Não poderia ser leve demais; virar a mesa deveria implicar algum esforço. Porém se ela fosse excessivamente pesada e Cristo não conseguisse virá-la, o resultado seria uma cena ridícula.

A mesa teria de ser encomendada a alguém que entendesse do assunto. Félix contratou o mestre Heitor, marceneiro que havia muitos anos trabalhava para sua família. O apelido de mestre não lhe fora dado por acaso: o homem era um notável profissional. Fez uma mesa belíssima, de madeira de lei, decorada com pombos esculpidos. Quando ficou pronta, chamou-nos à oficina para vê-la.

— Pode virar essa mesa à vontade que ela não quebra — garantiu, com orgulho.

Imaginava que com isso contentaria o cliente, mas estava enganado. No meio tempo, Félix tinha mudado de idéia. Agora queria que a mesa, ao cair, quebrasse com estrondo: o impacto cênico seria grande. O marceneiro não podia acreditar no que estava ouvindo:

— Quebrar? Uma mesa dessas, uma mesa que é uma obra de arte, modéstia à parte? Não estou entendendo. Quebrar? Por quê? Por que não doar a mesa para o colégio? Para um pobre? Tem tanto pobre comendo no chão...

— A mesa tem de quebrar — replicava Félix. — É a prova do poder de Cristo, você não vê?

— Pode ser. — O marceneiro, já com a voz alterada. — Mas nem Cristo consegue quebrar uma mesa feita por mim. Cristo que vire a mesa, é um direito que o assiste, afinal, é o Filho de Deus. Mas esta mesa ninguém quebra, meu caro Félix. Me desculpe, mas ninguém quebra. E não me peça para mexer nela. Só sei fazer coisa boa. Mesa para ser quebrada, mesa de encenação, não é comigo.

Félix optou por não comprar aquela briga: pode deixar, mestre Heitor, vou estudar um jeito de fazer isso. O que só fez aumentar a irritação do homem:

— Você? Você vai estudar o jeito de quebrar a mesa? Você, que não estuda nem para o colégio? Não me venha com essa, Félix. Você não vai estudar nada, porque você, não me leve a mal, não passa de um boa-vida. Como toda sua família, aliás. Seu avô vivia das propriedades, seu pai e seus tios também. É gente fina, trabalhei para todos eles. Agora: nunca vi eles se mexerem para nada. E você não é diferente. Você, estudando? Essa não.

268

Também duvido que você possa estragar a minha mesa. Ela vai durar mais do que eu e você juntos.

O tom de zombaria mexeu com os brios de Félix. Deixar a mesa pronta para ser destruída era questão de honra, e não só pessoal, honra familiar — afinal, o homem tinha ofendido sua família. Nos dias que se seguiram, Félix passou várias horas na frente da mesa, olhando-a em silêncio. Na manhã seguinte apareceu, triunfante, com um desenho:

— Está aqui.

Era um desenho da mesa com vários pontos assinalados. Ali a madeira seria serrada e depois colada, mas colada precariamente. Naqueles lugares seriam colocados traques que estourariam quando a mesa tombasse: ao fragor da queda se somaria o barulho das explosões. O marceneiro chamado para fazer essa segunda tarefa — não mestre Heitor, claro, um outro — ficou admirado com o talento de Félix:

— Você leva jeito para a mecânica, meu jovem. Pode até dar um bom engenheiro.

Engenheiro? A universidade ainda estava longe. Antes disso, Félix tinha de ser aprovado em matemática, e a peça sobre o vendilhão do Templo seria essencial para tanto. Era só nisso que ele pensava, na apresentação. Ele seria, naturalmente, a atração maior, o destaque do espetáculo: vou estraçalhar, afirmava, custe o que custar. Todos os dias tomava uma nova providência nesse sentido. Queria um Cristo de aparência impressionante, e para tal contratou um maquiador de teatro, com quem discutiu minuciosamente os detalhes da barba, a cor, o comprimento. Imaginava também uma aura ao redor de sua cabeça, coisa que o maquiador evidentemente não podia fazer. Félix chamou um conhecido iluminador, que por sua vez teve de alugar equipamento especial.

Não era só com os personagens que ele se preocupava. Lá

pelas tantas ocorreu-lhe providenciar um fundo musical para a encenação — dramático, no momento em que ele derrubasse a mesa, glorioso no final. Um músico conhecido forneceu uma lista de discos e indicou um bom sonoplasta, que por sua vez providenciou o que havia de melhor em termos de sistema de som. Dos alto-falantes jorrariam os decibéis que fariam estremecer o salão.

Será que Félix fazia tudo aquilo, será que gastava todo o dinheiro que o pai generosamente lhe dava, só para conquistar as boas graças do padre, para passar em matemática? Lá pelas tantas eu tinha minhas dúvidas: suspeitava que a apresentação tornara-se para Félix um empreendimento em si. Ele estava gostando de organizar, de providenciar, de dirigir, de ensaiar, sobretudo de ensaiar o próprio papel: tinha uma indiscutível vocação de ator. Vocação mal orientada, segundo o padre Alfonso:

— Esse rapaz usa o talento que tem para enganar os outros.

Apesar das solicitações de Félix, Armando e eu não nos envolvíamos nos complicados preparativos: limitávamo-nos a estudar nossos papéis. Nós mesmos tínhamos escrito nossas falas, independentemente das idéias de Félix: não queríamos, no papel de discípulos de Cristo, passar vergonha.

Quanto a Matias, era uma incógnita. Não conseguíamos imaginar como se comportaria. Mas Félix não estava preocupado. Tudo o que eu quero de você, dizia a Matias durante os ensaios, é que fique calmo, porque aí a coisa vai dar certo. E Matias ficava calmo.

Demais. Calmo demais. O menino inquieto, angustiado, agora permanecia a maior parte do tempo em estranho silêncio. Alguma coisa está acontecendo com esse cara, dizia Armando, preocupado. Eu concordava, mas não sabia o que fazer. O jeito era aguardar, torcendo para que tudo terminasse bem, para que o pobre Matias saísse daquela sem maiores problemas.

270

Uns três dias antes da apresentação, o pai dele me telefonou. Precisava falar comigo, será que eu poderia lhe dar uns minutos de atenção? Só que isso teria de ser feito pessoalmente, pelo telefone não dava. Queria ir à minha casa, mas eu não faria o homem se deslocar: vou até a loja, propus. Concordou, pedindo sigilo: ninguém podia saber de nossa conversa, muito menos Matias. Fui até lá. Era um pequeno, acanhado estabelecimento, a Casa Arizona. O nome revelava a paixão do dono por filmes de faroeste; contudo, os letreiros na fachada limitavam-se a anunciar, prosaica e objetivamente, confecções e miudezas. Na vitrina de vidro rachado, três antigos manequins, um deles de nariz lascado, exibiam um fixo e triste sorriso. Se sonhos de vendilhão um dia haviam povoado aquele estabelecimento, agora, sem dúvida, se tinham ido — em busca de um Félix, talvez, de alguém mais jovem, mais ousado, mais ambicioso, mais esperto.

Entrei. Atrás do balcão, lendo o jornal, estava o pai de Matias. Sozinho; não tinha empregados. Ao me ver, levantou-se, tirou os óculos, abraçou-me, efusivo: que bom que você veio, você é um ótimo rapaz, daqueles com quem se pode contar. Fechou as portas da loja — já eram quase seis horas, de todo modo, e com as portas fechadas poderíamos conversar em paz —, fez-me passar para o minúsculo escritório, ofereceu-me guaraná, sempre me elogiando, sempre me agradecendo. Um tanto embaraçado, perguntei em que poderia ajudá-lo. Suspirou:

— É um problema com o Matias.

Em prantos, começou a falar do filho. Sempre fora um menino estranho, o Matias; tinha pesadelos terríveis e freqüentes crises de choro. Mas agora estava pior, muito pior. Desde que começara aquela história da apresentação andava agitado, não comia, falava sem parar, não dizia coisa com coisa. Outras vezes, ao contrário, ficava horas quieto, imóvel. A mãe queria levá-lo ao médico, Matias recusava, afirmava que não era preciso.

— Não sabemos mais o que fazer — soluçou. — E então eu me lembrei de você, quem sabe você pode ajudar.

Eu estava assustado com o que acabava de ouvir, mas fiz o que ele, no fundo, esperava de mim: procurei tranqüilizá-lo. Quem sabe era uma coisa passageira, quem sabe Matias estava nervoso com a peça. Agarrou-se a essa explicação: sim, sim, disse, esperançoso, deve ser isso, a peça — para um menino tímido, essas coisas são difíceis. O senhor vai ver que depois tudo se ajeitará, acrescentei. As férias vêm aí, ele vai descansar, com as férias todo mundo melhora.

— Quem sabe uma praia... — acrescentei, embora soubesse que Matias não era muito de praia.

— Uma praia! — Seu rosto se iluminou. — É isso, você tem razão, nada como os banhos de mar para recuperar a saúde, isso até meu avô dizia. O sol, a água do mar, só podem fazer bem. Matias não gosta muito, mas conto com você para convencê-lo.

Agora parecia mais tranqüilo, de modo que me despedi e saí. Com maus pressentimentos, contudo. O relato tinha me impressionado: então não era só nos ensaios que Matias se portava de maneira estranha, era em casa também. Um sinal de alerta, portanto, sobre o qual falei a Armando.

Nos dias que se seguiram, passamos a observar Matias mais de perto. Sua esquisitice agora estava mais evidente do que nunca. Quando andávamos na rua — os quatro —, ele já não nos acompanhava, ia ficando para trás, cada vez mais para trás; voltávamo-nos e já não o avistávamos. Uma vez, Armando foi procurá-lo; encontrou-o numa esquina, diante do carrinho de um vendedor de frutas, olhando fixamente para o homem. Que já estava incomodado: tire o seu amigo daqui, disse, antes que eu dê umas porradas nele.

Chegou a noite da apresentação. Uma hora antes, já estávamos lá. Num camarim improvisado, nós nos preparávamos, repassando nervosamente as falas. Enquanto isso, as famílias dos alunos iam chegando e enchendo o auditório. Félix vibrava: queria público, e público não faltaria. Lá pelas tantas, e a pedido dele, espiei pela cortina do palco. Na primeira fila estavam os pais dele, e os pais de Armando, e minha mãe. Um pouco mais atrás, e radiantes, os pais de Matias, a mãe mais espalhafatosa do que nunca, a irmãzinha com a descomunal fita no cabelo. Sua família está aí, anunciei ao garoto, que, imóvel num canto do palco, já com a túnica e a barba (torta), nada disse.

Finalmente chegou a hora. A apresentação seria logo depois do discurso do diretor. O padre Alfonso veio avisar-nos que já íamos entrar; entusiasmou-se com nossa caracterização — vocês parecem atores de verdade! —, tirou várias fotos, entre elas o instantâneo que depois eu guardaria. Desejou-nos felicidades, e ia se retirar quando de repente olhou para o Matias. Estranhou:

— Você está doente, Matias? A sua cara é de quem não está bem.

Estou bem, foi a resposta, numa voz surda, contida. Quem sabe a gente chama um médico, sugeriu o padre, mas Matias disse que não era preciso, tivera só uma tontura, mas agora já se sentia melhor.

Naquele momento, soaram palmas: o diretor havia concluído seu discurso. Estava na hora de nossa apresentação. O padre hesitou um instante, olhando para Matias, e por fim decidiu: foi ao microfone, explicou a peça, falando um pouco — mas não em termos tão candentes como na aula — sobre o episódio dos vendilhões. Pigarreou, corrigiu:

— Vendilhões não, vendilhão. Nesta adaptação, teremos um vendilhão somente.

Acrescentou, com uma careta cômica:

— A profissão não goza de muito prestígio, de modo que o diretor da peça não encontrou voluntários para o papel.

Risos, aplausos. O padre Alfonso agradeceu, elogiou o esforço de Félix e anunciou:

— E agora, a atração desta noite: O *vendilhão do Templo!* As luzes do salão se apagaram. Fez-se um tenso e expectante silêncio; soaram potentes acordes — a sonoplastia, funcionando muito bem — e a cortina se abriu, em meio a aplausos e assobios.

Lá estava o Matias, hirto, imóvel atrás da mesa. A uma certa distância, as gaiolas com pombos. Sobre a mesa, uma pilha de grandes moedas antigas, conseguidas por Félix em uma casa numismática. Um murmúrio elevou-se da platéia: estavam todos impressionados com o cenário, com as roupas, com tudo. Mas o tempo passava e Matias não dizia nada. Não se tratava de embaraço, de pânico. Ele parecia distante, o olhar perdido, como se nada daquilo lhe dissesse respeito. O que ele está esperando, gemia Félix, e, como o garoto continuasse imóvel, sussurrou-lhe, do bastidor onde estávamos:

— Fala, Matias! Grita! "Pombos, pombos gordinhos", vamos lá!

Como um autômato, Matias obedeceu; mas o pregão saiulhe numa fraca, rouca voz, que provocou risos na platéia.

— De novo — comandou Félix, agora nervoso. — "Pombos, pombos gordinhos!"

Matias, quieto. Deveria repetir a sua fala quatro vezes, movendo-se no palco e fazendo gestos como para chamar fregueses, mas continuava imóvel. Afobado, Félix mandou que eu e Armando entrássemos. Foi o que fizemos, e nos saímos bem: apesar do nervosismo, nosso diálogo fluía com naturalidade. Primeiro falamos sobre Jesus; evocamos com admiração a sua trajetória desde Belém de Nazaré. Eu fazia o papel do discípulo bem-informado; Armando era o ingênuo, maravilhava-se a cada frase minha. Falei da multiplicação dos peixes, falei das curas milagrosas; terminei dizendo que Jesus estava na cidade e que logo apareceria no Templo.

274

Nesse ponto, Armando deveria dirigir-se ao vendilhão, perguntando o preço dos pombos. Matias responderia que o maior custava duas moedas, mas que, se o cliente insistisse, deixaria por uma moeda apenas. Essa passagem, segundo Félix, arrancaria gargalhadas da platéia. Armando fez a pergunta, mas Matias não respondeu; fitava-nos, simplesmente, com aquele olhar vago. "Duas moedas", sussurrou Armando, e como Matias continuasse em silêncio, teve presença de espírito suficiente para improvisar uma fala:

— Duas moedas, dizes? Mas é um roubo, isso! Não admira que os pobres estejam descrentes da religião! Os vendilhões do Templo e os sacerdotes estão saqueando o povo! Ah, bem queria eu que Jesus aqui estivesse, para -

Nesse momento faltaram-lhe as palavras, mas aí eu completei:

— Para ver a que ponto chegamos! Sim, Jesus precisaria estar aqui!

— Aqui estou — disse Félix, entrando.

Foi recebido com uma salva de palmas. Merecida: iluminado por um canhão de luz, ele estava esplendoroso na sua alva túnica, na maquiagem perfeita. Esperou que os aplausos cessassem e começou uma longa fala — baseada, evidentemente, naquilo que o padre Alfonso tinha dito sobre os vendilhões. Nós fazíamos perguntas, nós manifestávamos nosso apoio — e assim foi se criando o clima para o grande final. Félix aproximou-se de Matias, que permanecia estático, olhar fixo, e — "... a minha casa é uma casa de oração, mas vós fizestes dela um covil de ladrões" — virou a mesa que, como previsto, quebrou com grande estrépito, em meio ao delírio do público.

Félix sorria, triunfante. E aí veio o inesperado, aquilo que ele — em segredo — havia planejado para ser o clímax da apresentação. Num passo decidido, dirigiu-se para as gaiolas colocadas no fundo do palco. E então, numa voz dramática, bradou:

— Nunca mais, pobres aves! Nunca mais pagareis com a vida pelos crimes dessa gente!

Abriu as portas das gaiolas:

— Estais livres! Voai!

Mas o que é isso, murmurou Armando, espantado. Assombrado estava eu também. Mas agora entendia várias coisas — inclusive a insistência de Félix em deixar abertas as janelas próximas ao palco. Alegara que o calor prejudicaria a maquiagem, mas não era nada daquilo: queria que os pombos saíssem voando por ali.

Só que os pombos não pareciam dispostos a sair da gaiola; para surpresa de Félix, aparentemente preferiam a escravidão. O público agora começava a rir de novo. Ele sentiu o desastre, decidiu que apelos e exortações não convenceriam as aves; pegou uma gaiola e, com um derradeiro e desesperado "Voai!", jogou os pombos para fora.

Num instante o palco virou um pandemônio. As aves voejavam de um lado para o outro, sem conseguir sair dali. E então Matias começou a gritar. Gritos agudos, animalescos, uma coisa horrível. Todo mundo se pôs de pé, a mãe de Matias queria subir ao palco, o marido a custo a continha. Sem saber o que fazer, Félix correu para o garoto e pôs-se a sacudi-lo, bradando, maldito vendilhão, maldito vendilhão, não adianta protestar, os pombos estão livres. Nos bastidores, porém, o padre Alfonso já mandava fechar a cortina. Com muito trabalho, os serventes recolheram os pombos.

No meio do palco, entre os destroços da mesa, gaiolas caídas e penas das aves, estava o Matias. Seu aspecto era medonho: os olhos arregalados, tremia da cabeça aos pés. O pai e a mãe agarraram-se a ele, aos prantos. A custo, o padre Alfonso conseguiu tirá-los dali para que um médico pudesse atender o menino. Sedado, Matias foi, finalmente, levado para casa.

Dois dias depois, recolheram-no a um hospital psiquiátrico. Era um caso grave de esquizofrenia. Com o tratamento, chegou a melhorar um pouco, teve alta, mas logo em seguida baixou de novo. As internações foram se tornando cada vez mais freqüentes, até que não mais saiu. Uma vez por ano, em meados de dezembro, eu ia visitá-lo.

De início os pais mantinham-no em uma cara clínica privada; quando o dinheiro terminou, transferiram-no para o antigo hospício, uma velha construção do tempo do Império. O pavilhão dos crônicos, em que estava internado, era dos mais precários: chão de cimento, paredes esburacadas, um único e fétido banheiro. Forro não havia, só um telhado sustentado por vigas, pelas quais as lagartixas — uma sobrecarga adicional para quem, como Matias, tinha pavor de bichos — corriam.

Por cerca de quinze anos assisti à sua lenta deterioração. À esquizofrenia somou-se uma diabete de difícil controle, com o quê sua situação agravou-se consideravelmente. Muitas vezes nem falava comigo: deitado, olhar perdido, não respondia às minhas perguntas; permanecia completamente imóvel. Exceto pela mão; a pequena, frágil, translúcida mão, mão que um cravo poderia perfurar sem derramar uma gota de sangue, tão exangue estava, aquela mão não se detinha: tateava o cobertor escuro como bicho cego procurando lugar para escavar a toca. Ao encontrar um rasgão, por diminuto que fosse, os dedos tentavam esgarçar o tecido; uma abertura, se pudessem criá-la, seria a salvação. Mas o pano, ainda que de má qualidade e puído, resistia, e ao cabo de alguns minutos a mão desistia e quedava-se quieta, imóvel.

Outras vezes parecia melhor, conversava um pouco. Lembrava os tempos do colégio, perguntava pelo Félix, inevitavelmente falava de nossa apresentação: você acha que eu me saí bem? Claro, eu respondia, você se saiu muito bem, você foi um perfeito vendilhão do Templo, foi uma pena aquele negócio dos pombos, mas de resto foi ótimo. Era-me difícil mentir, mas acho que ele entendia o meu embaraço, não dizia nada, limitava-se a sorrir. Tenho uma coisa para mostrar a você, dizia então. Com esforço soerguia-se, apanhava na mesa-de-cabeceira uma pasta de cartolina. Os seus desenhos; isso era uma coisa que ele sabia fazer muito bem, desenhar. Pombos, muitos pombos, geralmente incompletos, apenas esboçados. Mas a cabeça da ave sempre estava ali, e nela um olho duro e inexpressivo como os olhos dos pombos de verdade. Coisa impressionante. O psiquiatra encarregado do pavilhão queria fazer uma exposição desses desenhos, o que poderia ser benéfico para seu paciente, mas a mãe não permitia.

O pai tinha falecido pouco depois da internação — de desgosto, segundo Armando —, mas ocasionalmente eu visitava a mãe, e era sempre a mesma coisa: ela se agarrava a mim, chorando e pedindo, por favor ajude o Matias, você é amigo dele, ele acredita em você, por favor, diga que a vida é boa, que ele precisa fazer força e melhorar.

Numa das últimas visitas ao hospício encontrei a irmã de Matias, Teresa, que não via desde aquela medonha noite da apresentação. E me surpreendi: a garotinha que eu conhecera, com a ridícula fita no cabelo, era agora uma bela moça, alta, morena, rosto suave. Ela não só se lembrava de mim, como se declarou minha admiradora: leio todas as suas reportagens, aquela sobre os índios que ainda estão em São Nicolau do Oeste foi maravilhosa, você é corajoso, pôs o dedo na ferida. Saímos do hospital juntos. Chovia, ela me pediu carona. Levei-a até em casa, a mesma casa da festa de aniversário, onde ela agora morava com a mãe. Estava anoitecendo e eu precisava ir para o jornal, mas Teresa não tinha pressa em entrar. Ficamos no carro conversando. O papo logo se tornou titilante, cheio de insinuações. Senti o desejo brotar, instantâneo; inclinei-me para beijá-la, mas nesse momento os faróis de um carro que vinha em sentido contrário iluminaram-lhe o rosto e, oh, Deus, era o Matias que eu tinha diante de mim, Teresa era a cara do irmão, só faltava apregoar: pombos, pombos gordinhos.

Recuei. O que houve, perguntou, desapontada, ofendida. Eu disse que era melhor não começar uma ligação sem futuro: sou casado, aleguei. Não tem importância, disse ela, com um fervor no qual se associavam a súbita paixão e o desespero, eu quero você assim mesmo. Mas não dava; agora que eu tinha visto nela o Matias, nada, nenhuma aproximação seria possível. Ela insistia, já aos gritos: se não é por mim, então pelo Matias, ele é seu amigo, você lhe deve essa obrigação. Tive de apelar para a grosseria; pedi-lhe que descesse. Saiu, batendo a porta: você é um verme, não merece a amizade do Matias, que é doente mas é um cara honesto, bom.

Dirigi-me para o jornal mas não consegui trabalhar direito, tão perturbado estava. Pretextando dor de cabeça, fui embora — deixando o chefe de redação, que já não ia muito com minha cara, furioso. Quando cheguei em casa o telefone estava tocando e era ela, Teresa, insistindo: queria me ver. Isso não vai dar certo, repeti, melhor você me esquecer. Mas era justamente o que ela não queria, me esquecer. Daí em diante ligava a qualquer hora; uma vez falou com minha mulher. Chorando, contou quem era, disse que estava apaixonada por mim. Isabel armou uma briga dos diabos: você tinha de se envolver com a irmã de seu amigo moribundo, gritava, nem mesmo o sofrimento dos outros você respeita. Finalmente Teresa desistiu. Não mais a vi, nem mesmo no hospital: ela dava um jeito de me evitar. E acabou indo embora. A mãe contou-me que vivia numa missão religiosa na África, cuidando de doentes com febre amarela, malária, essas coisas.

Da última vez que visitei o Matias encontrei-o muito mal: estava com pneumonia. Respirando com dificuldade, ele disse que tinha um pedido a me fazer, um pedido especial que só um amigo como eu poderia atender. O que é, perguntei. Pediu que eu me aproximasse, murmurou:

— Quero fazer uma reapresentação da nossa peça. E com o mesmo grupo: você, o Félix, o Armando e eu.

Num primeiro momento, achei que estava delirando. Reapresentar a peça? Aquela coisa da nossa infância? Maluquice. E de que jeito fazê-lo, se ele não conseguia sequer levantar da cama? Antes que eu, completamente embaraçado, angustiado mesmo, pudesse fazer qualquer ponderação, ele já continuava:

— Vamos fazer a reapresentação aqui mesmo, para os outros doentes. Eles vão gostar do espetáculo, tenho certeza. E desta vez o Félix pode trazer pombos vivos. Não tenho mais medo de pombos. Não tenho mais medo de nada. Garanto que vou fazer tudo certinho, vocês vão se orgulhar de mim.

Estava morrendo, o Matias, e não conseguia se livrar daquela coisa, não podia esquecer o vendilhão do Templo — Deus, aquilo já não era só doença, aquilo era uma maldição.

Quem sabe a gente fala com seu médico, eu disse, à falta de outra ponderação melhor. Uma sugestão que ele de imediato rejeitou: queria reapresentar a peça de qualquer maneira, com ou sem licença do médico, do diretor do hospital, de quem quer que fosse. Lembrou que o Natal estava próximo:

— Se você quer me dar um presente, ajude-me nessa idéia.

O que podia eu dizer? Sem conseguir suportar o olhar súplice dele, acabei concordando. Tem mais uma coisa, ele disse, arquejante, lutando com a falta de ar:

— Vamos mudar os papéis. Eu quero ser o Cristo. Você será o vendilhão do Templo. Você se importa?

Eu disse que não, que não me importava, que podia fazer o papel. Agarrou-me a mão com os dedos trêmulos: Deus vai recompensar você.

E de Deus eu precisava mesmo. Porque seria uma provação, aquilo. Uma provação que decidi enfrentar. A primeira coisa que fiz foi ligar para o Armando. Também ele ficou apreensivo, mas, como eu esperava, não tirou o corpo fora: é uma coisa estranha, disse, estranhíssima, mas talvez se trate do último desejo do pobre

Matias, vamos fazer isso por ele. Encarregou-se de falar com o Félix, enquanto eu entrava em contato com o diretor do hospital, um velho psiquiatra chamado Sizenando. Recebeu-me em sua sala, tão deteriorada quanto o resto do prédio:

— O que posso fazer pelo amigo? — perguntou, visivelmente desconfiado.

Contei o que tinha acontecido, disse que íamos fazer apenas um simulacro de apresentação para contentar um amigo que estava morrendo. Depois de muita relutância acabou concordando, com uma condição:

— Não quero mídia aqui. Eu sei que você é jornalista, e jornalista conhecido em São Nicolau do Oeste, mas nem pense em divulgar essa coisa. Era só o que me faltava, a história acabar no jornal.

Garanti que não, que aquilo ficaria entre poucas pessoas.

Voltei para casa, liguei para o Armando. Que estava furioso: dando uma desculpa qualquer, Félix se recusara a participar da encenação.

— Isso é típico daquele cretino. Mas vamos em frente, vamos fazer a coisa sem ele.

E fizemos. Dois dias depois, lá estávamos nós no hospital, no quarto de Matias. Conosco, alguns doentes, algumas enfermeiras: o público. Matias sorriu ao ver-nos. Estava pouco lúcido, o que seria uma bênção, por abreviar consideravelmente o sofrimento. Pusemos mãos à obra, Armando e eu. Primeiro, retiramos o cobertor, expondo o corpo devastado, o corpo de prisioneiro de campo de concentração. Ajudado por outro paciente coloquei-o de pé. Mal se sustinha, tão fraco estava, mas orientou-me: a mesinha-de-cabeceira seria a mesa do vendilhão, eu deveria ficar perto dela, apregoando os pombos e as moedas.

Fiquei no lugar que ele me indicara e pus-me a apregoar: pombos, pombos gordinhos para o sacrifício. Vagarosamente, num passo trôpego e apoiando-se na cama, Matias se aproximou. O rosto macerado resplandecia, eu nunca o vira tão feliz. Balbuciou o texto bíblico — a minha casa é uma casa de oração, mas vós fizestes dela um covil de ladrões — e tentou virar a mesa. Estava tão fraco, porém, que não conseguiu. Quis ajudá-lo, repeliu-me:

— Não. Eu tenho de fazer isso sozinho. Isso é coisa para Jesus, não para o vendilhão. Finalmente conseguiu derrubar a maldita mesa; mas, ao fazê-lo, perdeu o equilíbrio e caiu. Um dos pacientes ria, histérico, outros choravam e gritavam; levantei-o, levei-o para a cama. Ali ficou, deitado, arfante. Os olhos fechados, parecia dormir.

Ficamos a seu lado, Armando e eu. Anoitecia, as sombras se adensavam no quarto. Ele se moveu na cama, murmurou algo. Tive de inclinar-me para ouvi-lo.

Era o pregão do vendilhão do Templo: pombos, pombos gordinhos, pombos para o sacrifício. Uma enorme angústia apossou-se de mim. Num instante a enfermaria encheu-se do tatalar de asas: aves invisíveis, malignas, adejavam ao nosso redor. Eu não agüentava mais, a custo continha o pranto.

— Acho melhor irmos embora — disse Armando, a voz embargada. A enfermeira concordou com um aceno de cabeça. Matias, olhos fechados, parecia dormir. Saímos silenciosamente.

Dois dias depois tocou o telefone lá em casa e era a mãe dele, chorando: Matias tinha morrido. Fui ao enterro junto com o Armando. Ao ouvir o som cavo da terra caindo sobre o caixão, não pude conter um suspiro de alívio: achei que um penoso episódio de minha vida tinha terminado.

Enganava-me. O vendilhão do Templo não mais me abandonaria.

Morais irrompe em minha sala, impaciente:

— Onde é que você estava? Estou à sua procura há mais de uma hora.

Olho-o. É uma figura do passado, uma figura lendária, um personagem de literatura engajada. Aos sessenta e tantos anos conserva a energia e o entusiasmo do adolescente de esquerda. Resistiu mesmo a sucessivas desilusões, à denúncia dos crimes de Stalin, à invasão de Praga pelos tanques soviéticos, à queda do Muro. Tratou de encontrar um novo rumo. O atual prefeito, à época um jovem político, convenceu-o a trocar de partido. Pelo que se sente muito grato: essa gente vai mudar o país, ele garante, a face resplandecente. Como são Paulo, ele viu a luz. E como são Paulo, ele desenvolve em relação a mim um trabalho de missionário. Quer me converter: eu sei que no fundo você é um homem de esquerda, você cometeu um erro, aceitando trabalhar como assessor de imprensa para aquele prefeito corrupto, mas nada impede que você mude.

Mudar significa entrar no Partido, significa empunhar uma bandeira vermelha e marchar com as massas nas demonstrações. Ah, como marcham as massas. Como diz Morais, muitas vezes o que resta aos excluídos é isso, marchar. No corpo deles, a cabeça pende, desanimada, as mãos ficam inermes, as costas e o lombo cedem ao peso da miséria, da humilhação — mas os pés resistem. Mais, os pés exigem: mexe-te, cara, caminha, vai atrás dos teus direitos. Os pés assumem o comando do corpo — não, o comando da História. Votam com os pés, os pobres, quando marcham pelas ruas, pelas estradas. Os pés é que contam, e eles são verdadeiramente prodigiosos, sua energia é infinita, é a mesma energia que move o sol, as estrelas, a luz. Dizia um filósofo que as pessoas simples não são humanas, a não ser pelos pés. Quando ouvi essa frase pela primeira vez, revoltei-me, achei que era coisa da elite, de gente que prostitui o pensamento, que troca a fé pelos jogos da mente. Mas se é deboche, a frase, não deixa contudo de ter fundamento. Sim, é nos pés que está a nossa humanidade; com os pés iremos mais longe do que os filósofos com as cabeças. Claro, são frágeis os pés, têm a fragilidade da nossa condição. Mas Morais, o bom Morais, o generoso Morais, quer que eu marche, e se eu pudesse marcharia, marcharia sem cessar. De início meus pés doeriam com a caminhada, doeriam muito. Bolhas de sangue surgiriam, a pele cairia aos pedaços. Mas, caminhando sempre, os pés adquiririam uma casca grossa. Virariam — o quê? — cascos. Isso mesmo: cascos. Como os dos bois, como os dos demônios. Cascos mágicos, capazes de caminhar para sempre e de mudar minha cabeça. Pois nada melhor do que caminhar para melhorar o raciocínio, filosófico ou não. A cabeça vai chocalhando, as idéias vão surgindo, a gente pensa coisas que nunca pensou antes. Um novo mundo se descortina diante de nós — como se fôssemos um observador colocado lá no alto, por cima de tudo.

Marchar é uma coisa vibrante, comovedora, revolucionária, inspiradora. Só que as massas em geral começam a se movimentar numa hora em que eu ainda estou dormindo (desde que Félix não me acorde antes), de modo que será difícil contar comigo. Além disso, a marcha não corresponde exatamente a minha idéia de realização. O que eu queria mesmo do Morais é que ele usasse o poder que do povo emana e que a ele foi confiado para uma série de providências, assim enumeradas: primeiro, convocar em caráter de urgência a funcionária Márcia, exigindo-lhe que se dirija sem maiores delongas ao salão nobre do qual ela tem a chave; segundo, que em lá chegando, tire a roupa e deite-se sob a mesa; terceiro, determinar que certo servidor, cujo nome omito por pejo, faça o mesmo trajeto e que igualmente tire a roupa; quarto, assegurar-se de que o servidor em questão, o pau convenientemente duro, tenha com a mencionada secretária uma esplêndida relação sexual — revogadas as disposições em contrário, que infelizmente não são poucas e correm à conta de um apreciável elenco de fatores, desde os arcaicos (a culpa resultante do pecado original) até uma certa angústia existencial, sem falar na brochura propriamente dita, sempre um possível acidente de percurso, particularmente em percursos tortuosos e difíceis. Não, de sexo Morais não fala, seu papo é outro. Ele me convida para reuniões (e como gosta de se reunir, o Morais), ele me faz comprar convites para jantares, ele me faz assinar manifestos, ele me traz abundante literatura, ele me doutrina, ele me repreende:

— Cheirando a cerveja — de novo! Você não toma jeito mesmo.

Tento uma explicação, que ele atalha com um gesto:

— Deixa pra lá. Você viria com uma história qualquer e eu não quero ouvir, para não ter de brigar com você. Mesmo porque não estou com disposição de brigar.

Ele sorri:

— Hoje é um grande dia. Um grande dia para São Nicolau do Oeste. E, você não vai acreditar, um grande dia para mim.

Mostra-me um papel com o timbre da prefeitura:

— Sabe o que é isto? É um decreto de desapropriação que o prefeito acabou de assinar. Trata-se de uma mansão enorme, fantástica. Vamos instalar lá um centro cultural. Uma maravilha. O projeto é revolucionário, não se fez coisa assim neste país.

Desenrola a planta sobre a mesa, começa a me mostrar:

— Aqui, no térreo, vai ficar um museu de arte popular. Artesanato, mas do melhor: estatuetas indígenas, por exemplo. E aqui, uma bolação do próprio prefeito: o Museu do Pop. Nós vamos pegar coisas como uma garrafa de Coca-Cola e contar a história da corporação, a maneira como chegou ao Brasil. A mesma coisa com filmes, histórias em quadrinhos, rock. Nada de agressões gratuitas, nada de demagogia; vamos contar, simplesmente, a população verá e tirará suas próprias conclusões. A idéia é desenvolver o juízo crítico das pessoas. Também vamos ter atividades especiais; formaremos grupos para ver programas de tevê e discutir, tirar conclusões. Convidaremos palestrantes de fora, gente famosa. Que acha disso? Esqueça a questão política, fale como homem de comunicação. Diga: que acha?

— Parece bom.

— Bom? Só bom? Deus, você não é muito generoso nos seus elogios. O projeto é maravilhoso, cara. E olhe aqui: há um terceiro museu. O nome ainda estamos discutindo, uns queriam Museu da Revolução, mas eu acho forte. Revolução é uma palavra que irrita muita gente, e não temos por que arranjar inimigos agora, quando estamos apenas começando o nosso trabalho; prefiro Museu das Lutas Libertárias. Ih, rapaz, mas esse, modéstia à parte, é um puta nome. Chego a ficar arrepiado, olha só o meu braço. Museu das Lutas Libertárias! Esse museu vai contar a história das revoltas populares. Por exemplo: Espártaco liderando os escravos contra Roma. Por exemplo: Palmares. Por exemplo: os guaranis lutando contra os bandeirantes. Vamos ter um programa de seminários, de cursos, de discussões. E uma vez por semana haverá uma apresentação teatral; vamos chamar grupos amadores — grupos bons, naturalmente — e eles encenarão cenas históricas.

Interrompe-se:

— Aliás — você tem experiência nisso, não tem? O Armando me contou que uma vez vocês apresentaram uma peça no colégio... Sobre o que era mesmo?

— Sobre o vendilhão do Templo. A peça mostrava Jesus expulsando o vendilhão do Templo.

— Jesus expulsando o vendilhão do Templo... — repete, pensativo. — É, eu me lembro dessa passagem. Jesus vem, fica por conta com aquele comércio ali no Templo, tem um ataque de fúria: me lembro, sim. E pode ser uma boa idéia para uma peça de teatro. A gente até podia fazer uma coisa meio estilizada, tipo Brecht. Tipo Teatro do Oprimido. Fica um instante em silêncio, o olhar parado. Depois sacode a cabeça.

— Não. Não sei se é uma boa idéia. Dependendo da maneira como a coisa será feita, talvez pareça anti-semitismo. Ou pode ofender os comerciantes, estamos querendo fazer as pazes com eles, não é o momento. Tem mais: periga os católicos não gostarem, esse negócio de Cristo tendo um ataque de fúria é meio arriscado, cria dúvidas: é ira sagrada, justificável, ou são só os nervos? Não sei, realmente não sei. Tenho de consultar o frei Lucas. O frei é que me orienta nessas questões religiosas. Grande cabeça, fez um trabalho notável com os sem-terra. Jesus expulsando o vendilhão do Templo... Aliás — era um vendilhão só? Não eram vários?

— Eram vários. Mas na nossa peça, só um.

— Só um? — Ele, espantado.

— É. Não deu para arranjar mais vendilhões. Ninguém queria o papel.

Ri, divertido:

— Vendilhão do Templo... Eu sabia que tinha alguma coisa errada aí. Eu, em matéria de histórias da Bíblia, não sou muito manso, mas só *um* vendilhão do Templo, *um só*, me soava estranho. Quer dizer que vocês só tinham *um* vendilhão?

É, Morais. Um vendilhão só, Morais. Um único patético e desamparado vendilhão. Eu gostaria de lhe falar de Matias, Morais. Gostaria de contar o calvário do coitado. Mas é uma história triste e não quero aporrinhar você com histórias tristes, tristeza nunca faltou em sua vida. Não tenho por que estragar o seu excelente humor, esse humor que leva você a brincar comigo:

— Que incompetência, cara. Um vendilhão só? Vocês tinham de botar nessa peça de vocês uma multidão de vendilhões,

287

todos lutando pelo mercado. Mas nem isso vocês conseguiram...
É por isso que a direita não vai pra frente: além de safada, é incompetente.

Dá-me um tapinha nas costas:

— Estou brincando, não leve a mal, não fique aí com essa cara de quem comeu e não gostou. Você sabe que eu sou assim. E, como eu lhe disse, hoje tenho razões para estar alegre. Inclusive por uma outra coisa...

Os olhos de súbito se umedecem, a voz sai estrangulada pela emoção:

— Esse centro cultural terá o nome do meu pai, João de Morais Neto. A idéia é do prefeito: eu quero, ele disse, fazer uma homenagem ao velho comuna que passou metade da vida na cadeia e que morreu do coração quando soube que estavam torturando o filho dele. João de Morais Neto, ah, João de Morais Neto, pena você não estar vivo, João de Morais Neto.

Tira o lenço, assoa-se ruidosamente.

— E sabe quem vai dirigir o centro cultural? Este que vos fala. É um sonho que sempre tive e que agora vai se tornar realidade. Dirigir um centro cultural — não é o máximo? Diga, não é o máximo?

— É.

— Eu vou fazer chover, meu amigo. Garanto que vou fazer chover. Você sabe, nunca me achei grande coisa. Como jornalista, sou medíocre. Como político, me falta audácia, visão. Mas agora o prefeito está me dando uma oportunidade de encerrar minha carreira com chave de ouro. E eu farei isso. Vou projetar o Centro Cultural João de Morais Neto no país inteiro, no mundo inteiro, se possível. Já estou pensando num grande encontro de centros culturais do Terceiro Mundo. Um evento que vai marcar época. E aí -

Olha o relógio:

— Puta merda, eu aqui devaneando e o tempo passando. Quero que você me prepare o release sobre o centro cultural, essa história amanhã tem de sair nos jornais, inclusive nos da capital. Aqui tem mais material sobre o assunto. Passa-me uma cópia do decreto, o memorial descritivo do centro cultural e várias fotos da casa.

Que é, naturalmente, a casa do velho Inácio. Deteriorou-se ainda mais nestes últimos anos, mas é a mesma velha mansão, o portão enferrujado, o jardim maltratado, a torre da biblioteca. Ao lado da torre vê-se — o quê? — um pássaro, um anjo, um objeto voador não identificado, o Superman? Não: é um morcego. Os velhos morcegos do avô Inácio. Que terão, Félix, de buscar refúgio em outro lugar. Você chegou tarde, meu velho. Telefonou cedo, mas chegou tarde. Provavelmente os anos tornaram você lento. Você não tem mais aquela astuta rapidez que o padre Alfonso detestava, temia — e admirava. A sua mansão está tombada e a sua queda, decretada.

Olho a foto durante tanto tempo que Morais acaba por ficar intrigado:

— Você conhece a casa?

Sim, respondo, no tom mais neutro possível, estive lá uma vez. Então, diz Morais, você sabe que é o lugar ideal para o que a gente quer. Concordo:

— É, é o lugar ideal. É grande, tem uma belíssima biblioteca. — Interrompo-me, agora é a minha vez de fazer graça: — E tem muito morcego. Cuidado para não liquidar os bichos, senão o Batman se vinga.

— O Batman aqui não tem vez, cara, nossos heróis são outros. Mas voltando à vaca-fria: o que é que você achou do centro cultural?

É uma grande idéia, respondo, acho que tem tudo para

emplacar. Pergunto se é certo que a desapropriação vai sair. Olha-me intrigado:

— Claro que sim. Que pergunta boba. Você acabou de ver o decreto, cara! Por que não sairia a desapropriação?

— O dono, o Félix, pode recorrer a alguma medida judicial...

— Pois que tome medidas judiciais, não estou nem aí. Aliás, o cara nem mora lá. Herdou a casa de um parente, um aristocrata arruinado mas boa-praça; numa época até contribuiu para o Partido Comunista. Já esse tal de Félix, o herdeiro, é um grande filho-da-puta, segundo o Armando, que o conhece. Eu sei que ele não quer entregar a casa, vai nos incomodar. Mas ele que se foda. Olha-me, intrigado — e desconfiado:

— Escute: você sabe alguma coisa a respeito?

— Não muito. — Já estou arrependido de ter falado, era só o que me faltava, brigar com o Morais por causa do Félix. — Ouvi dizer que ele estava planejando começar ali um empreendimento comercial.

— Empreendimento comercial? — Morais, surpreso, indignado. — Empreendimento comercial, ali? De jeito nenhum. Aquela casa é um patrimônio de São Nicolau do Oeste. E mais, tenho minhas dúvidas sobre esse tal empreendimento. Pelo que a gente sabe, o cara é vigarista, um sujeito que nunca trabalhou, que sempre viveu de renda. Ele deve estar bolando uma safadeza qualquer. Mas esse detalhe não vem ao caso. Ele que entre na Justiça, se quiser. Nós vamos tocar a desapropriação. Temos a fundamentação legal: é uma casa histórica, e o que vamos fazer ali beneficia a população como um todo. Ele quer briga? Terá briga.

— Posso entrar?

É Marcela, a filha do Morais. Encanta-me, essa garota — vinte anos — de cabelos escuros, curtos, narizinho achatado, boca de lábios cheios. Pedofilia enrustida? Pode ser. Mas eu falaria, se não tivesse tanto medo da palavra, em ternura. Eu falaria, e a palavra me dá ainda mais medo, em afeto. Eu falaria, mas só delirando, tamanho o medo que me dá essa terceira e mais extremada palavra, em amor.

Enfim, eu falaria, se falasse. Mas não falo mais. Escrevo releases; e, se a tanto me ajudarem engenho e arte, talvez conclua um dia a história do vendilhão do Templo, a história da chegada do padre Nicolau a este lugar. Porque, do fundo dos milênios, contempla-me o vendilhão do Templo. Quer que eu lhe dê voz; pretende de novo falar, alto e bom som, aos que queiram ouvi-lo, nem tantos, mas nem tão poucos. Um pedido, ou uma exigência, que reconheço como válida. Quero recuperar sua figura esmaecida pelo tempo; quero colocá-lo de novo em movimento, no caminho de Jerusalém, no pátio do Templo, apregoando sua mercadoria, "Pombos, meu senhor? Novos, gordinhos! Vai levar?". E quero falar do padre Nicolau; não como um observador distante, posicionado lá no alto, mas como alguém que estava ao lado dele quando ele, angustiado, encontrou um índio em pé atrás de uma mesa coberta de esculturas de madeira. É isso que eu quero falar. Enquanto não consigo, permaneço em silêncio.

Marcela não precisa que eu fale. Sabe o que sinto por ela. E por isso me procura. Toda vez que vem ver o pai — e vem muito —, me procura para conversar. Como está terminando o curso de jornalismo, o pretexto é esse, pedir dicas a um cara experiente. Mas é apenas um pretexto. O que ela quer mesmo é me redimir. Como o pai, acredita que um mundo melhor é possível — e que esse mundo recuperará as pessoas, mesmo os casos perdidos. É uma crente, a jovem Marcela, uma crente autêntica. Costumo compará-la a Rosa Luxemburgo, a revolucionária, e a comparação, semi-afetuosa, semi-irônica, soa aos ouvidos dela como um elogio, como um estímulo para voltar à carga, para tentar me convencer. Tento desencorajá-la: você quer me vender sonhos,

Marcela, e eu não quero comprar, não posso comprar, não posso pagar o preço que você pede. Mas ela insiste em me doutrinar. Na verdade, não está apenas interessada em filiar-me ao Partido. Está interessada em mim, a coitadinha. Interessada não: está apaixonada. Não o esconde: até o brilho dos olhos o demonstra. Trabalha em outro prédio, mas sempre que pode vem aqui. Com um convite: tem um concerto fabuloso, você não quer ir? Você não quer assistir comigo à palestra daquele francês? Você já viu a exposição de arte pop? Dou sempre uma desculpa, claro: era só o que me faltava, um romance a esta altura da minha vida. Mas a paixão dela não deixa de me comover — e de me surpreender. O que uma garota dessas vê num quarentão dilapidado como eu? Uma figura paterna? Não precisa disso, não há pai mais extremoso que o Morais. Desde que a mulher dele saiu de casa — na época da repressão era amante de um guerrilheiro, e morreu em combate contra o Exército —, o Morais dedicou-se a cuidar da filha, então com poucos meses. Criou-a, educou-a, conseguiu-lhe inclusive o emprego na prefeitura. Brinco com os dois, digo que se trata de nepotismo, mas sei que não é verdade: o que Morais quer é a filha perto de si, pagaria de seu bolso o salário dela, se fosse o caso.

E isso fica claro mais uma vez, neste momento; ao vê-la, Morais se derrete, abraça-a, beija-a: que bom que você veio, filha, com você aqui, minha alegria está completa.

— E você acha que eu ia perder esse momento de glória? De jeito nenhum, pai. Vim para celebrar com você.

Volta-se para mim:

— E o nosso amigo? — diz, com um sorriso que pretende ser provocador, mas que transmite um pedido. — Vai participar da cerimônia?

— Não — respondo. — Alguém tem de trabalhar, não é? Vou ficar preparando o release.

— Conte a ela — diz Morais — a história do vendilhão do Templo.

Marcela franze a testa:

— História do quê?

— Do vendilhão do Templo. Você sabia, Marcela, que este ilustre cavalheiro foi ator na infância? Ator por um dia só, mas ator. Numa peça sobre o vendilhão do Templo. Uma história do Novo Testamento, imagine.

Ela me olha, divertida e também emocionada:

— Eu não sabia que você falava sobre sua infância. Aliás, nem sabia que você teve infância. Você nunca me contou a respeito.

— Pois tive. Na pré-história, naturalmente, mas tive. Só que não vale a pena falar disso. Seu pai, membro das classes ociosas, tem tempo para essas coisas; um trabalhador como eu tem de cumprir sua tarefa.

— Pois agora sua tarefa — intima ela — é me contar essa história.

— Depois — diz Morais. — Agora temos de ir para a cerimônia, já estamos atrasados.

Ela me olha:

— Escute: depois da assinatura do decreto, volto aqui. E você vai fazer duas coisas: vai me levar para jantar — pode ser um restaurante modesto, eu sou como a Rosa Luxemburgo, não tenho grandes pretensões — e depois vai me contar essa história do vendilhão do Templo. Combinado?

— Acho que você tem de pedir autorização a seu pai — pondero.

— Eu não mando mais nela — suspira Morais. — Infelizmente. Aquela velha disciplina stalinista faz falta.

Riem, os dois, e saem.

Levanto-me, vou até a janela, fico a olhar distraidamente a

multidão lá em baixo. E de repente duas figuras me chamam a atenção.

Félix e Armando. Frente a frente.

Não, Félix, não deverias ter subestimado o vendilhão do Templo. Para ti, era só uma figura secundária na encenação que te consagraria perante o padre Alfonso, perante os pais, perante o mundo. Assim, optaste por ignorar os riscos. Embriagou-te a atração pelo perigo, pelo inusitado. Para usar uma metáfora que certamente não será de teu agrado, não te contentaste com os pombos, foste em busca dos morcegos, essas enigmáticas criaturas que vivem em torres de velhas mansões arruinadas. Nada do que é alado me é estranho, pensaste, tudo aquilo que tem asas está sob meu domínio. Mas te enganavas. Viste cachos de morcegos pendurados imóveis em vigas, imaginaste que eles estavam imersos em deliciosa modorra, partilhando o calor de seus corpinhos peludos. Iludiu-te a arcaica placidez das modestas criaturas. Foste, afobado, colhê-los, como quem colhe os cachos da vinha para espremê-los e fazer vinho. Erro, Félix. Morcegos não são pombos que se deixam levar para o sacrifício, que viram pasta sangrenta quando uma mesa cai sobre eles. Os morcegos dominam a arte da sobrevivência; não só isso, sabem partir para a ofensiva. Morcegos te atacam quando menos esperas; quando menos esperas, estão chupando teu sangue. Estás vendo o olhinho que te fita, Félix, redondo e maligno? Esse olho te adverte: não te aproximes, pagarás caro. É momento de recuar, não de avançar; de descer, não de subir. Volta, Félix, volta. Não mexas com o que está quieto, deixa em paz o que está imóvel.

Ah, Félix, Félix. Tu nunca entendeste o vendilhão do Templo, Félix, nunca. Não compreendeste os seus devaneios, as suas visões. Não sabias que sua fantasia já o havia projetado no espaço e no tempo; não sabias que a cena que agora vives tinha sido antecipada por ele. Do fundo dos milênios, o vendilhão do Templo te contemplava e te controlava; pesou-te em sua imaginária balança e concluiu que és leve demais, leviano demais, que não és digno, que precisas ser castigado, não pelo que fizeste à sua memória, mas por teres tentado seguir, sem sonhar, a trajetória dele. É por causa do vendilhão do Templo, Félix, que estás parado diante da mesa de Armando. É por causa do vendilhão do Templo que vocês estão discutindo, aos berros, gente juntando ao redor. Depois, essas pessoas dirão que vocês se desentenderam, tu chamando o Armando de corno, ele bradando que és um burguês inútil, tu afirmando que ele não passa de um fracassado, ele gritando que és um filho-da-puta. No jornal, o caso será descrito como "um incidente". Mas é mais que um incidente, Félix. É o longo braço do vendilhão do Templo que te alcança, que te apanha como se fosses um inerme pombo, um pombo branco, gordinho. Por causa do vendilhão do Templo tu, num gesto súbito, viras a mesa do Armando, derrubando relógios, calculadoras, rádios portáteis. Por causa do vendilhão do Templo tu te pões a chutar a boneca Barbie, Félix, essa boneca que, para tantas meninas, é um sonho de beleza. E é em nome do vendilhão do Templo, em nome do pobre Matias, que Armando te acerta um murro na cara, um murro que te faz rolar pelo chão, o sangue correndo do lábio partido, os camelôs aplaudindo em delírio.

Erraste, Félix. Erraste ao virar a mesa. Um erro até compreensível: a mesa que estavas virando não era a mesa do camelô Armando, é a mesa sobre a qual estão expostas as tuas frustrações: as notas do padre Alfonso, o decreto de desapropriação que o prefeito assinou, os panfletos esquerdistas, os Big Macs que não pudeste vender. Sim, entendo a tua raiva; contudo, não deverias ter virado a mesa, Félix. Uma mesa tão pequena, tão modesta. Mas te deixaste dominar pelo ódio, esse ódio ancestral que por fim irrompeu dentro de ti como uma torrente rompendo os diques. Se isso aconteceu é porque não queres mesmo te salvar: estás pronto para o sacrifício. Agora um policial está te levando, Félix, a ti e ao Armando. E o incidente está encerrado.

Com um suspiro, deixo a janela, volto à mesa. Morais volta, triunfante: o prefeito acaba de assinar a desapropriação. Está, mais que eufórico, emocionado: as lágrimas lhe correm pelo rosto. Tão emocionado que me convida para uma cerveja na Gruta do Miro. Recuso, ele estranha: você, que nunca recusa uma cerveja? Verdade. Pela primeira vez em muito tempo recuso uma cerveja. Milagre? Eu não pretenderia tanto. De todo modo, é uma coisa que Morais não compreenderia. Tenho de fazer o release para você, digo. Ah, é verdade, lembra ele, o release, eu tinha até esquecido.

Ele sai, mas não faço nenhum release. Apago a luz da sala, saio, desço as escadarias da prefeitura, detenho-me à entrada. Anoiteceu. Ainda há gente na praça, mas os camelôs se foram. Resta apenas um deles, um homem moreno, magro, de idade indefinida. Já guardou sua mercadoria e agora conta, com evidente prazer, o dinheiro. É o vendilhão do Templo, ele? Não, não é.

O vendilhão do Templo é este que te fala, Félix, é aquele a quem confiaste tuas visões e tuas aspirações. E que agora, nada mais tendo a vender, se prepara para voltar para casa.

Alguém me toca suavemente o ombro. Volto-me. Marcela, sorridente:

— Você não quer me contar a história do vendilhão do Templo?

Se quero? É só o que eu quero. Tomo-a pelo braço e juntos atravessamos a praça. Aonde vamos? Não sei, e, para dizer a verdade, me importa muito pouco. Como descobriu o vendilhão do Templo, a vida é feita de muitas perguntas e de umas poucas respostas.

1ª EDIÇÃO [2006] 2 reimpressões

ESTA OBRA FOI COMPOSTA PELA SPRESS EM ELECTRA E IMPRESSA PELA
RR DONNELLEY EM OFSETE SOBRE PAPEL PÓLEN SOFT DA SUZANO PAPEL E
CELULOSE PARA A EDITORA SCHWARCZ EM ABRIL DE 2011